梦回蜀水

MENGHUI
SHUSHUI

四川省水利厅信息中心 编

成都时代出版社
CHENGDU TIMES PRESS

图书在版编目（CIP）数据

梦回蜀水 / 四川省水利厅信息中心编 .
-- 成都：成都时代出版社，2021.11
ISBN 978-7-5464-2958-8

Ⅰ．①梦… Ⅱ．①四… Ⅲ．①报告文学—作
品集—中国—当代 Ⅳ．① I25

中国版本图书馆 CIP 数据核字（2021）第 234642 号

梦 回 蜀 水

MENGHUI SHUSHUI

四川省水利厅信息中心　　编

出 品 人　　达　海
责任编辑　　敬小丽
责任校对　　李卫平
装帧设计　　沈永强
责任印制　　车　夫
策　　划　　叶　梵

出版发行　　成都时代出版社
电　　话　　（028）86621237（编辑部）
　　　　　　（028）86615250（发行部）
网　　址　　www.chengdusd.com
印　　刷　　成都市兴雅致印务有限责任公司
规　　格　　170mm×240mm
印　　张　　16.5
字　　数　　280 千字
版　　次　　2021 年 11 月第 1 版
印　　次　　2021 年 11 月第 1 次印刷
书　　号　　ISBN 978-7-5464-2958-8
定　　价　　78.00 元

《梦回蜀水》编委会

主　　　任：刘　辉

副　主　任：钟　杰　何　骐

主　　　编：何　骐

副　主　编：邬清富　杨　攀

执行副主编：蒋　文　李佳俊

编　　　辑：张菁菁　王培瑾　李立平

　　　　　　胡艺潇　张莉莎

审　　　稿：蒋　文

图 片 提 供：四川省水利厅信息中心

向水利人致敬

文 / 李明泉

四川江河纵横，素有"千河之省"的美誉，自古以来就被誉为"天府之国"，"水旱从人，不知饥馑，时无荒年"，一直是历朝历代的"粮仓"重地。

然而，"千河之省"却仍然缺水。这水缺在哪里？缺在水资源时空分布不均，区域性、季节性缺水严重。数据表明，全省水利工程蓄引提水能力只占水资源总量的13%，不到全国平均水平的一半；耕地有效灌溉率、人均有效灌面也低于全国平均水平。

与缺水相对应的是，四川每年会遭遇多次洪涝灾害，山洪暴发，泥沙俱下，冲毁庄稼，损坏房屋，导致城市看海、乡村汪洋，造成巨大的财物损失。

新中国成立以来，在党中央的坚强领导下，历届四川省委、省政府坚持"治水兴蜀"，带领全省人民自强不息、顽强拼搏，进行了气壮山河的水利工程建设。一座座水利枢纽或新建或整修或改建，库容量不断增加，散布在全省各地，如同镶嵌在大地的一颗颗明珠，闪耀着璀璨的光芒，承担着防汛抗旱、蓄水发电、灌溉供水、生态供水等重任，护佑着一方水土，使"天府之国"持续焕发着青春。

2009年到2017年，四川启动实施"再造一个都江堰灌区"行动，全省累计新增灌溉面积1060万亩。2019年，四川延续和扩展"再造一个都江堰灌区"行动，开展水利大提升行动，比2017年年底新增供水能力40亿立方米，新增有效灌面1000万亩；预计到2025年年底，全省用水总量将控制在300亿立方米以内。

党的十八大以来，以习近平同志为核心的党中央高度重视生态文明建设，做出一系列重大战略部署，带领全党全国各族人民努力开创社会主义生态文明新时代。习近平总书记多次强调"绿水青山就是金山银山"，特别是就保障水安全发表重要论述，明确提出"节水优先、空间均衡、系统治理、两手发力"的新时期水利工作方针。

四川水利系统深入贯彻习近平总书记系列重要讲话精神和治国理政新理念、新思想、新战略，大力推进水利改革发展和水生态文明建设，加快转变治水思路和水利发展方式，加快破解新、老水问题，加快推进水治理体系和治理能力现代化，水安全保障水平得到明显提升，为经济社会持续健康发展提供了有力的支撑。

时代前进的鼓声密集，四川水利并没有止步，而是在继续奋勇向前。

2021年5月13日，四川省水利厅党组中心学习组通过深入分析研判新时期新阶段四川水利改革发展面临的新形势、新机遇和新挑战，系统谋划"十四五"四川水利改革发展新蓝图，提出了新时期实现四川水利高质量发展的"3226"工作思路。

四川紧密结合盆地腹部区与川西北片、川西南片、秦巴山片、乌蒙山片"一主四片"水生产力布局区域特点，突出抓好重点区域主战场。"3"是聚焦生产、生活、生态"三大供水目标"；第一个"2"是着力构建"两大体系"（以引大济岷和长征渠引水为骨干、"五横六纵"生态水网为骨架的完备的水网体系和科学、法制、高效、规范的现代化水管理体系）；第二个"2"是始终坚守水生态安全和水旱灾害防御"两条底线"；"6"是以"推进大发展、推动大突破"为主基调，重点抓好六大方面的工作——一是扎实抓好水文、水资源、水生态和水安全基础工作，二是全力推进水网工程体系建设，三是全面提升水管理能力和水平，四是坚守水生态安全红线和水旱灾害防御底线，五是全面深化水利体制改革、机制创新和模式构建，六是大力发掘、传承和弘扬蜀水文化。

四川省水利厅党组书记、厅长郭亨孝解读新时期四川水利高质量发展"3226"工作思路时说，要高起点谋划水利改革发展蓝图，高规格部署各项重点工作，高强度推进"西水东引"两大世纪工程，高水平营造水利宣传态势，高标准提升水利行业能力，实现"一年打基础、两年强推进、三年上台阶、五年大突破"的工作目标。

在这样的背景下，四川省水利厅邀请省内知名作家和记者，挑选了13个重大水利工程进行深入采访，结集出版这本四川主要大型水利工程报告文学集《梦回蜀水》。

在13个重大水利工程中，既有历史悠久，至今仍在不断发挥效能的都江堰水利工程，也有建成数十年，仍然担负着重大职责的黑龙滩水库、鲁班水库等，也有正在加紧施工的向家坝灌区工程项目等。

这13篇报告文学作品，用充满激情的笔调，反映了四川主要大型水利工程建设管理和改革发展过程中取得的显著成绩，展示了四川重大水利工程的宏伟景象，叙述了广大水利建设者可歌可泣的感人事迹，展现了新时期四川水利人的良好精神风貌，读罢令人震撼、感动不已。

从有记载的鳖灵治水开始，四川一代代水利人前赴后继，战斗在水利事业第一线，默默无闻地奉献着。

以始建于秦昭王末年的都江堰水利工程为例，建成之初灌溉面积不过100万亩，新中国成立前为282万多亩；20世纪70年代中期，岷江水进入龙泉山脉以东的丘陵地区后，让都江堰灌溉面积迎来飞跃式扩展；1993年，都江堰灌区面积突破1000万亩，"雄居全国之首"。截至2020年，都江堰灌区已横跨岷江、沱江、涪江三江流域，灌溉面积1130万亩，造福7市40县（市、区），受益人口2300多万人。都江堰灌区的地图形状，像是一把打开的折扇，而且扇面还在不断地扩展。

不断上涨的数据里，凝结着一代又一代四川水利人的心血和汗水。

面对采访，水利人的话又是那么的朴实无华：

"其实，我们的工作说来很平常，也很简单，就是调水。如果要说我们有什么突出贡献和先进事迹，那就是按时按量保证各种用水需求，不出纰漏。"原都江堰管理局供水科科长徐兴文说。

"水利人嘛，就是要守得了清苦。"2014年四川省五一劳动奖章获得者、四川省长葫灌区管理局长沙坝水库管理所工程管理股股长刘金权谈起这些年的工作经历，淡淡地说出这么一句话。

"想一想旱区老百姓，工作再忙再累，都不觉得苦了。"绵阳市武都引水工程建设管理局机关党委书记周李军说。

在平凡的工作中做出不平凡的成果，在习以为常中做出不寻常的业绩，一个个水利人如同一颗颗螺丝钉，在各自的岗位上秉持初心、忠于职守，发挥各自的功能，保障着四川水利这个巨人在新时代的阳光照耀下，一步步坚定而稳重地向前迈进。

《梦回蜀水》这部报告文学集，不仅记录着那些重大水利工程建设和发展的艰苦历史，记录着它们在世人心目中的宏伟景象，更记录着一代代水利人为保一方水土而付出的巨大牺牲。

从这个角度来说，《梦回蜀水》就是在向水利人致敬。

（李明泉，中国文艺评论家协会副主席、四川省中华优秀传统文化传承与文化产业事业发展研究智库首席专家、四川省社会科学院二级研究员）

目 录

湖阔亭子口

文 / 邓子强　蒋　文

丁零零——丁零零——

一阵急促的手机铃声响起。

张华祥一把抓起枕头边的手机，下意识地看了下时间：四点三十分。

其实不用看，张华祥也知道是这个时间。这是他昨晚睡觉前特意设置的闹钟。

手机的闹钟功能，张华祥还是第一次使用。买手机的时候，他"嘿嘿"地笑着对站在柜台里的售货员说："这个功能对我们农村人有什么用？"

日出而作，日落而息。五十五岁的张华祥几十年来就没有因为睡过头迟起而耽误过事情。

"什么事这么急？"妻子跟着坐了起来，惊诧地问道。

"快起床收拾，大喜事！"

"什么大喜事？"妻子话才出口，张华祥就已经穿好衣服走出了房门。

妻子穿上衣服，赶紧下了床。张华祥是村党支部书记，虽然村里大事小情不一定都要他亲力亲为，但每天清晨巡湖，是雷打不动的。这一天，张华祥比往常提前了整整一个小时。

这一天，正是 2021 年 7 月 1 日。

四点三十五分，"突突突"的摩托车声响起，张华祥巡湖开始。

七点，张华祥换上洁白的衬衣，庄重地戴好党徽，骑上摩托，载着妻子向村委会驶去。路上，村民们三三两两向村委会聚集。

七点三十分，村委会会议室电视屏幕上，央视综合频道的现场直播热热闹闹地进行着。

八点，庆祝中国共产党成立100周年大会在天安门广场隆重举行。中共中央总书记、国家主席、中央军委主席习近平宣告："经过全党全国各族人民持续奋斗，我们实现了第一个百年奋斗目标，在中华大地上全面建成了小康社会，历史性地解决了绝对贫困问题。"

顿时，村委会会议室里的掌声和电视直播中天安门广场的掌声响成一片，热泪在所有人的眼眶中打转……张华祥最终还是没能忍住，两行泪水恣意横流在那张因激动而涨得通红的笑脸上。

嘉陵江上亭子口

张华祥所在的长江村紧靠亭子湖，沿村湖岸线长13公里。

亭子湖是内陆淡水湖泊，是建设亭子口水利枢纽工程而形成的人工湖，水域面积110平方公里，库容34亿多立方米，整个湖周长有800多公里。亭子口水利枢纽大坝就建在长江村村口，这让在亭子口土生土长的张华祥特别自豪。千万别小看这13公里，亭子湖就是从这13公里开始的，这里才是正宗的亭子湖呢。

长江村地处四川省广元市苍溪县亭子镇。亭子湖是以镇名命名的，水利枢纽工程则以"亭子口"命名。在现今能够找到的地方志资料里，人们的思维逻辑大抵是一致的：先有亭子口，再有亭子村，然后亭子乡，后来拆乡设镇成为今天的亭子镇。

亭子口名字的来源，是一个美丽的传说。相传王母娘娘赶赴蟠桃盛会途中，看到个山清水秀草绿花红的地方，甚是喜欢，驾云返回时天已漆黑，仍念念不忘这片美景，便取出夜明珠照向人间，只见山欢水笑花木招展，王母娘娘惊喜之中，不慎将夜明珠滑落人间。于是，随行的七仙女下凡寻找，于是就有人时常看到一白衣女子在江边走走停停，寻找一颗夜明珠。传说一直传下来，一辈传一辈。若干年后，江边平坝上长了一棵柏树，远看像一位仙女，近看像个亭子。听着传说长大的一代代当地人，认为这是神仙显灵，就商量着出力出钱修了一座寺庙，寺中塑着一位仙女，手捧夜明珠。这座寺庙被称为亭子寺。渐渐地，就有人前来上香进贡，寺庙香火繁盛了起来。南来北往的客商也常经此地，驻足休整，亭子寺慢慢发展成为方圆百里小有名气的驿站。因为这里恰好处在张家沟与嘉陵江的交汇口，亭子寺就被称作了"亭子口"。

亭子口位于嘉陵江上。嘉陵江是长江流域面积最大的支流，长度仅次于雅砻江，流量仅次于岷江。站在亭子口北望，可望见嘉陵江的出生地——东源与西源。东源（故道水）出自陕西省凤县秦岭南麓的嘉陵谷，西源（西汉水）出于甘肃省天水市平南镇阳坡村。尽管东源和西源各执己见，都认为自己是正源，但是嘉陵江没有说话。两源流至陕西略阳两河口合二为一后，一路盘曲，经过几级台地的落差，进入沃野千里、丰饶富足的"天府之国"。而后在广阔的盆地与圆润的丘陵间蜿蜒，千回百转，穿越朝天清风峡、明月峡，出广元、下昭化，来到了江面宽阔的亭子口。

站在亭子口南眺，矫健的嘉陵江穿过苍溪县城，在阆中、南部、南充、蓬安、武胜等地形成十多个"Ω"字形大弯，在合川汇聚了渠江、涪江两大支流后，以汹涌浩大之水势奔向重庆朝天门，奔入滚滚长江。

嘉陵江进入亭子口几乎是悄无声息的，江面波平微澜，江底却暗流湍急。对于亭子口段的嘉陵江，张华祥随口吟诵了两句古诗。我听得真切，也知道些来历。

"送客苍溪县，山寒雨不开。"这是唐朝大诗人杜甫送客到此而作的一首五言律诗《放船》中的诗句。杜甫之后，南宋大诗人陆游"细雨骑驴入剑门"之前，也曾三次路过苍溪，每过一次还留诗一首，最后留下了四首诗。"最忆苍溪县，送客一亭绿。"就是陆游在80多岁高龄时怀想苍溪而写下的第四首《怀旧用昔人蜀道诗韵》里的名句，这在苍溪县几乎家喻户晓。

1935年3月，红四方面军根据中共中央指示，配合中央红军在川黔滇边作战，决定发起强渡嘉陵江战役。强渡嘉陵江以塔子山地区为主要突破点，渡口就选在亭子口上游的鸳溪口和下游的涧溪口。

亭子口风景是绝美的，最美的是绿。陆游诗"送客一亭绿"，已写尽了亭子口嘉陵江之绿。长江村的老百姓，也会把这自豪隐于淡然的口气，告诉你说："我们亭子就是绿啊。"和张华祥站在村委会院坝里环望，绿似从江底升起，在江面列队，然后向两岸铺陈，铺满山林和果树，铺满田地和庄稼，风起的时候，像在碧阔的大海里翻卷，没风的时候，就像长在水里，长在山里，丰腴柔润，纯净优雅，让苍山溪水变得温婉柔美。

嘉陵江养育了巴蜀人民，也孕育了灿烂的巴蜀文化。

跨越半个世纪

新千年的第一个春天，2001年3月19日成了亭子口的节日。

这一天，亭子口苍山涌翠、溪水欢歌，满山遍野成了人的海洋、花的世界，人们奔走相告，笑语充盈着山林。

这一天，亭子口方圆十公里的群众，纷纷徒步赶山路而来，敲锣打鼓，扭起秧歌，吹起唢呐。

这一天，亭子口迎来了时任国务院副总理的温家宝对亭子口水利枢纽工程坝址的视察。

2008年12月，苍溪县政协学习和文史资料委员会编撰的文史资料集《心仪亭子口》一书，记录了这一天的盛况："一位七十多岁的老太婆拉着总理的手热泪盈眶地说，我们盼亭子口盼了整整一辈子，自己还是小姑娘时就说要修，直到现在快八十岁了还没动，希望有生之年能见到工程上马。一位在库区工作的女党委书记给总理汇报说，提起亭子口工程自己曾三次流泪，老区人民苦啊，老区人民难啊，老区人民盼啊。今天见到总理的泪是激动的泪、喜悦的泪，不再有遗憾了。温总理接纳了老区人民的热情与企盼，后来亭子口的各项启动工作加快了……"

嘉陵江上游是崇山峻岭，多暴雨，洪峰高，有"一雨成灾"之说。川东北老区更是逢旱地干、雨多成涝，稍有大暴雨就得拉响防洪警报，动辄就是几万甚至几十万沿江群众的紧急疏散转移。

张华祥小时候常听爷爷说，亭子口常有水灾，嘉陵江涨水，岸边庄稼被淹得颗粒无收。两岸人员来往中断，有急事的人勉强过河，常有船翻人亡的事情发生。来往的大货船也经常在滩上沉没，造成人、船、货俱毁。水灾谁也没有办法，于是大家只有靠神。亭子口对岸的浙水乡和马桑乡在附近各修了一座龙王庙，但是灾害还是连年发生，甚至有一年涨大水还把龙王庙淹了，他们不得不在高崖上再修。

20 世纪 50 年代，水利部、长江办（长江流域规划办公室，现为水利部长江水利委员会）便开始对嘉陵江流域进行大规模的勘测规划。

1957 年，亭子口、李家嘴迎来了一批金发灰眼的苏联专家，两岸的老百姓第一次见到了外国人。有的走十多里山路赶来，就是为了瞻仰一下苏联专家的尊容；有的年轻人竟跟在考察队后面跑了两三天，好奇地琢磨这些外国人的一言一行。

在这些苏联专家中，有地质专家阿卡林、水利计算专家斯捷马赫、隧洞专家马祖尔、水工专家斯皮林，他们与长江办、省水电厅（现为水利厅）的工程师一起对亭子口坝段进行了大量勘测，获得了许多宝贵的技术资料。

专家认为：嘉陵江流域，能修建大库容水利枢纽的地方很少，李家嘴是最理想的一个地方。

当时主持专家论证会的省计委（省计划委员会，现为省改革和发展委员会）刘主任在发言中说道："希望最迟在 1959 年初开工，第二个五年计划末完成。"

世事难料。

此后，由于政治原因，苏联专家撤走，全国备战备荒，有关亭子口水利枢纽的所有资料被埋在了丹江口的一个石洞里。接着三年困难时期，再加上"文化大革命"，让这些资料在丹江口那个潮湿的洞穴里待了近二十年。直到粉碎"四人帮"后，再次抓水利建设，长江水利委员会（简称"长委"）才动手整理丹江口那些沉睡了多年的资料。可是，大部分已腐蚀得无法辨认了。

如果苏联专家还健在的话，也应该是耄耋之年了，当亭子口水利枢纽工程在 21 世纪再一次被提出来，他们一定会倍感欣慰的，为这个倾注了他们心血的水利工程祝福。

20 世纪 80 年代，改革开放发展经济，水利建设迎来了第二个春天。

1986 年春节刚过，一批客人风尘仆仆地来到了亭子口，他们是长江水利委员会第四勘探队和第八勘测队的专家、技术员。

他们在亭子口一干就是五年，晴天一身土，雨天一身泥，风餐露宿，披星戴月。

伴随着隆隆的钻机声，他们把汗水和五年的青春无私地献给了亭子口，献给了川北老区。

五年里，长委组织技术力量对嘉陵江流域进行了大规模的钻探、勘测，编制完成了《嘉陵江干流广元至苍溪河段规划报告》。

苍溪县水电资源开发项目办公室系统整理出《苍溪县争取亭子口水利枢纽工程立项上马工作大事记》（简称《大事记》），简要记述了温家宝视察亭子口坝址以后的争取历程：

2001 年 8 月 7 日，当时的水利部部长汪恕诚视察嘉陵江亭子口坝址，并听取广元市和苍溪县相关人员的工作汇报；

2002 年 1 月 16 日，四川省政府致函国家计委（现为国家发展和改革委员会）《关于嘉陵江亭子口水利枢纽工程我省资本金问题的函》，承诺负责我省资本金的筹集；

2003 年 3 月 17 日，国家计委复函四川省代表团在十届全国人大一次会议上所提议案《关于尽快审批亭子口水库和都江堰节水改造工程的建议》；

2004 年 9 月 6 日，国家发改委对中共四川省委、省政府报送的《请求温总理及国务院有关部委关心支持嘉陵江亭子口工程立项建设的有关问题》，复函四川省发改委《关于四川省请求国家关心支持有关问题的复函》；

2005 年 10 月 10 日，嘉陵江亭子口水利枢纽工程项目业主组建发起人协议书在成都签订；

2006 年 2 月 13 日，四川省水利厅、省发改委向水利部、国家发改委报告《亭子口水利枢纽在四川省水利发展"十一五"规划中排序的报告》，亭子口水利枢纽工程被列在全省水利工程建设项目的首位；

2007 年 8 月 3 日，国家发改委批准《嘉陵江亭子口水利枢纽工程项目建议书》，嘉陵江亭子口工程正式获得国家立项，苍溪县在武当山举行庆典活动。

最后，《大事记》是这样结尾的："至此，亭子口水利枢纽工程正式转入业主公司运作。中共苍溪县委、县人民政府圆满完成了争取嘉陵江亭子口工程立项建设工作的历史使命。"

2009 年，四川省提出"再造一个都江堰灌区"的战略构想，以彻底扭转大部分耕地靠天吃饭、遇旱成灾的局面，亭子口水利枢纽成为这一战略的关键性工程。

中国大唐的亭子口奇迹

对于企业,亭子口水利枢纽工程却是个烫手的山芋。作为水利民生工程,亭子口水利枢纽工程社会公益性强,经济指标差。

亭子口项目概算总投资 168.53 亿元,其中用于环保和移民安置的占项目总投资的比例近 40%。亭子口工程是在红土层修建 116 米的国内第一高坝,建设成本和难度远高于同等规模的电站。

亭子口水利枢纽建成后,库区每年为嘉陵江下游群众提供 15 亿吨以上供水,仅此一项就相当于每年减少企业发电量约 3 亿千瓦时。业内人士还做过测算,亭子口工程装机 4 台 27.5 万千瓦机组,年发电利用小时数却不足 3000,最多不超过 30 亿千瓦时。每千瓦造价 1.53 万元,度电投资是 5.7 元 / 千瓦时。

有企业放下狠话:“这个项目,谁干谁亏损。”

细数起来,企业承担的社会公益职能远远大于以发电为主的同类企业。事实也如此,在 2005 年中国大唐集团接手这个项目之前,广元市每年的人代会都有代表提这个项目的议案。

2005 年,中国大唐集团发挥中央企业的责任担当,敢于“吃螃蟹”,经过仔细分析和充分论证,最终做出了开发建设亭子口项目的重大战略决策。

2006 年 6 月 15 日,中国大唐集团联合四川省 4 家公司,按照一定股份比例,成立了嘉陵江亭子口水利水电开发有限公司(简称“亭子口公司”),以项目法人责任制、工程监理制、招标投标制、合同管理制和资本金制为主线,参与亭子口水利枢纽工程建设。

“接这个项目,当时压力是非常大的。”事后,亭子口公司有关负责人坦言。但中国大唐集团立足长远,对自己较强的水电工程建设管理充满信心,最终找到了优化工程、缩短工期、降低造价来改善工程经济指标的探索性路径,率先担负起了建设亭子口水利枢纽工程的光荣使命。

中国大唐集团的战略决策是有胆识的,亭子口水利枢纽工程成为央企参与国家水利建设的第一个试点项目，亭子口公司也成为央企开发建设大型水利工程的第一个经济法人。

亭子口公司的战略行动更加魄力满满，掷地有声。

2009 年 11 月 25 日，亭子口水利枢纽工程正式开工建设。

2010 年 1 月，嘉陵江截流。

2013 年 6 月 18 日，提前 6 个月实现下闸蓄水；8 月 9 日和 8 月 29 日，1 号、2 号机组分别提前 5 个月和 8 个月投产发电；12 月 24 日，大坝全线达到设计高程。

2014 年 5 月 1 日，4 台机组全部投产发电；8 月 28 日，正常蓄水位 458 米高程蓄水通过国家验收。

2015 年 10 月，通航建筑物（升船机）船厢室机构混凝土浇筑完成。

2017 年 5 月 19 日，通航建筑物（升船机）船厢首次提升试验成功；8 月 30 日，亭子口水利枢纽鱼类增殖放流站通过投入运行验收。

2018 年 12 月 18 日，航运工程升船机实船试验成功。

2019 年 6 月 29 日，航运工程升船机正式启用，嘉陵江亭子口水利枢纽公益功能全部配齐。

这些重要时间节点的背后，是亭子口水利枢纽在我国大型水利工程建设史上一枚枚闪亮的勋章。

创造了大型水利水电工程国家审批速度的最快纪录，仅用 3 年时间就完成了项目报批。

创造了国内同等规模电站从开工到发电的最快纪录，历时 3 年 8 个月。

创造了提前半年完成 3 万多移民的搬迁安置、一次性完成了下闸蓄水和全部 4 台机组投产的专项验收纪录，没有发生一起移民群体上访事件，走出了一条依法移民、和谐移民、情感移民的新路子。

创造了大型水利工程当年投产、当年盈利的纪录。

创造了单日单仓施工碾压混凝土 1.584 万立方米的世界纪录，取出了天然骨料碾压混凝土 19.59 米长芯，刷新了行业纪录。

创造了国内同类型同等规模弧门的最快安装纪录。

创造了汛期下闸、库容最大限度蓄水的先例。

创造了国内通航建筑物（升船机）船厢室机构混凝土浇筑同类型同级别工程施工进度的最快纪录。

◆亭子口工程建设现场全景

创造了两台机组"一月双投"的最短纪录，1号和2号机组比国家批复工期提前5个月和8个月投产发电，为企业创收近8亿元。

我们去亭子口采访，车从苍溪县城出发，沿嘉陵江逆流而上，十多公里的路程，江流和果园在翠绿中交替。很快，车向左拐，出示健康码，测量体温，申领安全帽，我们走进了亭子口水利枢纽坝区。一面轴线总长995.4米、坝高116米的混凝土大坝从江底升起，"中国大唐"四个红色的大字在坝顶格外醒目。坝上矗立的旋转人工梯，直入云霄。坝底三条混凝土渠坎将江面分成4个导流区域，泄洪坝巍挺有致，滔滔水流，奔流不息。

发电机组厂房就在正前方。带领我们采访的小伙子名叫黄维胜，电力工程专业毕业，一毕业就到了亭子口，发电厂房是他在亭子口公司工作的第一站。跨入厂房，黄维胜熟门熟路，滔滔不绝地讲解，完全像招呼着几位来自家做客的客人。我们完全能够感觉出来，这里，就是他的家。发电机层4个直径约15米的蓝色盖板盖着4台发电机组，是亭子口发电系统的核心设备。在中控室，宽敞的监控室挂满了电子屏幕，红、黄、蓝、绿各色灯光闪烁，屏面曲线也显得婀娜多姿。办公区走廊陈列着荣誉奖牌与匾额，文化墙布置得生动活泼。在隆隆的电机轰鸣声中，在黄维胜的讲述中，一幅幅画面扑面而来。

坚持"优化设计、务实创新、孵化效益"理念，盯紧工程源头，第一时间聘请业内顶级专家进行科研攻关，优化设计方案：防洪库容从 12.6 亿立方米优化到 10.6 亿立方米，坝轴线缩短 100 米，导流明渠宽度减少 70 米，工程弃渣场大幅度优化，有效降低了造价，缩短了工期。

亭子口工程建设期间，先后完成 11 部工法、11 项特色技术攻关，创建了 22 个土建与机电施工示范点，2 项质量控制成果获国家级和省部级奖励。其中，坝基深层抗滑稳定关键问题研究、高水头底孔体型及流激振动专题研究、电站进水口分层取水、升船机上闸首提前挡水发电专题研究等研究的成果得到充分运用，为中国水利水电建设管理积累了宝贵经验。

坚持"水利工程建设质量须万无一失，否则就是一失万无"理念，从一开工就设定质量红线，将"造价低、工期短、质量优、效益好"精细到工程建设的每一个环节，抓好"第一挖、第一护、第一灌、第一仓、第一焊和第一装"等 70 多个样板示范点，为参建各方提供高质量样板。

2012 年，工程建设进入施工高峰期，三期截流是关键。是否提前进行三期截流？施工方陷入两难境地。对即将到来的汛期一无未知，提前截流如果成功，可以在安全度汛的同时，保证汛期正常施工；一旦失败，后果将不堪设想。

"干！"关键时刻，亭子口公司决策层经多方咨询论证，大胆决策，顶着巨大压力，决定采取导流明渠临时截流底孔过流方案。

2012 年 2 月 17 日，三期临时截流圆满完成，给整个工程建设抢下了半年工期。

直面挑战，聚焦项目，内抓管理，外争政策，控制造价在概算以内，提前 5 个月实现机组并网发电，把一个"赔本赚吆喝的买卖"打造成了保本微利项目。

2013 年 8 月，在 1 号机组投产发电前夕，亭子口公司全体干部职工驻守工地抢抓工期，实行工地 24 小时值班，清主线、抓关键，倒排工期、责任到人，兵分六路，及时对口解决问题，做到了基建与生产运行无缝对接。

功夫不负有心人。经过多方机构评测，亭子口水利枢纽工程被打造成了水电精品工程，合格率 100%，土建优良率 92.8%，机电优良率 96.1%，实现了"项目报批快、施工准备足、建设管控好、移民搬迁稳、投产发电早、综合效益好"的目标。

亭子口精神的力量

亭子口公司工程管理部咨询师谭先军，2013年5月获得四川省五一劳动奖章。

谭先军之前参加过葛洲坝水利枢纽建设，2008年从湖北宜昌来到亭子口，一直参与亭子口工程建设。采访时，穿着朴实的谭先军有点不喜言谈，平时也没有特别爱好，面对采访，他一直说自己没做什么大不了的事情，就是干了些该干的工作。半个多小时，我们的采访就结束了，临走的时候，他答应给我找点资料，我们互相加了微信。

走出办公楼，一抬头就看见亭子口公司大院里高高悬挂的九个红色大字——担当，奉献，创新，钉钉子。正在惊异的时候，黄维胜告诉我们，这是大唐亭子口公司精神！

我有点纳闷，这精神怎么没有从刚刚采访的谭先军身上看到呢？第三天，谭先军给我发了两个新闻链接，我打开翻看，第一眼就觉得这精神说的一定是他了。

2019年10月14日，《广元日报》开了个"奋进70年　铸就广元辉煌——广元十件大事记"栏目，邀请谭先军作了亭子口水利枢纽的"亲历者讲述"。

作为一名在水电战线工作近三十年的工程技术管理人员，2008年10月谭先军来到亭子口，负责工程的质量管理工作。工作期间，他的心中只有一件事：尽自己的最大努力做好本职工作，保证工程质量，为亭子口创大唐集团水电优质精品工程的目标保驾护航。

2012年，正值亭子口工程建设的关键时期，为了实现2013年发电的目标，工程整体进度要比国家批复计划提前5个月，但由于施工单位管理不善，此时工期已严重滞后。面对困难，谭先军没有别的选择，只有迎难而上。

谭先军应用多年工作积累的经验，针对施工单位存在的问题进行认真梳理，多次组织召开技术方案专家讨论会，及时决策，优化设计。每日召开现场工作会，清主线、抓关键、倒排工期，放弃休假，实行工地24小时值班制度，白天和夜晚在工地奔波，督促和落实总监及项目经理坚守工地第一线，及时调整施工资源，咬定施工计划和目标不放松，及时解决问题……日日夜夜的奋战和不懈的努力，终于提前5个月实现了首台机组并网发电，并实现了新机"一月双投"的可喜成绩。

在整个建设过程中，谭先军一直兢兢业业，勤勤恳恳。作为上有老下有小的儿子、父亲和丈夫，每个应当阖家团圆的节日，他总是选择坚守工地。在厂房施工的关键时期，父亲先后两次进入重症病房抢救，但他从未请过假、诉过苦……有付出就会有收获，在四川省总工会组织的"奉献嘉陵江，建功亭子口"省重点工程劳动竞赛中，谭先军被授予四川省五一劳动奖章。

2014年10月14日，《四川工人日报》刊发文章《"恶人"谭先军的故事：敢斗硬又细心》，更加详细。

在很多人眼里，这是一个让大家避之不及的"恶人"，只要被他发现了"破绽"，等待自己的只能是挨批、整改、返工。他就是主管工程质量的亭子口公司工程部主任谭先军。

个别施工单位的负责人故意将老谭的手机设成黑名单，有急事怎么也打不通。谭先军识破对方这一招后，经常搞突然袭击，杀到现场检查质量，弄得对方措手不及，偷工减料的行为常常被逮个正着。"你手机占线工作忙，我只好来现场找你们呀，多走点路对身体有好处！"谭先军柔中有刚，令对方无可奈何。

有的单位想蒙混过关，有意把浇仓的时间安排在深夜，想以此迫使老谭先签字验收。这样的情况，谭先军自有办法。"你们什么时候浇仓我什么时候验收，哪怕深更半夜都行，一个电话，我保证20分钟内赶到，绝不影响你们的下一个工序，但字是不可能先签的！"

谭先军说到做到，有好几次碰到施工单位深夜浇仓，他索性连宿舍都不回，就在工棚眯一会儿，保证随叫随到。有的施工单位想钻空子，故意应付和拖延时间，工作经验丰富的老谭也有招：从白天到晚上，他坚守现场，饿了就在工地吃饭，直到达到验收标准才准许开仓浇筑。

我在深深的感动中走进了谭先军内心，走进了每个亭子口工程建设者心中，走进了亭子口公司造就的每一个高光时刻，解开了亭子口精神的密码，解开了亭子口工程奇迹的密码！

奔流不息的嘉陵江，在亭子口水利枢纽大坝处撞上了"南墙"，仿佛被套上了"笼头"，不得不回头的江水一下子没了往常的肆虐不羁，只有涨成浩瀚的亭子湖。

在数百米长的亭子口水利枢纽大坝上，冯磊时常独自一人来来回回地走，一侧是"高峡出平湖"的亭子湖美景，一侧是大坝泄洪口徐徐泄下的水流。这美景真是大美，而冯磊更关注的是徐徐泄下的小水流，确切地说，是这小水流形成的泄洪口近百米下的消力池。

作为亭子口公司设备管理部负责人和自动化专业负责人，冯磊负责着亭子口公司所有设备技术管理工作，大坝就是他工作的第一现场。在这里，冯磊以坚实可靠的设备基础，保障了发电机组自2013年投运以来"零非停"（"非停"指非计划停机），水利枢纽长周期安全运行达到2900多天，尤其是2020年，确保机组连续3个月满负荷地运行，增加发电量10亿千瓦时。

在大坝上来来回回地走，也许是冯磊思考问题时的一种习惯，我没有问过他，也不敢妄下结论。这种来回走的状态，却与他2020年12月2日上午获得第八届"四川省劳动模范"荣誉称号，当天下午就赶回公司参加机组检修的风风火火大不一样。

采访冯磊，他长相普通，语不惊人，却逻辑严密，滴水不漏。面对这份难能可贵的荣誉，冯磊也平淡无喜："这份荣耀属于我个人，更属于每一位扎根川东北革命老区、守护嘉陵江的亭子口人。"2015年3月，亭子口公司成立了以他名字命名的"冯磊创新工作室"。这个工作室获得过"四川省机电冶煤系统示范型创新工作室"称号，2019年被吸收为四川省机电冶煤系统劳模和工匠人才创新工作室联盟成员，冯磊也当选该联盟专业委员。

冯磊喜欢用数据说话，用事实说话。我们也先列举一段数字：冯磊创新工作室现有成员40名，最了不起的是平均年龄35岁；成立6年来，已获专利29项、创新成果9项、成果转化2项、实用新型专利29项；参与修编行业标准4部；科技成果获得四川省科技进步一等奖1项，全国设备管理创新成果一等奖1项、二等奖4项、三等奖2项，全国电力职工成果三等奖1项及四川水力发电科学技术三等奖1项，电力行业优秀质量管理小组三等奖，以及大唐集团科技进步二等奖、大唐集团公司论文优秀奖三等奖、大唐集团公司万众创新奖三等奖各 1 项，创新成果节创经济效益累计 3050 万元。

这些数字是有温度的，在冯磊和他的团队眼里，每个数字都是用心血浇灌的，都是时间的沉淀、不屈的坚守和无限的忠诚。

大坝安全是水利枢纽的核心，安全巡检是重要环节。其实冯磊他们天天都在大坝上来来回回地走，在同一个地方天天走可能成为庸常，也可能成为异常，冯磊就把这庸常走成了异常。他不止一次地注意到，消力池等关键泄洪建筑物水下部分的检测，通常采用人工潜水进行。检测后的消力池清淤，一般是在尾坎下游打围堰抽干消力池中的水，再清理掉消力池护坦表面的淤积物，施工风险高、工期长、难度大、成本高。

2014 年，亭子口水利枢纽消力池做了次抽干排水，前后用时 5 个多月，花费 590 万元。按照设计要求，每 3 至 5 年或大洪水过后都要对消力池进行一次检测，采用传统的检测方式，工期一般 3 至 6 个月，围堰搭建、拆除、抽水和检测等大约花费 1000 万元。

冯磊一直心有不甘，走在这大坝上的许许多多个日夜里，他有千百个设想涌出，又被他自己一一否定。2018 年，一种智能水下机器人检测的构想，突然浮现在脑海中。越想越有希望，冯磊没有犹豫，赶紧跑回工作室，与团队一起攻坚，又与清华大学能源互联网研究院联合研发，引入高精度坝面无人机用于坝面巡检作业面的检测，对坝面进行混凝土表面缺陷、裂缝、损伤、脱落及冲蚀的巡检；采用水下机器人对底孔、表孔消力池区域水下结构进行定期检查、监测或特殊环境下运行状态的监测判断，实现水下区域全覆盖检查巡视。

2020 年 10 月 19 日下午，30 多位媒体记者见证了水下机器人巡检的全过程。那天的媒体一片惊叹，醒目的标题频频出现——"5G 加出新动能：打卡亭子口水利枢纽'5G 智慧电站'""5G 带来新动能 走进广元苍溪亭子口水利枢纽看水下机器人巡检""首个 5G 智慧水电站落地：首创 5G 水下机器人清淤、巡检作业""亭子口水利枢纽国内首创水力发电领域使用 5G 技术项目"等，其中四川在线发布的一篇新闻颇有代表性：

10 月 19 日下午，苍溪县亭子口水利枢纽电站大坝，吊车长长的手臂将搭载三维激光扫描新技术的智能机器人吊入江中，江面船载 5G 云视讯传输系统实时将水中画面传到大坝指挥平台，并通过大屏幕显示出来。

"水深 18.5 米，淤积厚度超过 10 厘米！"通过智能机器人辅助光源照射，原本漆黑的江底淤泥清晰可见。

"冲刷！"指挥人员下达指令后，智能机器人射出的水流开始对淤泥进行冲刷。过了一会儿，干净的坝底就清晰地显示在大屏幕上。

这是中国移动携手大唐集团、清华四川能源互联网研究院联合开展的"5G 智慧电厂"项目试点——5G 水下机器人巡检的一个场景。同时，5G 无人机也在对坝体溢流道进行表观巡检。

......

目前，该套系统在亭子口先后开展了 5 次现场巡检，巡检面积达 14.37 万平方米，在不修筑围堰、不排水的条件下，实现消力池的底板安全检查，执行期节省检修费用约 4000 万元，后期每年还可节省费用约 1000 万元。

冯磊的消力池及坝面无人机智能巡检，5G 技术库坝安全智能巡检系统的应用，实现了人工智能与传统水电工业的有机融合，达到了国内先进水平，但这只是他和团队开展亭子口水利枢纽智能运管一体化平台规划与建设中的一部分，是智慧电厂建设的基础。

"心有多大，舞台就有多大！"突然想起了这句台词。是的，亭子口精神的力量，足以给冯磊和每一个亭子口人无限的舞台。

"当代都江堰"

四川是"千河之省"，却异常缺水。

这水，缺在水资源时空分布不均，区域性、季节性缺水严重。全省水利工程蓄引提水能力只占水资源总量的 13%，不到全国平均水平的一半；耕地有效灌溉率、人均有效灌面也低于全国平均水平。

2009 年，四川启动实施"再造一个都江堰灌区"行动，至 2017 年基本完成时，全省累计新增灌溉面积 1060 万亩（1 亩 =666.67 平方米），农田灌溉水的实际使用率从 42.2% 提高到 44.6%。

2019 年，四川延续和扩展"再造一个都江堰灌区"行动，开展"再造都江堰"水利大提升行动，比 2017 年年底新增供水能力 40 亿立方米，新增有效灌面 1000 万亩；到 2025 年年底，全省用水总量将控制在 300 亿立方米以内。

亭子口水利枢纽是嘉陵江干流唯一的控制性骨干水利工程，也是四川省"再造一个都江堰灌区"行动的关键性工程。亭子口水库供水区建设也被列入"再造都江堰"水利大提升行动的"南水北补""六纵"工程之一。

听到有人叫"亭子口水电站"，黄维胜立即纠正："亭子口不是水电站，而是水利枢纽。水利枢纽的功能定位主要在防洪灌溉、为城乡供水、清洁发电、拦沙减淤、拦污净水和交通航运，发电只排在第三位。"

虽然发电只排在第三位，但亭子口公司坚持有所为有所不为，充分发挥清洁发电优势，研究推进嘉陵江中上游水库群（碧口—宝珠寺—亭子口）的联合优化调度，充分发挥梯级补偿效应。截至 2021 年 8 月 20 日，已经实现安全运行 2900 多天，累计清洁发电近 220 亿千瓦时，上缴税收超 17 亿元；相同电量减少标煤消耗 88 万吨，减少排放碳粉尘超 59.8 万吨、二氧化碳 219 万吨，减少排放二氧化硫等有毒有害气体 9.9 万吨，确保了长江绿色生态廊道水清、地绿、天蓝。2018 年 11 月 3 日至 2019 年 3 月 15 日疏通金沙江堰塞湖期间，积极配合四川电网调度，推迟年度机组检修计划，累计发电量超 1.1 亿千瓦时。

"水利民生工程、水电示范工程、和谐致富工程、保本盈利工程"，这是国家发改委、水利部和四川省对亭子口水利枢纽的定位。

数据显示，亭子湖总库容 40.67 亿立方米，相当于 384 个西湖的水量，可用于防洪库容超过 30 亿立方米，是四川之最。因为亭子口的存在，嘉陵江中下游重要城市的防洪标准由 20 年一遇提高到了 50 年一遇，南充等大城市达到了百年一遇。

对于 2018 年 7 月 11 日的洪峰，冯磊至今记忆犹新。那一天，嘉陵江上游形成了 80 年一遇的洪峰，最大流量达 25130 立方米 / 秒，是有记录以来第二大峰值。面对超强洪峰，亭子口水利枢纽首次 8 个泄洪表孔弧门全部打开，同时开启了 3 个泄洪底孔。一瞬间，泄洪口十多米的洪浪像脱缰的野马一样高高腾起，滔天黄浪飞卷，雷声轰响，一齐泄下。

这次洪峰中，亭子口水利枢纽有效滞洪 8.1 亿立方米，使洪峰削减 9130 立方米／秒，削峰率达 36%，极大程度减轻了下游苍溪、阆中、南充等 12 个市县的防洪压力，避免了下游上百万群众紧急避险搬迁，为战胜长江 2018 年 2 号洪峰做出了重要贡献。

亭子口下游的阆中古城，已经 2300 多年，三面环绕着嘉陵江水，在初夏的阳光照耀下，平静宽阔的江面上金光点点，江岸树木郁郁葱葱，山水古城融为一体。

曾经，洪水是阆中古城的头号天敌。在阆中市滨江路，至今都保留着三处重要的水利景观：一处是明代建成的防洪堤，鱼翅状，主要功能是挡洪水；一处是清代修建的镇水石犀，希望借镇水石兽祈求上天保佑；第三处是防洪堤，柔性护坡和白玉栏杆绵延十公里，这是现代人为了避免水患修建的防洪大堤。

据史料记载，自 1543 年以来，阆中古城共遭受严重洪水灾害 37 次，其中新中国成立以来遭受过 10 次。1981 年 7 月 14 日，嘉陵江暴发 50 年一遇大洪水，淹没街巷、房屋和仓库无数，街面最大水深达 5.53 米，历时 32 小时。

亭子口水利枢纽建成后，阆中古城百姓仿佛吃了定心丸，不再为洪灾担惊受怕了。2013 年 7 月 2 日，阆中市降雨量达到 303 毫米，预计最大流量 9000 立方米／秒。要在过去，沿江 10 万居民必须紧急撤离。亭子湖蓄水后，当天通过阆中的最大流量被控制到了 5000 立方米／秒。7 月 12 日，亭子口泄洪，经过阆中的流量仅 4000～6000 立方米／秒，强大的洪峰调节能力保证了阆中古城安然无恙。

亭子口给嘉陵江上下游带来的好处不只是防洪。

地处陕、甘、川交界的亭子湖是嘉陵江上、中游分界点，2015 年遭遇锑污染，2016 年遭遇柴油污染，2017 年遭遇铊污染。输入型污染，影响城区及沿江城镇数十万人的饮水安全。正是有了亭子湖的拦蓄与稀释，才没有造成污染蔓延，确保了嘉陵江中下游群众的安全饮水。

2020 年 12 月 16 日，作为嘉陵江亭子口水利枢纽配套的大型灌区项目——亭子口灌区一期工程在南充市蓬安县正式开工，设计灌溉面积 136

万亩，年平均供水量 4 亿立方米，供水人口 245 万。建成后的灌区耕地灌溉率将由 37.7% 提高到 71.3%，平均每亩粮食产量将由 508 公斤提高到 680 公斤，年均增加直接收入 16 亿元；每年可向灌区提供人畜净用水 874 万立方米，提供城镇工业及生活净供水 1.6 亿立方米，实现供水效益 11 亿元。

在亭子口水利枢纽大坝左岸不远处，早在 2013 年下闸前就建成完工的亭子口灌区取水口渠首巍然屹立，似乎在急切地呼唤灌区工程早日合龙。与之相邻的一根大型输水管道，沿嘉陵江畔自北向南往苍溪县城而去，水质长期保持在 I 类水标准的亭子湖已经是苍溪县自来水主水源地。

自古以来，嘉陵江还是沟通南北的黄金水道，但河流曲折、水流湍急、滩险礁石多，有首民谣说得真切："嘉陵江上滩连滩，滩滩都是鬼门关；半年走一转，十船九打烂。"如今，经过多年的改造建设，嘉陵江已经成为我国内河主通道中第一条全江渠化的河流。

2019 年 6 月 29 日，碧波如练的嘉陵江上，两艘 500 吨级的货船——"凤顺 666"和"宇峰 379"，满载 1000 吨重晶石矿粉，从四川广元港红岩作业区顺流而下。傍晚时分，夕阳西照下的亭子湖湖面波光粼粼，亭子口大坝上，目前国内最大的全平衡钢丝绳卷扬提升式垂直升船机启用作业，一个小时后，两艘货船顺利驶出亭子口水利枢纽船厢闸室，航行 6 天后，它们抵达了重庆果园港。

这是嘉陵江断航近 30 年来，第一次实现了全江通航，国家"两横一纵两网十八线"之一的水利黄金通道——嘉陵江流域开启了新时代新使命。经专家测算，水运运价是铁路的 46%、公路的 23%。全江通航的嘉陵江，正在成为陕西、甘肃地区和川东北地区一条绿色环保低成本的货运大通道。

有媒体称，这标志着嘉陵江将成为四川的又一条"水上高速公路"，昔日的黄金水道将重现百舸争流的盛景。

从此以后，嘉陵江上不再静悄悄。

湖阔任飞翔

正常蓄水时，沿着嘉陵江往上走 150 多公里，都是亭子湖的蓄水范围。而这碧绿似玉的飘带下，曾有广元市苍溪、昭化、剑阁和利州 4 县（区）

的 35 个乡（镇）151 个村 482 个村民小组需要移民，搬迁安置就超 3 万人。

移民是大型工程建设的第一难题。一开始，亭子口公司就担负起国企责任，投资近 70 亿元，由地方政府主导，整合扶贫与移民开发，进行环保水保、交通等专项基础设施建设，着眼"搬得出、稳得住、能致富"的目标，探索出了一条依法移民、情感移民、和谐移民的新路子。

2008 年"5•12"汶川大地震，坝区亭子镇五福村受灾严重，村民急需安置，为了防止二次搬迁，亭子口公司将地震避险搬迁与移民安置搬迁紧密结合，积极主动与当地政府沟通协调，提前拨付移民安置资金，顺利完成了坝区 1000 多人的搬迁安置。

山上发展水果，山间栽种药材，山下种植蔬菜，江边发展水产。如今，13 个迁建集镇商贸活跃，115 公里复建等级公路连通库区内外，25 座新改建的大中型桥梁建成通车，库区基础设施和移民住房等生产生活条件得到了极大改善，公路通到家门口，家家户户住上小洋楼，屋前种了瓜果菜，亭子湖库区成了山川秀美、人居和谐的新库区。

苍溪县白驿镇岫云村和五龙镇三会村，是亭子口公司脱贫攻坚对口帮扶的两个村。怎么帮？怎么扶？亭子口公司下足"绣花功夫"，最后找到了产业扶贫这个主要支点。

大唐亭子口公司在岫云村原有合作社的基础上，投入帮扶资金，在成都建立营销中心和线下体验中心，打造"岫云村"生态品牌，打通农产品流通环节，变"输血帮扶"为"造血帮扶"。在成都街头有道"岫云村"亮丽风景线，时常可以看见写着"中国大唐集团有限公司捐赠"的满载岫云村新鲜农产品的冷冻车，进入以"岫云村"为品牌的专卖店，进入伊藤、盒马等商场、超市和大型国有企业、机关食堂。

"有了中国大唐（大唐亭子口公司）的帮扶，现在我们的生态农产品线上线下都已经开始热销了，大家的钱包也鼓了起来。"2018 年 2 月 12 日，在成都召开的打好精准扶贫攻坚座谈会上，全国人大代表、岫云村党支部书记李君激动地向习近平总书记汇报说。

亭子口公司全力支援三会村以文昌书院、骑游道为核心的乡村旅游帮扶项目建设，创新采取农旅结合、文旅相融的方式，投入 400 万元为文昌书院及骑游道 4.5 公里的建设助力，投入 47 万元引进种植油用牡丹约 100

亩，提升内部"造血功能"，探索开发出集休闲农业和乡村旅游为一体的致富新模式。

2020年1月，白驿镇岫云村和五龙镇三会村同时被评为"四川省实施乡村振兴战略示范村"。后来四川日报新媒体"川报观察"（现为"川观新闻"）进行了这样的点评：

白驿镇岫云村：远山结亲以购代捐，"互联网＋扶贫"助农增收。该村运用"互联网＋扶贫"思维，探索"远山结亲 以购代捐"农特产品网络结对认购扶贫新路径，带动全县58个村建立原生态产业扶贫发展联盟，通过互联网销售农特产品，贫困户户均增收3000元，被评为"实施乡村振兴战略示范村"。

五龙镇三会村："游学康养"农旅融合，党建引领乡村振兴。该村坚持"把党组织建在产业链上"，构建"园区党委＋村党支部＋庭院党小组"组织体系，打通党建，引领乡村振兴"最后一公里"，建设"游学康养"特色村，建成乡村民宿区3处、户外拓展基地2个、"树尖上的餐厅"4家，推进农旅融合发展。

张华祥的长江村原来也是一个落后村。村穷，环境差，是无产业、无项目和无人气的典型"三无"村。

亭子湖形成后，长江村正好处在苍溪县亭子湖现代农业园区环嘉陵江生态康养旅游带上，很快被列为省级乡村振兴创建村、省级"四好村"创建村。先后投入移民后扶资金1000多万元，建成一村一品移民产业园6个，配套建设作业道7.2公里、渠系7.6公里。推行"包销产品拿现金，务工就业拿薪金，集体入股分股金"的利益联结机制，让产业发展更多地惠及群众。实施人居环境整治"三年行动计划"，开展秸秆禁烧和资源化利用，切实加强饮用水源地保护，下大力气取缔亭子湖渔业船舶和网箱养殖，全域推进生活垃圾"村收集，镇转运"。大力弘扬农耕文化，建成一批星级渔家乐、特色农家小院，打造以"土鱼、土鸡、土鸭、土猪、土菜"为主题的"五土"渔家菜。持续开展以孝道文化为主体的"七好一美"评选活动，树立库区群众崇德向上、遵纪守法、自立自强的精神。

漫步在风景如画的长江村，栋栋农家小洋楼格外耀眼，小花台、小栅栏围着的小菜园环绕在房屋四周，四通八达的水泥路连着各家各户的入户路和园区作业道，全域园区的现代农业设施和成排成行的水果药材向人们展示着新的希望。特色文化长廊、红色文化教育基地、农民健身广场、红色精神观景亭等景观为农旅融合发展增添着新的精神食粮，旅游标识、公厕、分类垃圾桶一应俱全，不时有大、小客车载着游人前来观摩、学习和游玩。村民的张张笑脸写满了获得感、幸福感和安全感。

我们离开长江村那天，广元市和苍溪县都发布了暴雨黄色预警。张华祥异常忙碌。雪梨园里，男男女女正在采摘果实，收购车正在开往长江村的路上。村里几处可能滑坡的地质点位，他打着电话安排村民去一一巡察。

离开的时候，车过亭子口大坝，我独自来到观景台。亭子湖已泄去近半库容的水，湖水浸泡两岸的痕迹清晰可见，湖面波涛不惊，有群白色的鸟掠过，什么也没有留下。静谧中，我倾听着嘉陵江水徐徐推动水轮机的声音，倾听着亭子口动人的故事和新时代的心跳。我想，亭子口已不仅仅是嘉陵江的亭子口了，而是走向了大江南北、长城内外的亭子口，成为中国大型水利枢纽建设史上一个典型的样本。

◆ 2020 年 7 月 24 日至 25 日，亭子口水利枢纽泄洪

岷水泽被天府　明珠辉耀巴蜀

文／冉　杰　李立平

　　高大雄伟的都汶高速上的岷江大桥如游龙横跨紫坪铺水库，川流不息的车辆在大桥上呼啸而过。

　　从车窗向外望去，万仞群峰壁立，一座银灰色的大坝镶嵌在狭窄陡峭的山壁中间，滚滚的岷江水被紫坪铺水库大坝拦腰截住了。大坝内，一个十多平方公里的巨大湖泊，碧波荡漾，群山与云霞和湖水交相辉映。风平浪静时，清澈的湖水宛如一面明镜，又好似上天无意遗落的一块美玉，让人心底一片空明，一切烦恼消逝无影；微风拂过，层层鳞波映着日光晶波闪耀，美轮美奂。在水库岸边垂钓的老人，撑开一把把太阳伞，就像一朵朵五彩的蘑菇盛开在湖边。

　　湖面从紫坪铺水库大坝延伸到映秀湾水库大坝，蜿蜒绵长。四周群山环绕，风景秀美，都汶公路在绿树丛中时隐时现。碧绿的湖水清澈无比，映着蓝天、白云、群山。放眼望去，对面山腰横卧的一条彩虹桥如长虹卧波，从白浪滚滚的大河上跃然而起，横跨紫坪铺水库两岸，十分壮观。桥上那两道高高挺起的半圆曲拱紧紧相连，就像热恋中的男女手牵手，共同面对人生的风风雨雨，最后迎来绚丽的彩虹。公路边的山坡上，一丛丛野花豪情万丈地开放。远远地，一棵不知名的树，尽情地绽放出白色的花朵，一道细细的山泉从悬崖流下。

　　岷水泽被天府，明珠辉耀巴蜀。

跨世纪的千秋工程

都江堰水利工程以无坝引水、自动调洪、排沙、灌溉为特征而享誉全球，泽被千年。随着岷江上游自然植被的退化和气候的变化，岷江自然来水量逐年减少，都江堰灌区的供水量也随岷江径流的变化而变化。每年枯水期，岷江径流量占全年径流量的20%，成都平原工农业生产的可持续发展、城乡居民生活和城市环境改善均受到缺水的制约。因此，在岷江建设大型水源调节工程，合理配置岷江水资源，改善成都平原供水供电不足的状况，促进四川经济可持续发展是人心所向、民心所盼、势在必行。

早在20世纪50年代，国家就开始筹备建设紫坪铺水库，因坝基地址选在紫坪铺镇（前称白沙乡）紫坪村而得名。1956年6月完成规划，确定紫坪铺工程为第一期工程，列入国家"二五"重点工程，属于苏联援建的第一批重点建设项目。1959年6月，一坝址坝基开挖过程中，发现左岸岩石破碎及有缓倾下游的裂隙和裂隙夹泥，比预计要严重。受当时认识水平和勘察手段的限制，坝区构造稳定和坝基稳定问题一直影响着工程建设。

1959年7月，中苏专家在北京召开紫坪铺水电站设计及施工问题技术讨论会，会议认为紫坪铺地质条件复杂，可能有新构造运动、地震烈度高和岩体摩擦系数低等问题，提出在下游四坝址研究当地材料坝。同年9月，在苏联专家的帮助下，通过比较，在现场选定了四坝址，降低了坝高。

1960年6月完成了《紫坪铺水电站修改初步设计报告》。后由于资金不足，加上三年困难时期，工程进展缓慢，到1962年，才基本建成发电机房，两端同时施工的土石堤坝还有数百米没有合龙。后因设计库容量太小，不仅发电量受限，且悬移质（卵石）、推移质（泥沙）问题难以解决，建成后三四年内就会淤满。且坝址选在二王庙下，将使索桥移位、鱼嘴被毁，给古堰造成难以弥补的损失，已经修建了几年的紫坪铺电站再一次中止。

1978年开始研究紫坪铺工程复工问题，对岷江上游映秀湾至灌县段再作补充规划；1980年4月，原水电总局重新勘查紫坪铺现场，提出在原一坝址上游沙金坝一带兴建高土石坝的设想，功能由20世纪50年代以发电为主调整为以灌溉和供水为主，兼有发电、防洪、环境保护、旅游等功能。

1984年至1988年12月，圆满完成河段开发规划任务。1989年至1990年4月，完成工程可行性研究报告和环境影响报告。1990年至1991年，水利水电规划设计总院、国家环保局（现为生态环境部）分别对上述两个报告进行了审查预审和批复。1993年至1994年，四川省水利水电勘测设计研究院编制完成了《四川岷江紫坪铺水库工程初步设计报告》。2000年3月2日，国务院批准《国家计委关于审批四川岷江紫坪铺水利枢纽工程可行性研究报告的请示》，紫坪铺工程正式被国家批准立项。

2001年3月29日，紫坪铺工地彩旗飘舞，锣鼓喧天，礼炮齐鸣，嘉宾云集。隆隆的机器声、开山的炮声打破了岷江峡谷的沉寂，积蓄了几十年的宏伟设想开始付诸实施，掀开了岷江开发史上的崭新一页。

作为中国实施西部大开发首批开工建设的十大标志性工程之一，紫坪铺水库是中国和四川省"十五"时期基础设施建设的重点工程，被列入四川省水库"一号工程"，2001—2006年连续六年被列为国家、四川省重点建设项目。它位于成都市西北60余公里的岷江上游，是一座以灌溉和供水为主，兼有发电、防洪、环境保护、旅游等功能的大型水利枢纽工程，是都江堰灌区和成都市的水源调节工程。

紫坪铺水库最大坝高156米，正常蓄水位877米，死水位817米，设计洪水位871.1米，核定洪水位883.1米，水电站装机容量76万千瓦，年发电量34.176亿千瓦，电站建成后可承担西南电网的调峰调频任务和担负一定的事故备用功能。

同时，紫坪铺水库可控制坝址以上流域面积22662平方公里，占岷江上游面积的98%；控制上游暴雨区面积的90%、泥沙来量的98%，能有效地调节上游水量、控制洪水和泥沙。建成后，可提高都江堰设计灌溉面积1086万亩耕地的灌溉供水保证率，还可为毗河丘陵扩灌区314万亩灌溉面积供水；向成都市多提供工业和生活用水近一倍，可保证城市经济发展和人民生活用水；将岷江上游百年一遇的洪水削减为10年一遇下泄，减轻洪水对富庶的都江堰至新津地区的威胁；还可新开河滩地1万亩；在枯水季向成都市区的府南河等补给水量，改善河水水质，提高城市环境质量。

紫坪铺水库2005年9月30日开始下闸蓄水，2005年11月7日第一台机组发电，2006年5月底四台机组全部并网运行，比设计工期提前半年投产发电。工程蓄水投运以来，紫坪铺开发公司按照"电调服从水调，水调支持电调"的原则，合理调度，优化配置，加强与水调、电调的协调，使工程在向下游地区供水、发电及抗旱救灾、应急调水等方面发挥了重要作用。

紫坪铺，这个岷江不经意的拐弯处，寄托了几代水电人的追求和理想。紫坪铺工程走过了漫长的规划之路，成为萦绕在川西人民心中一个五彩斑斓的梦。

蓄水后的紫坪铺水库将成为新的风景区，它与都江堰古迹相辅相成，使以都江堰为中心的风景区更具吸引力。

52年治水夙愿一朝实现

都江堰是中国古代最伟大的水利工程，也是重要的文化遗产。早期的都江堰由堤、堰、水则等工程构成，经不断完善，成为由鱼嘴（分水工程）、飞沙堰（溢流排沙工程）和宝瓶口（引水工程）渠首三大主体工程组成，是世界上历史最长的无坝引水工程。

紫坪铺水利枢纽工程，是国家西部大开发十大标志性工程之一。如何把紫坪铺水库建设成千古工程，是建设者们日思夜想的课题。

紫坪铺水利枢纽工程地理位置特殊、规模较大而技术又复杂，建设周期较长。1998年10月，四川省政府同意成立由四川省投资集团有限责任公司、都江堰水利产业集团有限责任公司和成都市投资公司三家股东出资组建的四川省紫坪铺开发有限责任公司，全面负责工程的组织实施和建设资金的筹集、使用、偿还与工程建成后的经营管理。

2001年，工程开工，紫坪铺开发公司以"双优、双廉、三安全"（建设优质工程、培养优秀干部，廉洁经营、廉洁自律，确保工程安全、资金安全、干部安全）为目标，坚持"四制"（法人责任制、招标投标制、合同管理制、工程监理制）建设管理原则，按照紫坪铺工程的特点和基本建设程序，依靠科技进步的优势，围绕工程质量、进度、造价和安全，精心组织，加强管理，促使工程如期建成，发挥效益。

公司严格按照《中华人民共和国招标投标法》等法律法规和公开招标、公平竞标、公正评标的原则组织项目招标，公开招标共73项，其中土建26项，设备、物资采购 47 项，均在中国采购与招标网、《中国经济导报》《中国日报》上发布资审 / 招标公告。通过市场竞争机制，优选国内建筑施工单位、设备制造单位、工程监理单位，建立承包合同关系，形成良性市场竞争环境，提高了实现工程建设管理目标的可能性，也促进了施工单位、设备制造单位、监理单位改进管理机制，不断提高自身管理水平。

施工过程中，213 国道施工区绕坝段改建滞后、日元贷款启动滞后及取消、移民搬迁滞后、移民安置政策不完善、"非典"疫情等不利因素，严重影响了大坝、溢洪道、主机、发电厂房等主体项目施工及设计进度。同时，工程进入施工高峰阶段后，技术复杂，施工项目、供货项目多达 700 多个，持续周期较长，不仅需要有项目年度投资计划，还需要有可靠的资金使用预算，才能使公司各级清楚地执行各项工作并控制进度。

2004 年 2 月，公司董事会第二届第七次会议批准设立工程施工进度和质量安全节点目标奖，以激励各参建单位加大人力、设备投入，对于项目资金，公司采取静态控制、动态管理的办法，对包括工程投资在内的所有项目和工作实行了全面预算，完整地反映工程所有资金的收支情况，并与工作考核结合起来。预算按立项审批制度执行，分级管理，与公司经营层工资总额和班子成员薪酬挂钩。这样，在保证工程质量、安全的前提下，加快工程建设进度，按期或提前完成计划中的目标。工程开工建设六年来，除因库区 841 米水位线下汶川县漩口镇水库下闸未能按期蓄水、2 号泄洪排沙洞改建和第一台机组投产发电推迟外，其余各阶段和主要工程建设目标均按期或提前实现。

2002 年 11 月 23 日，工程按期截流。

2005 年 6 月 16 日，大坝整体填筑到 880 米高程，比设计工期提前一年完成。

2005 年 9 月 30 日，2 号导流洞下闸封堵改造，水库同时开始蓄水。

2005 年 11 月 7 日，第一台机组投产发电。

2005 年 11 月 10 日，3 号机组按期投产发电。

2006 年 3 月 25 日，2 号机组提前一个月投产发电。

2006 年 5 月 30 日，最后一台机组提前半年投产发电。

2006 年 6 月 28 日，大坝、溢洪道、2 号泄洪排沙洞通过投入使用验收。

自此，紫坪铺水利枢纽工程具备按照设计终期规模运行的条件。

紫坪铺工程地理位置特殊，地质条件复杂，技术难度高，社会影响重大，为国内外水利水电工程所少见。复杂的工程地质、技术问题关系到工程建设的成败，工程的勘察、设计和建设工作过程曲折而漫长。工程从1954年6月岷江上游规划开始到2006年5月底建成发电，历时整整52年，几上几下，饱含着众多建设者的辛酸，凝聚了几代工程技术人员的心血和汗水。工程存在的"三高两超一复杂"（即高坝、高流速、高边坡，超高水头闸门、超宽运行范围机组，复杂地质条件）对项目建设管理、施工技术水平既是考验，又是挑战。

2001—2006年工程建设期间，紫坪铺开发公司招贤纳才，建成适应项目建设专业技术要求的管理团队；依托勘测设计单位，根据施工实际情况不断修改、完善和优化设计；积极开展与有关科研单位的协作，加大重大地质、技术问题的研究力度；聘请具有类似工程经验的国内知名专家组成重大技术问题专家咨询组，定期对工程重大技术问题进行专题咨询，并根据工程建设不同时期的需要，不定期邀请经验丰富的其他专家进行技术会诊；利用水利水电科技进步和施工技术手段发展成就，加强施工控制力度，确保了工程按照设计要求如期建成，实现了52年间几代工程科技人员、广大建设者的夙愿。

2005年，水利部长江水利委员会在《紫坪铺工程蓄水阶段验收鉴定书》的结论中写道："……蓄水后影响工程安全运行的问题已按设计要求进行了处理，安全鉴定报告提出的有关重大技术问题已有结论。"

2007年，两院院士潘家铮接受有关方面采访时，用一"遗憾"、一"高兴"反映出几代科技人员、建设者建设紫坪铺工程的心路历程。潘家铮院士接受采访时说："紫坪铺工程给我留下的印象非常深刻。新中国成立后不久，人们就开始议论要兴建这个工程。在20世纪50年代就开始筹建了，而且已经动工了。遗憾的是这个工程的地质、地形条件非常复杂，当时我们的认识和技术水平还不够，因此这个工程开工以后又因故下马了，迟迟没有建成，留在我脑子里的印象是非常深刻的。我觉得，在20世纪，如果说对水利工程、水利建设有什么遗憾的话，紫坪铺工程没有能够尽早切实地建设，是我最大的遗憾。也让我非常高兴，到21世纪之初，这个宏伟的工程在各方努力之下，终于开工建设，而且顺利地建成了。不论勘测、设计、施工、管理都做得非常出色，现在已经给四川省、给我们广大的岷江流域带来非常好的效益了，而且在管理工作方面精益求精，收到了最好的效益。"

2005 年 11 月 7 日，各大新闻媒体同时刊播一条振奋人心的消息："我国实施西部大开发的标志性工程——紫坪铺水利枢纽首批两台机组同时并网发电了。"

因为都江堰，成都平原"水旱从人，不知饥馑"；因为都江堰，"天府之国"富甲天下，都江古堰闻名中外。岷江，成都平原的母亲河，以其清纯和甘甜的乳汁孕育了天府文明。千百年来，岷江沿岸人民为根治水患、兴利除害，进行了艰苦的探索和不懈的奋斗。两千多年前，李冰父子率众修筑都江堰，留下了惠泽百代的伟业，成就了"天府之国"的美誉。而今，紫坪铺工程建设者用自己顽强的作风和不懈的努力，创造了岷江开发史上的第二个奇迹，实现了巴蜀儿女半个世纪的治水梦想。走进紫坪铺，大坝巍然矗立，库区绿水荡漾，使古老的都江堰又一次焕发了勃勃生机。

◆ 紫坪铺水库全景

丰碑在历史的考验中生辉

紫坪铺工程建设一开始，就提出了"高标准、高质量建设好紫坪铺工程"

的要求。紫坪铺开发公司坚持"百年大计，质量第一"的方针，对工程建设实施了全过程质量管理与控制。

紫坪铺开发有限责任公司肩负着巨大的社会责任和历史责任，面向全国选聘了一批实践经验丰富的专业技术管理人员组建业主管理团队，作为团队带头人的公司主要领导身体力行，大力倡导管理团队肩负的使命、重任。在2001—2005年工程前期、主体施工的5年里，公司经营层从主要领导到一般员工一直在几乎没有节假日的情况下加班加点地工作。

设计、监理、施工及科研单位各负其责，完成建设、服务任务，同时在业主的倡导、协调下，积极进行工程导流洞、友谊隧洞、高边坡滑坡等关键、重点和难点项目的协作攻坚，为工程建设成功奠定了坚实的基础。

公司按照《中华人民共和国合同法》《中华人民共和国招标投标法》的规定，在招标文件的技术条款中明确了施工单位必须遵守的施工规范、施工方法、施工程序、质量控制标准、质量检查方法、质量验收和质量资料准备等一系列要求。按照《建设工程质量管理条例》《水利工程质量管理规定》建立健全了工程质量"项目法人负责、监理单位控制、施工单位保证、政府监督"相结合的管理体系，建立健全了以下质量管理制度。

质量检查制度：业主内部实行专职质量管理工程师和施工现场业主管理代表对工程质量进行抽查、重点检查、专项检查、日常巡视相结合的质量检查制度，在检查中发现的问题要求现场监理督促整改。

验收制度：项目法人和各参建单位一起共同参加隐蔽工程、工程重要部位、关键部位和分部工程的验收工作，按照施工规范、招标文件中的质量标准进行严格检查，验收中存在的问题都及时整改。

质量报表制度：施工单位将原材料、中间产品、成品等试验检测结果、监理单位的抽查结果和统计分析成果每月月初向业主和质监站报送。

质量缺陷备案制度：施工过程中出现的质量缺陷，必须按照设计单位或各参建单位研究确定的处理措施进行处理。处理完毕后，由监理组织业主、设计、质监站等联合检查验收，达到设计标准的予以签字确认，将缺陷调查表、缺陷处理记录和验收单一起组成单位工程缺陷处理备案材料，这是单位工程验收必查资料，作为施工单位提交档案材料的组成部分。

通过一系列严格的质量管理体系，截至2007年9月，主体工程共抽检试样 37153 组，合格 36661 组，一次性合格率为 98.7%。其中：原材料合格率为 99.9%，中间产品合格率 90.9% 以上，大坝填筑现场压实度取试样综合分析质量为优良，机电设备达到国家和设计要求，基础处理检测成果合格率 99.5% 以上。

2004—2005 年，水利水电规划设计总院派出两批安全鉴定专家组对工程进行了下闸蓄水安全鉴定和补充安全鉴定，两院院士潘家铮、水利部原总工程师刘宁等知名水电专家参加了鉴定。

刘宁总工程师对工程建设给予了充分肯定，认为工程开工以来，紫坪铺开发公司会同参建各方共同努力，严格按照"四制"的要求，取得了可喜成绩，面对工程存在的"高坝、高流速、高边坡"挑战，努力攻关，广泛征求专家意见，采取合理措施，较好地解决了一系列工程难题，在进度服从质量的要求下，确保了工程形象的如期实现。

2007 年 5 月，项目质监站形成了《紫坪铺水利枢纽工程施工质量评定报告》，对施工质量做出了总体评定：紫坪铺水利枢纽工程建设以来，未发生质量事故，局部质量缺陷都得到了认真处理。各项检测数据表明，工程施工质量达到规程、规范、设计要求。工程自蓄水发电以来运行正常，依据水利部《水利水电工程施工质量检验与评定规程》的规定，紫坪铺水利枢纽工程项目施工质量等级核定为优良。

中国水利学会全国混凝土面板堆石坝专委会近百名专家到紫坪铺工程考察后，给予了紫坪铺工程大坝"面板堆石坝样板坝"的高度评价。

紫坪铺水库已经成为全国特大型灌区都江堰灌区和成都市最重要的调节水源，紫坪铺电站已经成为成都用电负荷中心最重要的支撑电源。

半个世纪的规划论证，6 年的艰苦建设。2007 年，紫坪铺水利枢纽工程投入运营，开始全面发挥其灌溉、供水、防洪、发电和环境保护等五大功能。

2008 年 5 月 12 日，四川汶川发生地震。"大坝保不住，都江堰就保不住，成都也保不住。"紫坪铺水库的安危对成都平原安全的影响不言而喻，而地震造成了大坝面板发生裂缝、厂房等其他建筑物墙体垮塌、局部沉陷、避雷器倒塌、整个电站机组全部停机，地震引发的山崩使大量土石滚入水库，损坏的泄洪闸使库区的水量有增无减，对大坝造成严重威胁，一旦大坝被冲垮，整个成都平原将面临灭顶之灾！

据《人民日报》报道：

2008年5月12日14时28分，在剧烈的摇晃中，人们从四川省水利厅办公大楼里冲出来。厅长冷刚立即召集党组成员在大楼边的草坪上举行一次紧急党组会。……会议决定冷刚、副厅长胡云、总工张强言迅速赶赴关系成都安危的紫坪铺大坝，时间是15时。他们冒着滑落的飞石前进，17时许赶到紫坪铺大坝，立即对大坝进行了目测检查。

紫坪铺开发有限责任公司的工作人员也在第一时间对大坝进行了紧急检查：发电机组完好，但输电设备的高压空气开关发生故障，输电停止，致使机组停机。

……

水利部牵挂紫坪铺大坝的安危。灾情发生以后，水利部副部长矫勇等人带领10多位专家，绕道重庆，于13日一大早赶到紫坪铺大坝。

5月13日早上7时，紫坪铺公司水调工程师在紫坪铺大坝现场指挥部统一部署下，开始对启闭设备进行检查及抢修。

通往冲沙洞工作闸室的通道阻断，唯一的路就是右岸溢洪道右边墙的陡峭山壁。山壁垂直高度110米，坡度约70度，高边坡满是钢筋头，山顶不断有滚石落下。水调中心专业工程师历经艰险，14时到达冲沙洞工作门闸室，立即对闸门、启闭机和倾倒的电气控制盘柜进行了检查和调试，14时18分成功开启，下泄流量达280立方米／秒，减缓了水库水位上涨。

13日上午9时，另一路人马开始检查2号泄洪洞。检查小组深入到坝顶以下100多米，对水上部分进行外观检查。

……

13日下午，指挥部在一辆中巴车上召开由水利部和四川省水利专家参加的紧急会商会，紧急分析大坝的各种数据，会商的结论是：大坝整体稳定、安全，可以请下游放心。

……

听取专家意见后，为保大坝万无一失，大坝现场指挥部决定：限制水库水位，从830米降到820米；加密对大坝各个部位的监测；严密监测上游来水情况；抢修因地震受损的输电设备，尽快恢复大坝机组发电以下泄库容。

……

5月17日19时52分，紫坪铺水利枢纽3台机组正式发电。随后，专家们又对紫坪铺大坝作了进一步检查，认为大坝设计能力与实际运行能力适应。随着电站的恢复正常运行，紫坪铺水库因地震灾害造成的风险已经解除。

"紫坪铺枢纽工程按抗震烈度8度设防，但汶川地震中水库大坝实际经历了11度的强震。"四川省紫坪铺开发有限责任公司董事长李洪一刹那的回忆，让他悲从中来，那双睿智的眼光闪出泪光。远方碧绿的水面，微风拂过，粼粼波光似乎在浅吟低语。

"这都源于建设者们牢记'百年大计，质量第一'的方针，紫坪铺水库经历了汶川特大地震的考验，在争议和质疑声中铸就了一座历史的丰碑。"李洪铿锵有力地说。

以水的柔情铸就李冰精神

紫坪铺水库从2001年主体工程开工至2005年水库蓄水、机组投产发电，仅用近五年的时间。五年，在人类历史的长河中是一个容易被忽略的瞬间，但对于紫坪铺工程建设者说，这五年是一段难以忘却的创业历程。

2000年1月3日，一个平常而又特殊的日子。这一天，紫坪铺开发公司的拓荒者，迎着西部开发的春风，带着开发岷江、造福人民的理想和四川人民的期望，义无反顾地奔向了紫坪铺工地，踏上了漫漫创业路。

俗话说，万事开头难。对紫坪铺开发公司的拓荒者来说，又何尝不是如此。没有钱，大家凑；没有车，想法借；没有办公用品，自己带；没有房子，租。一年下来，大家谁也没有叫苦，工程立项、环评、贷款、初设、开工报批等均按期完成。2001年2月，国家计委批准工程正式开工。当董事会领导来工地慰问时，员工们说："来紫坪铺不为别的，就为了那许多人未曾实现的梦想。"

紫坪铺大坝坝顶高程884米，水库最高蓄水位877米，高出成都市平均海拔 370 余米，被视为"成都人头上的一盆水"。工程坝址地处龙门山断裂地带，挖洞要穿越 F3 断层和地质破碎带，细砂岩、煤质页岩夹杂，且有历史遗留的煤窑、煤洞，富含瓦斯。面对特殊的地理位置和复杂的地质条件，当年苏联专家留下的结论是"此处不宜建坝"，谭靖夷院士说这里是"地质博物馆"，水利专家的概括是"三高两难"：国内为数不多的 156 米高坝；泄洪排沙洞最高流速 45 米／秒，国内少见；最高处达 250 米的高边坡，枢纽区百米以上边坡就有 8 处，由此带来的是边坡处理要求高、施工难。面对如此复杂的施工难题，紫坪铺工程建设者没有被困难吓倒，想到的是历史的使命、人民的重托，想到的是精心组织、科学管理和顽强拼搏。

当 2 号导流洞出口边坡因连续暴雨引发大面积塌方时，紫坪铺开发公司的领导和广大技术人员一起，冒雨踏勘现场，连夜研究方案，疏导车辆。在反复论证、计算、检测的基础上，果断采用了排水、抗滑桩、预应力锚索和喷护联合加固技术，经过半年的艰苦努力和联合抢险，完成了该坡面的防护加固，确保了导流洞施工和交通安全。

当导流洞开挖施工遭遇宽度达 80 米的 F3 断裂带时，公司紧急召开专家咨询会，寻找最佳解决方案，采取弱爆破、强支护、勤观察、慢通过的施工技术和超前预注灌浆，以及大管棚、小管棚联合支护施工工艺，创造了复杂地质条件下大口径水工隧洞开挖日进尺 6 米、月进尺 160 米的施工纪录，按期完成导流洞开挖和衬砌施工任务，确保了工程按期完成。

几年来，每个施工的关键环节，每个防汛抢险的关键时刻，公司领导总是带领技术人员和参建职工一道，查看险情、研究方案、严防死守、指挥抢险。住的是简易工棚，吃的是方便面；困了，在车里打个盹。在公司领导的指挥车里，人们常常会看到"三件宝"：一是安全帽，二是雨靴，三是手电筒。上工地、下隧道、进厂房，安全要求不离口，领导带头做示范。时任四川省副省长的王怀臣在视察库区改线公路时感慨地说："没有紫坪铺开发公司这样负责的领导，紫坪铺工程要取得今天的建设成就是不可能的。"

领导的行动，是无言的榜样。正是有紫坪铺开发公司这样团结协作、不畏困难、率先垂范的领导，带出了特别能吃苦、特别能战斗、特别能攻坚、特别能奉献的优秀团队，锤炼了百折不挠、锐意进取、顽强拼搏的优良作风，带领紫坪铺开发公司全体员工在紫坪铺工程建设中任劳任怨，无往不利。

紫坪铺工程前期准备时间短，工程建设工期紧，建设管理任务重。五年来，紫坪铺开发公司员工没有休过一个完整的假期，没有过过一个舒适的节日，几乎是在夜以继日地工作。在紫坪铺开发公司，只要是工作需要，不分分内分外，不分白天黑夜。紫坪铺开发公司的员工，大部分处于中年，上有老，下有小。作为儿女，他们不能尽赡养父母之孝道；作为父母，他们不能尽抚养儿女之责任。每当节假日来临，他们只能通过电话送去问候，或仰望天际的明月，遥寄对家人的思念。他们把所有的情，都融入了这方热土；他们把所有的爱，都给予了他们所钟爱的事业——紫坪铺工程。

水，生命之源，柔情万种；水，有时也是无情的、残忍的。

5月12日汶川发生特大地震。顷刻之间，紫坪铺电站4台机组全部停机，下游岷江断流，坝区通信中断，大坝、泄洪设施损毁不明。

时任紫坪铺开发公司总经理的李洪迅速组织员工撤出办公大楼。凭着职业敏感，他马上意识到，地震可能造成机组停机、岷江断流，随即赶到江边，观察水情。如果岷江不能及时过流，两个小时后成都市将无法用水。

紫坪铺，这座高出成都300多米，承担着向都江堰灌区和成都市供水、发电任务的大型水利枢纽顿时瘫痪。紫坪铺告急！都江堰告急！！成都告急！！！

灾情就是命令。李洪立刻奔赴电厂，与从坝顶赶到电厂的时任公司常务副总经理的宋彦刚简单沟通后，果断决定启动机组空载泄水。震后7分钟，首台机组成功启动空载过流，之后，两台机组又相继开启，下泄流量达到每秒100立方米，化解了岷江断流可能给下游地区带来严重后果的风险。

随后，李洪同宋彦刚一道冒着滚石危险，从坝后坡一口气冲上坝顶，与公司其他领导紧急成立了抗震救灾指挥部，部署排查险情、应急抢险工作，并安排专人想方设法向上级单位报告灾情。

地震当晚到13日，紫坪铺库区普降大雨，水库水位不断上涨。泄洪闸门无法开启，情况十分危急。尽快开闸泄水、迅速降低水位、保证大坝安全成为最重要、最紧迫的任务。

13日凌晨，水利部原副部长矫勇、总工刘宁一赶到大坝，立即安排对工程震损情况进行全面排查。

公司安排两位领导各带一个由省水利厅、省水利水电勘测设计研究院专家组成的检查组，分别深入坝顶以下130米处的1号、2号泄洪洞内进行检查。隧洞反弧段以下水深齐腰，冰冷刺骨。专家们穿着短裤，用脚踩、用手摸，一点一点地感知洞体震损情况。

上午10点，水利部、四川省政府领导听取各检查组情况汇报后，要求公司千方百计打开1、2号泄洪洞和冲沙洞，尽快降低水库水位，确保大坝安全。

但1号泄洪洞因启闭设备严重损坏，检修门无法开启；2号泄洪洞因控制系统盘柜震倒在地，工作门无法打开。

前往冲沙洞工作闸室的道路因山体滑坡被阻断。公司原副总经理由丽华和工程师们沿着溢洪道外侧陡峭的山壁攀爬前行。山壁近乎笔直，头顶时有飞石，脚下岩体湿滑。他们手脚并用，连爬带滑，衣服剐破了，手掌也擦破了，才从陡峭的山坡上蹚出一条应急通道。一到冲沙洞闸室，他们立即开始对闸门设备进行紧急抢修，于13日下午2点18分成功打开冲沙洞，下泄流量每秒280立方米。

震后整整24小时，水库上游来水已增至每秒600立方米，水库水位不断上涨，大坝险情不断加剧。在场的部、省领导焦虑不安，公司现场领导也倍感压力。厂家人员未到，设备配件未到，只有依靠公司人员抢修2号泄洪闸。经领导、专家们反复分析研究，敲定立即组织实施解除远控，取消保护，直接启动油泵电机开启闸门的方案，突击抢修2号泄洪闸控制系统。

抢险队兵分三组：第一组在闸顶平台抢修；第二组负责配件和工具的传递；第三组队员冒着生命危险，双手紧抓栏杆，艰难下爬到60米深处的另一平台进行抢修。经过工程师们密切配合、争分夺秒的抢修，13日下午5点28分，2号泄洪洞闸门成功开启，水库总泄量达到每秒850立方米，大于入库流量。水库水位开始回落，大坝安全风险得到缓解，保坝抢险工作取得了阶段性进展。

虽然冲沙洞、2号泄洪洞已成功开启，但主汛期即将到来，紫坪铺上游降雨不断，电站机组仍空载过流，水库泄流能力明显不足，大坝安全风险依然未解除。尽快恢复机组发电过流、打开1号泄洪洞闸门，从根本上解除大坝安全风险迫在眉睫。

但 1 号泄洪洞因启闭设备毁坏严重，无法开启，正常检修需要一个月时间。公司领导亲自带领抢修人员在震损的泄洪洞进水塔闸室里全力抢修。屋顶部分垮塌，墙体多处开裂，碎砖瓦块摇摇欲坠，室外山体滚石不断，但抢险队员全然不顾，全身心投入抢险当中。检修桥机毁损无法使用，他们只能用千斤顶顶起卷扬机卷筒，更换轴承、支座，校正变形部件，检修震损线路。经过五天五夜的艰难抢险，终于，5 月 20 日 12 点，1 号泄洪洞成功开启，滔滔江水喷涌而出。

在抢险保坝的八个日日夜夜里，李洪没有离开大坝一步，吃的是方便面，喝的是矿泉水，住的是通勤车。紧张的工作、焦虑的心情、巨大的压力、长期的熬夜，他的脸晒黑了，嘴唇开裂了，声音嘶哑了，双手沾满油泥，工装散发着汗味。但他没有犹豫、没有退却，毅然带领公司员工全身心地投入大坝抢险作业中，以自己的行动，诠释了国有企业领导干部顾全大局、敢于担当的勇气，发挥了一名党员干部恪尽职守、奋勇争先的先锋模范作用。党中央、国务院、中央军委授予李洪"全国抗震救灾模范"荣誉称号，而面对这荣誉，李洪谦逊地对我说："每个人在大灾面前都是渺小的，当时的我们什么都没想，只想千方百计保住紫坪铺的安全，哪怕付出自己的生命。"

八个昼夜的全力抢修，紫坪铺工程所有泄洪设施全部成功开启，电站恢复正常发电，大地震给紫坪铺工程造成的安全风险完全解除。

大灾显大爱。四十多名员工亲人在汶川、都江堰等重灾区，音信全无，生死不明。灾难面前，公司广大员工忍着对亲人的牵挂和担忧，把个人安危置之度外，日夜奋战在抢险第一线。

总工程师邓良胜，地震发生当天下午，在坝区对外交通、通信中断的情况下，冒着余震和塌方的危险，徒步九公里赶往都江堰，及时向省里汇报了紫坪铺灾情，并及时带回了省领导的指示，为抗震救灾赢得了主动。保坝抢险的八天时间里，他始终奋斗在抢险一线，没有睡上一个好觉，没有吃上一顿好饭。困了，就在车里打个盹，有时甚至就坐在凳子上眯一会儿；饿了，吃几片饼干，喝一口矿泉水。

作为公司总工程师，他带领公司、设计单位工程技术人员，冒着余震、飞石的危险，攀爬高边坡，深入地下隧洞，及时排查了解工程震损情况，为泄流保坝决策提供了第一手资料，为大坝专家组判断震损情况、制订大坝除险加固方案提供了重要依据。

邓良胜总工程师回忆这段艰辛的历程时深情地说："面对突如其来的大灾难，我们只能团结一致，众志成城，用大爱和坚强面对生与死的考验，这是新时期一个共产党员的起码风格。"

王振彪，公司水库调度中心高级工程师，在保坝抢险的日子里，和同事们冒着生命危险，战冲沙洞闸门、突击抢修2号泄洪闸……坝顶、闸室成了他临时的家。地震时，他七十多岁的老母亲和长期患病的姐姐在都江堰生死不明。他强忍着对母亲和姐姐的担忧和牵挂，直到大坝风险解除后，才与在受灾群众临时安置点的母亲和姐姐见了面。

想起十三年前的那一幕，王振彪双眼满含泪水："我是一个普通紫坪铺人，我就应该保护好紫坪铺，家庭的困难是一时的，如没了紫坪铺，将是一生的遗憾。"他右手擦拭了一下眼睛，继而指向大坝："你看，紫坪铺的水多清啊，多美啊！"多么平凡的语言！正是这些将平凡语言化作行动的普通人，让四川人民从灾难中站了起来。

就是这样一批紫坪铺人，始终视紫坪铺大坝安全为生命，视供水安全为生命，顾全大局、临危不惧、忠于职守、迎难而上，用自己的行动诠释了水利人"献身、负责、求实"的精神内涵，谱写了紫坪铺抗震救灾、保坝抢险、保供水安全的壮丽诗篇。

◆紫坪铺水库

新时代的楷模任重而道远

作为开发治理岷江的关键性项目，紫坪铺工程战略地位重要，建设规模宏大。自 2001 年开工以来，在紫坪铺公司和参建各方的共同努力下，经过 5 年多的建设、15 年的运行（含汶川地震后 3 年恢复重建），紫坪铺工程建设运行管理取得了巨大成就，为复杂地质区域建设大型水利水电工程积累了宝贵的管理经验，也成为世界了解中国水利水电建设和发展的窗口。

第一，成功解决了复杂地质区域建设高坝大库的技术难题。紫坪铺工程位于龙门山构造带中南段，地质条件复杂，施工难度大、运用要求高、技术难题多，被称为"地质博物馆"，为国内外极具挑战性的工程之一。在工程建设过程中，参建各方尊重科学，严格管理，大胆创新，积极采用新技术、新工艺、新材料和新设备，成功解决了复杂地质区域深覆盖层高混凝土面板堆石坝建坝、坝区高边坡加固处理、单薄山体地下洞室群施工、高流速泄洪排沙洞抗空蚀破坏设计施工、冲沙放空洞超高水头闸门设计、机组超宽运行范围的稳定性等技术难题，取得了多项科技创新成果，提前完成了建设任务，工程建设水平步入国内先进行列，为复杂地质条件下建设高坝大库积累了经验。

第二，建立了与市场经济接轨的建设管理机制。紫坪铺工程是改革开放后四川第一个建设管理体制全方位与社会主义市场经济接轨的大型水利工程，工程建设实行项目法人责任制。紫坪铺公司作为项目法人，负责项目资金筹措、建设运行管理和贷款偿还。公司以把紫坪铺工程建设成为西部大开发中设计科学、质量优良、工期合理、环境秀美的标志性工程为目标，坚持建设与管理并重，建管合一，全面实行招标投标制、建设监理制和合同管理制；坚持工程环境保护、水土保持"三同时"（建设项目中的水土保持设施，必须与主体工程同时设计、同时施工、同时投产使用）制度，在国家重点工程中首先开展环境监理。来自全国各地的上万名建设者参加了工程建设，参建各方共同努力，以出色的技术和管理手段，有力地保障了工程进度和质量，有效控制了工程投资，取得了工期提前、投资节约、质量优良的优异成绩，为四川省大型水利工程建设与管理积累了丰富的经验。

第三，树立了四川大型水利工程集中高强度移民搬迁安置的典范。紫坪铺工程建设工期6年，水库淹没影响涉及都江堰市、汶川县7个乡镇3.54万人。移民搬迁安置坚持开发性移民方针，以人为本，依法移民，规范管理，始终把移民群众的利益放在首位，实行"省移民办统一组织、项目法人负责资金拨付、两市州负责实施、县为基础"的管理体制，引入征地移民综合监理机制。工程建设期间，有关各方精心组织，周密实施，平稳有序地完成了3万多移民搬迁任务，其中90%以上的农村居民均从高山峡谷地带外迁到下游成都市周边区县。经监测评估，移民生活已超过原有水平，逐步实现与成都周边区县群众的同步发展和社会融合，移民满意度较高，库区和移民安置区社会稳定，实现了搬得出、稳得住和能致富的目标。紫坪铺移民工程为我省大型水利水电工程集中高强度移民安置工作树立了良好的典范。

第四，创造了世界堆石坝抗震史上的奇迹。2018年5月12日，汶川发生震惊世界的里氏8.0级大地震，紫坪铺大坝成为当今世界上唯一一座距离地震震中最近、遭受8级强震仍然安全的百米以上高混凝土面板堆石坝。这在世界堆石坝抗震史上具有里程碑意义，在第一届堆石坝国际研讨会上获得国际堆石坝里程碑特别工程奖，入选中国土木工程行业"百年百项杰出工程"。

第五，发挥了紫坪铺工程巨大的综合效益。紫坪铺工程全面投入运行15年来，坚持"电调服从水调，水调服从服务于都江堰灌区千万亩农田灌溉、城乡工业生产用水和成都地区防洪安全需求"的原则，科学管理，精心运行，优化调度，发挥了十分显著的社会效益、生态效益和经济效益。紫坪铺工程在城乡供水方面保障有力，将都江堰渠首枯水期最小引用流量从水库建成前每秒80多立方米提高到每秒150立方米以上，是川西电网特别是500千伏成都环网的骨干支撑电源。紫坪铺水库投产以来，每年枯水期向成都市提供每秒20立方米以上的环境保护用水，极大地改善了成都市水环境质量。此外，紫坪铺水库拦截岷江上游特别是"5·12"汶川地震产生的巨量泥沙及漂浮物，极大减少了都江堰渠首及灌区渠系泥沙淤积，保证了都江堰水利工程的运行安全。

第六，实现了紫坪铺公司自身改革发展的新跨越。紫坪铺公司始终坚持以"工程优良、干部优秀""廉洁经营、廉洁自律""工程安全、资金安全、干部安全、生产安全"为目标，在全面抓好紫坪铺工程建设的同时，高度重视自身建设，不断加强思想作风建设、干部队伍建设和反腐倡廉建设，联合各参建单位广泛深入开展了"争做当代李冰，造就千秋工程"劳动竞赛活动、"做时代楷模，建示范工程"主题党建活动、全国水利系统文明工地创建活动，大力弘扬"献身、负责、求实"的水利行业精神，公司先后获得全国五一劳动奖状、四川省五一劳动奖状，以及"四川省抗震救灾模范集体""全国水利系统文明建设工地"等荣誉称号；19人次获得"全国抗震救灾模范""全国三八红旗手""全国水利建设与管理先进个人""四川省劳动模范"等荣誉称号，为公司改革发展创造了良好的环境。同时，紫坪铺公司立足项目，规范管理，深化改革，综合实力不断提升。从零起步，经过近20年发展，目前紫坪铺公司总资产规模达85亿元，资金财力较为雄厚，技术管理全面，运行经验丰富，成为省内具有一定影响力和知名度的水利水电企业。

紫坪铺工程在西部大开发浪潮中建成投产，实现了下游地区广大人民群众半个世纪的梦想。高峡平湖，润泽天府。十八大以来，中央高度重视生态文明建设，习近平总书记多次强调绿水青山就是金山银山，明确提出"节水优先、空间均衡、系统治理、两手发力"的新时期水利工作方针。新时期，紫坪铺公司肩负光荣使命、担当重大责任，牢固树立新发展理念，始终坚持"绿水青山就是金山银山"的思想，积极践行新时期水利工作方针，努力开创紫坪铺工程运行管理的新局面，为建设美丽、繁荣、和谐的四川提供坚实的水利支撑。

平地起奇湖

文 / 刘　佳　何　骐

　　四川省遂宁市蓬溪县内，一座在建的库容 8828 万立方米的中型水库——白鹤林水库格外引人注目。这里群山环绕，树木葱葱。登高俯瞰，水库枢纽工程一览无余——群山之间，几条纵横交错的山沟，由一个主坝、五个副坝围拢。

　　蓬船灌区是武都引水工程二期工程的扩灌区，白鹤林水库是蓬船灌区的控制性工程。目前，白鹤林水库枢纽内正在施工，不时可见装运土石的货车进出。据四川省武都引水工程蓬船灌区建设管理局办公室主任唐云介绍，水库主坝已经封顶，分水闸室正在施工，将通过两条干渠、两条分干渠、7 条支渠和分支渠，以及无数毛细血管一样的水渠管网，构成完备的灌区自流灌溉体系。

　　这是四川盆地腹地的一个奇迹，它将从近 30 公里外的绵阳市江油市武都水库源源不断供水，正常蓄水水位 418 米，整个坝顶高 420 米，高出蓬溪县城约 60 米，将在群山间围出一个湖来。

　　这也是一个生命之湖，建成后可向灌区年供水约 2 亿立方米，既可有效改善灌区农业灌溉、城镇及农村人口供水条件，又可促进库区周边生态环境升级，还可作为遂宁市城区的应急备用水源，经济效益、社会效益、生态效益十分明显。投入使用后，将最终实现"引水入蓬"的目标，让灌区人民彻底告别"靠天吃饭"的历史。

筑坝

蓬溪，位于四川盆地中部偏东，这里丘陵起伏，溪沟纵横，因为处于嘉陵江、涪江分水岭地区，水资源较为缺乏，干旱明显且频繁。

由于地表径流少，仅靠水塘蓄水，季节性缺水几乎是常态，遇到比较干旱的年份，只能盼着老天爷"赏饭吃"。20世纪90年代末蓬溪逢大旱，田边开出了一拃宽的口子，老百姓吃水都是问题，更别说庄稼了，多少庄稼干死在田地里。

由于常年缺水，蓬溪县域内的水资源不仅难以满足全县的农业灌溉用水、工业用水，在旱情较为严峻的年份，城区常住人口的生活用水也面临较大压力。

蓬船灌区建设管理局党组书记文勇说，蓬溪县水资源比较匮乏，人均占有量仅400多立方米，是四川平均水平的七分之一。

蓬溪县处于四川盆地这个"聚宝盆"的腹地，却不能聚水。为了解决蓬溪面临的缺水问题，2016年四川省武都引水蓬船灌区工程正式启动，工程涉及绵阳市盐亭县、南充市西充县，遂宁市船山区、蓬溪县、射洪市等地，是国家172项重大水利工程之一，是四川省"五横六纵"引水补水生态水网的重要组成部分，也是遂宁市单体投资最大、移民人口最多、施工战线最长的大型工程。

如今，在文井镇白鹤林村移民安置点不远处，白鹤林水库格外引人注目。这座水库是蓬船灌区的枢纽工程，主要建筑物包括1个主坝、5个副坝、2个取水口和2座隧洞。主坝和3号副坝均为黏土心墙石渣坝，是白鹤林水库的控制性工程，另外4个副坝均为C15混凝土重力坝。主坝最大坝高为60米，坝长323.5米。

水库枢纽工程是工人们夜以继日辛勤劳作的成果。为了加快工程建设速度，施工单位"白＋黑"24小时连续作业，按照施工节点如期实现白鹤林水库导流洞完工、水库主坝封顶后，又转战副坝混凝土浇筑和上游护坡、坝顶公路、下游网格梁、防挡墙等工程的施工，预计2021年年底下闸蓄水。

"大坝地基用的土石，是就地取材的。"项目工程建设管理统筹责任人，蓬船灌区建设管理局建设管理科科长彭俊明回忆。大坝从2016年开工到 2020 年封顶，前后历时 4 年，其间也有许多没有预料到的困难。

由于地质原因，主坝地基土层较厚，最深达 18 米，为了使基础牢固，必须往土层下深挖，这也意味着更大的工程量。建设好的主坝横跨在两山之间，但主坝两侧土质较松，工程开挖边坡时很容易垮塌，这些都给施工带来了难度。"建大坝就像挖开一座山，又在旁边修一栋房子，既要地基稳固，又要避免周边山体滑坡。水库大坝基础牢固很重要，要求我们对当地的地质条件测量得更加精确，对工程质量的要求更高、更严，以确保万无一失。"彭俊明说。

在建坝过程中，设计单位首先对基础地质情况进行了详细的勘察，取土试验，根据试验情况采取相应的施工方案。

"大坝地基再掘深一些，把基础打牢，将边坡宽度与高度的比例由 1∶1.5 调整为 1∶3，且采用分层分段的开挖方式，一层一层往下施工，将边坡挖成阶梯状，有效避免垮塌。"彭俊明说。

大坝基础稳固了，第二道关就是取料。主坝和 3 号副坝是黏土心墙石渣坝，大坝中间是黏土心墙，两边用石渣填筑，整个大坝呈下宽上窄的梯形，以保证坝体稳定。

修建大坝需要用黏土和石渣填充，不仅对土石的质量、含水量、抗碾压效果有要求，对强度也有要求。所有材料，均是在库区附近精心选择的，以满足大坝的碾压指标要求。这也是四川常用的筑坝方式，能在保证工程质量的情况下，进一步降低建设成本。

取料问题解决了，排洪泄洪如何解决？彭俊明介绍，由于白鹤林水库是一个囤蓄水库，水主要来自武都引水工程二期工程，每年汛期所带来的水量为 200 多万立方米，与水库 8828 万立方米的总库容相比微不足道，汛期的泄洪排洪问题不用担心。为了确保万无一失，特殊情况下将通过蓬船干渠和文吉分干渠这两条水渠和一个导流补水洞进行排放。

2020 年 6 月，蓬船灌区白鹤林水库枢纽工程主坝坝体及 3 号副坝填筑至设计高程，主坝顺利封顶。截至 2021 年 7 月，2 号、4 号、5 号副坝完成混凝土浇筑；黄家咀隧洞及老贯沟隧洞均已贯通，总长 3.88 公里；浇筑底板 3.22 公里，浇筑边顶拱 1 公里。上游连锁式护坡块、防浪墙、取水口闸室及其他附属设施建设完成后，将为主坝实现下闸蓄水奠定坚实的基础。

引水

蓬溪县似乎并不缺小溪流，随便找个山沟，往往都能与蜿蜒曲折的小溪流或小河沟面对面。

"清澈见底，还能见到鱼虾，我们经常过来垂钓。这些溪流虽然不如大江大河那样水量充沛、常年不旱，但鱼虾真的不少，每次都有不小的收获。"陪同笔者前往渠系参观的蓬船灌区建设管理局驾驶员曾师傅说。他是土生土长的蓬溪人，对当地水文条件了如指掌。

但由于没有大的地表径流，这些溪流也只能"任凭老天爷摆布"，季节性断流是常态。在路过蓬溪县县城居民饮用水源地赤城湖水库时，曾师傅也不忘停下车，让笔者一览蓬溪的水源地风采。因为连日来都没有较大规模的降雨，这里的蓄水自然不多，只能基本保障人畜用水，工业用水、农业灌溉用水压力很大。

地理位置上，蓬溪县和遂宁市船山区均处于嘉陵江、涪江分水岭，蓬溪、船山正好位于两片水域中间的高地，两边的水资源都流不过来，季节性缺水明显。要解决缺水难题，依托武都引水蓬船灌区工程，尽快"引水入蓬"惠及城乡是不二选择。

蓬船灌区工程启动以后，率先开建的是白鹤林水库导流洞，这个导流洞为县城集中供水站补水，施工期间兼做导流，在工程动工前将坝底积水彻底排干。

紧接着，白鹤林水库枢纽动工。白鹤林水库属于囤积性水库，完工并下闸蓄水以后，库区将出现 9 个湖心岛。

然后修通"主动脉"。2021 年 7 月 5 日，武都引水工程二期的西梓干渠延长段、文吉分干渠、蓬船干渠、蓬南分干渠、吉永支渠分支渠、高同支渠工地均一片繁忙，蓬船灌区工程 6 个渠系标段同步建设，工程 84 个作业面同步施工，因为地形原因，高山坡地较多，一条条引水渠遇山凿洞、遇沟架槽，在崇山峻岭间穿梭。

蓬船灌区工程始于武都引水工程二期的西梓干渠末端，从高近 430 米的取水口接水，经明渠、高山隧洞、渡槽、倒虹管共经过 27.39 公里至蓬溪县白鹤林水库蓄积力量。水库的水又通过两条干渠——蓬船干渠和文吉分干渠流出，经蓬南分干渠、高同支渠、赤大支渠、吉永支渠等渠道，以及数条分支渠辐射整个灌区。其中，西梓干渠延长段总长 27.39 公里，于 2017 年 12 月 26 日开工建设，主要建筑物包括明渠、隧洞、渡槽、倒虹管和白鹤林水库充水渠及其他附属设施，其中龙马垭渡槽施工难度较大，全长 252 米，最大架空高度 28 米，共计 18 跨，目前该渡槽已全部完工。

蓬船干渠包括蓬船干渠及赤大支渠两条渠道，总长 31.99 公里，其中隧洞有 30 座，占了 20 公里。工程于 2018 年 2 月 28 日开工建设。目前，完成明渠开挖 7.5 公里，隧洞开挖支护 19.77 公里，贯通隧洞 23 座，浇筑底板 8.97 公里，浇筑边顶拱 4.17 公里，完成渡槽 3 座 0.24 公里，正在进行席家湾渡槽及管理公路等建筑物施工。

文吉分干渠总长 25.88 公里，其中隧洞 27 座、渡槽 9 座、明渠 37 段。2018 年 4 月 16 日开工建设，目前，完成明渠开挖 1.2 公里，隧洞开挖支护 19.2 公里，贯通隧洞 18 座，底板浇筑 1.75 公里，边顶拱浇筑 1.52 公里，渡槽浇筑 0.59 公里，正在进行牛角湾渡槽、管理公路等建筑物施工。

蓬南分干渠为蓬船干渠延长段，总长 23.28 公里，主要建筑物包括明渠、隧洞、渡槽、倒虹管等。2018 年 5 月 10 日开工建设，目前，完成明渠开挖 7.24 公里，隧洞开挖支护 11.99 公里，贯通隧洞 18 座，正在进行麻子湾倒虹管、八角院倒虹管及管理公路等建筑物施工。

蓬南分干渠又分吉永支渠及高常分支渠、高任分支渠、农兴分支渠、三凤分支渠，总长 53.23 公里。2021 年 5 月 8 日开工建设，目前正在进行部分明渠、洞脸及施工道路开挖。

高同支渠则是由西梓干渠延长段分出，总长 6.07 公里，包括隧洞 6 座、渡槽 2 座、倒虹管 1 座、明渠 3.17 公里及其他附属设施，2021 年 5 月 10 日开工建设，目前正在进行主体工程施工前的临时道路建设。

彭俊明介绍，蓬船干渠覆盖最远，尾端又分蓬南分干渠和吉永支渠及分支渠，辐射蓬溪绝大部分乡镇及船山 14 万多亩灌溉面积。文吉分干渠从白鹤林水库取水，先向北延伸，后往南折返，灌溉蓬溪沿途 6 个乡镇。

截至 2021 年 6 月，蓬船灌区已完成渠系隧洞掘进 81.58 公里，明渠开挖 34.28 公里，渡槽浇筑 10 座，累计投资 28.16 亿元，占总投资的 76.76%。工程建成后，年平均供水量 2 亿立方米，控灌面积 94.7 万亩，提升了对 75.31 万人的供水能力。

笔者仿佛看到，整个渠系修通后，在涪江上游绵阳江油的武都水库，一条引水渠凌空腾起，在高山峡谷间穿梭，蜿蜒数十里后，一头扎进蓬船灌区白鹤林水库；在水库另一端，两条干渠兵分两路，奔腾而去，像在大地上匍匐的一条条长龙，在灌区播撒雨云，滋养着灌区 94.7 万亩土地，其中蓬溪 75.9 万亩、船山 14.32 万亩、西充 4.48 万亩，与紧邻的升钟水库灌区携手，让绵阳、遂宁、南充等地耕作条件从"听天由命"变为"水旱从人"。

◆蓬船灌区工程西梓干渠延长段龙马垭渡槽实景

施工

2021 年 7 月 4 日，遂宁境内骄阳似火，炙烤大地。在文吉分干渠工程施工现场，工人们攀上高达 20 多米的渡槽立柱开始作业。头顶烈日，可供作业的面积也十分狭小，施工难度可想而知，工人们低头忙着手中的活，不时拭去脸上的汗珠。

在渡槽工地不远处的彩钢工棚附近好不闹热，车辆进出繁忙，混杂着混凝土搅拌和钢筋切割的声音。"砰"的一声，一台搅拌车的车胎爆了。

因为高温加上坡陡难行，这种情况时有发生。

工地固定的修理工何秀华来自射洪市青岗镇，接到电话后赶忙到现场处理。卸胎、检查、安装，最后拧上螺丝，一气呵成。早已习惯这一工作节奏的她很快就换好轮胎，驾车离开工地。

蓬船灌区工程的工人大部分来自外省，在渡槽高空作业的 4 名施工人员就来自陕西。

"渡槽横跨董家沟村，从洞孔山隧道起，到牛一隧道止，跨度 500 多米，一共 35 跨，最多再有两个月时间就全部修成了。"刘国平来自陕西安康市，是中国水电三局在文吉分干渠标段的拌和站副主任，代管渡槽施工。

"环境很艰苦，既要高空作业，又要忍受高温酷暑，但是我们的 6 名施工人员毫无怨言，工期抓得紧，质量把关严，就是为了早一点把渠系建好，让整个工程如期投入使用。"刘国平介绍。渡槽最高处 28 米，平均高度也有 22 ~ 23 米。高空作业有一定风险，施工难度可想而知。中午时工人们一起下来就餐，休息一阵，养足精神后再次上阵。

◆蓬船灌区工程两叉沟底板浇筑施工

"施工进度良好，再有两个月，渡槽主体结构就完工了。"刘国平说，"阳光暴晒下，中暑风险很大，施工单位准备了防暑降温的药品，并叮嘱工人们注意防暑。"

渡槽、隧洞、明渠是蓬船灌区渠系引水的主要方式。在灌区总长达100多公里的渠系上，上千名工人大军排好阵列、拉开战线，逢山挖洞，遇沟架槽。他们当中既有20岁出头的小伙子，也有50多岁的老工人，既有从陕西、河南、青海、湖北等地过来参加建设的外省人，也有支持家乡发展的本地村民。

"现在的苦，是为了以后灌区人民的甜。"刘国平说。虽然条件艰苦，但没有一名工人说苦。

2020年初，受新冠肺炎疫情影响，四川许多工地都停工了。春节过后，疫情防控形势依然严峻，蓬船灌区建设管理局征地移民安置科科长何琳舟拨通了好几家施工单位的电话："你们的工人准备什么时候来呀？我们准备了排查表，一定要做好充分准备来迎接返岗务工人员。"

2020年春节过后，因为疫情延迟复工，为了做好疫情防控，蓬船灌区建设管理局先进行摸排，凡是计划过完年就到岗的工人，都要求提供15天之内的行程记录，前后排查1500余人。由于施工人员绝大部分来自外地，组织了997名市外返岗人员进行肺部CT、核酸检测。工地实行封闭式管理和日报制度，抓实抓细疫情防控常态化工作，实现零输入、零感染。2020年2月29日，蓬船灌区工程全面复工复产，走在全省前列。

"严格做好防控工作，我们准备了消毒水、体温计，派发了两万多个口罩，工人复工后，没有一例疑似病例。"何琳舟介绍。

确保工程顺利推进，按时按质建好灌区工程，是所有施工人员的心愿。中国水电三局建筑工人李永靖，就是3月底从陕西老家赶回来的，"那个时候工期紧，看到工地能复工了就来了"。

2021年春节期间，为了配合疫情防控，工地响应国家号召，部分工人更是选择了就地过年，蓬船灌区建设管理局为让留岗过节工人过上一个热闹的春节，提前为工人们设置了象棋、羽毛球、乒乓球等娱乐项目，还添置了健身器材，定制了新春工作餐，使异乡人感受了到家的温暖。项目施工方还推出了"留岗红包"，为留岗人员给予每天200元的工作补贴。

2021年2月2日，农历腊月二十一，蓬船灌区工程文吉分干渠项目部大院内年味十足：写春联、挂灯笼、贴年画、包饺子……大家分工合作，热闹祥和。来自陕西、吉林等地的近10名工人选择在蓬溪过年，在团年饭中迎接农历新年的到来。

蓬船灌区建设管理局办公室主任唐云说，项目管理部门更多是从生活上对工人给予关心关怀，使他们即使远在他乡也能够吃上家乡的味道。

建筑施工过程中，由于施工队与劳务公司属于临时合作关系，各种纠纷难免发生。为了尽量保证工人利益，一旦发现矛盾纠纷的苗头，蓬船灌区建设管理局就派工作人员主动出面沟通，尽量将矛盾化解在萌芽状态。

2021年7月5日，何琳舟挎上公文包，驱车到文吉分干渠处理一名建筑工人与劳务公司的劳动报酬纠纷。这场纠纷与管理局关系不大，但只要涉及工程建设，何琳舟都积极主动协调处理，及早化解矛盾，避免扩大。

何琳舟负责根治欠薪、征地移民安置的工作。2020年9月，何琳舟接到项目办负责人的电话，得知项目办在清查账目的时候，发现蓬船干渠施工单位与一个劳务公司进行工程量结算时，劳务公司获得的报酬远远不能支付工人工资。

"账目对不上，就极有可能出现欠薪风险。"何琳舟赶到项目上实地走访，发现涉事工程队负责隧洞开挖、底板浇筑工程，劳务公司与施工单位按工程量结算，但劳务公司与工人约定的却是按月支付工钱。在工地上，因为各种不可控的原因导致停工是常有的事，如果工程未开动，工人在工地上不工作也能拿工资，怎能不亏空？再加上劳务公司管理不善，建筑工人的工资自然给不出来。

了解到这一情况后，何琳舟及时将问题反馈给蓬溪县人社、公安、法院等部门，劳务公司负责人因为欠薪问题被逮捕。为了避免进一步激化矛盾，蓬船灌区建设管理局主动出面，会同县人社、公安、法院等部门进行调解，由负责人家人出钱，结清了工人工资，并在2021年春节前将拖欠工资发放到工人手里。

何琳舟介绍，为了耕好治欠保支"责任田"，维护广大工人合法权益，首先成立了根治欠薪领导小组，建立协调机制，保障工人工资按时足额支付。其次，严格落实根治欠薪六项制度，建立工人用工台账和工资台账，收缴工人工资保证金或保函，实行工人工资代发，会同法院、公安、人社等部门处置劳资纠纷，依法处置并打击恶意欠薪行为。管理局先后通过工人工资专户支付工资 11454.22 万元，协调法院、人社等部门追回被拖欠工资 60 余万元。

移民

2021 年 7 月 3 日，白鹤林村 59 岁村民李道坤吃完晚饭就匆匆出了屋子，他在房前屋后种了时令蔬菜，需要按时浇水、施肥。入住移民安置点以来，这里环境变化大，虽然子女都劝他到城里生活，但他总是舍不得离开。

据统计，白鹤林工程共搬迁安置 4296 人，涉及壁山村、北南观村、雷堂村，累计征收土地 12703.88 亩，拆迁房屋 12.86 万平方米。蓬船灌区工程 3 个移民安置点分布在文井镇雷堂村、定香寺村和新会镇灵芝村，集中建房共计 106 户 272 人，分散建房 3 户 5 人，自主择址建房 34 户 113 人，自主购房或投亲靠友居住 786 户 3017 人，有土安置 40 户 69 人，自谋职业 28 户 59 人，投亲靠友 65 户 103 人，自谋出路 616 户 2356 人，养老保障 359 户 531 人。

李道坤选择了入住移民安置点。2020 年 5 月从雷堂村 2 组搬进了 168 平方米的两层小楼，不知不觉已经住了一年多。

饭后出去散散步，呼吸新鲜空气，到活动广场健健身，骑着摩托车进城……李道坤把生活安排得井井有条。他还在庭院里种下了南瓜、丝瓜、青菜、黄豆，把边角地利用起来，房前屋后都是菜园，既美化环境，也能自己吃。他还在屋子一楼搞起了副业，开了一家生活超市补贴家用。"我的生活来源主要有养老保障 510 元、养老金 120 元、移民后扶资金 50 元……盼着库区蓄水，到时候一定登上水库看看。"

整个白鹤林村移民安置点有移民 68 户 204 人，像李道坤这样期盼着灌区工程建成的村民还有许多。然而，工程刚开工不久就经历了"阻工事件"。

2017 年 8 月，时任雷堂村村支部书记的吴晓茂一到村委会门口，七八个村民就将他团团围住，准备"咨询政策"。

"库区的补偿标准有没有依据？""我家的养老保障标准怎么确定

的？"大家你一言我一语，吴晓茂也听出了头绪，补偿标准、养老保障等是大家比较关心的问题。然而，正当他要解释的时候，电话就响了，是施工方打来的："移民阻工了，有十六七个人，我们不准他们进场，拦也拦不住。"

"我们一边进行解释劝导，一边让工地马上停工，避免出现安全事故。"吴晓茂回忆说。移民不但阻挠工程正常建设，还以"维权"名义组建了4个微信群，一个群约500人，有串联、煽动、发布不实言论等行为，并有专人负责收集"维权"资金，用于聚集、上访。

壁山村移民李建宗便是其中的"骨干分子"，他是跑摩的的，人脉广，在村民中有一定影响力，对移民政策不理解、不配合，认为"征地赔偿标准不够高"，开会时抢话筒，还带头组织老百姓阻工、上访。

李建宗脾气倔，他的思想工作不好做。

文勇介绍说，"阻工事件"引起了遂宁市委市政府、蓬溪县委县政府的高度重视。事件发生以后，管理局立即组建专班、落实专人，强化问题导向，实施挂图作战。省市信访、移民、水利等相关部门积极跟进，把脉支招，共同推动移民安置工作稳步实施。

◆蓬船灌区白鹤林移民安置点鸟瞰图

蓬船灌区建设管理局办公室主任唐云表示，蓬溪县在线上线下宣传上下足了功夫：通过广播电视、微信、微博等宣传平台播放《国家大中型水利水电工程建设征地补偿和移民安置条例》，解读《四川省蓬船灌区工程建设征地移民安置实施办法》；通过部分移民群众在电视台"现身说法"，促使移民群众了解移民政策，引导民众形成合理的心理预期；通过邮寄、送达等方式向移民群众点对点发放《致蓬船灌区工程移民朋友的一封信》《移民安置政策宣传手册》等宣传资料 2000 余册；安排移民安置政策宣传车，深入文井镇、新星乡相关村社开展全天候宣传，提高知晓率。

为了进一步做好移民安置工作，6 名副县级领导牵头负责，全县抽调 288 名干部到淹没区 3 个村、24 个村民小组，坚持进村入社到户，做到包户到人，全面细致开展群众工作，认真听取移民诉求，收集移民意见，逐一解答，掌握日常动态，疏解移民抵触情绪，维护移民合法权益。

李建宗由蓬溪县委常委、宣传部部长杨帆结对联络。李建宗 80 多岁的母亲摘核桃时摔了一跤，需要住院治疗，杨帆动用"情感牌"，隔三岔五到医院看望，多次到访，让这一家人感受到了移民干部的温暖。

随着相互之间了解程度的加深，李建宗也逐渐放下了戒备心理。这时候，杨帆趁热打铁，耐心解释："白鹤林水库移民不同于水电移民，蓬船灌区工程公益性的成分更大。我们的移民后扶政策也不同于城市建设征地拆迁，拆迁是把土地房屋买断拿钱走人，移民以有土安置为主。移民安置后，还会有国家项目支持后续生活和地方产业发展，移民到了新的地方，不用担心后续生活问题。"

"移民干部说得在理，也没有把我们当外人。人家三峡移民那么大的牺牲，移民们都没有一句怨言，我们也不能在这些问题上纠结。"在这个过程中，李建宗的思想转变很大，不仅认可了移民干部的工作，而且非常支持移民工作，担任了移民工作的临时聘用人员，为其他移民做思想工作，最后也搬进了白鹤林村移民安置点，现在还不时与移民干部联系。

大中型水利工程涉及移民群体多、基数大、投资高，水利工程与高速公路、铁路等国家重点工程建设征地移民安置政策差别较大，大中型水利水电工程是采取有土安置，高速公路、铁路等是采取社保安置，导致同一地区同时存在上述项目移民安置政策不一致，同一县乡、同类房屋、同一地块补偿政策不同。

"很多移民参与其中，是因为对政策不熟悉、不理解。"文勇说，"移民安置之初，许多老百姓认为都是国家实施的项目，补偿标准应都一样，因此反应强烈，群众工作难度大。但是通过耐心宣传解释，老百姓了解了政策，往往就会从不理解到理解，甚至支持移民工作。"

在宣传政策过程中，蓬溪在新星乡移民指挥部、北南观村、文井小学等地设立政策宣讲点，对移民安置政策进行深入宣讲，广泛听取和收集移民群众诉求，有效化解移民心中的疑虑；落实人力、物力、财力，及时清算已签协议移民的补偿资金，张榜公示，足额兑付。开通24小时政策咨询热线，并在移民指挥部和县扶贫移民局设立咨询室，定点定员提供政策咨询；针对白鹤林库区在新疆和广东的务工人员较多的特殊性，县级领导带队赴新疆和广东开展点对点政策宣传，牢牢把握工作主动权；县级财政落实工作经费400万元，保障群众工作持续深入推进。

除了宣传、解释政策，地方党委政府给予移民更多关心关爱措施，移民在安置过程中遇到了困难，移民干部都会积极出面帮忙协调解决。

"比如不少移民还有规模种植养殖业，要按照既定标准适当进行折价补偿。"文勇说。

以李道坤为例，由于他的情况较为特殊，起初也对移民安置有抵触："我养了100多只羊，还有100多只鸡，一时半会儿没办法处理，折价赔偿又感觉不划算，我想等我处理完了再搬。"

原新星乡副乡长覃飞、蓬溪县扶贫和移民工作局（现为蓬溪县乡村振兴局）干部陈刚给李大爷耐心做思想工作，彻底让他心服口服。

"大爷，你年纪跟我父亲差不多大，如果羊圈无法拆，环保过不了不说，你也得不到补助。因为不签订协议，我工作做得不到位，肯定是你引起的了。如果你是我的父亲，我因此受到处分，你肯定要找人拼命。"覃飞开玩笑地说。

"我就听你这句话，下来就拆圈舍。之所以一直不愿意拆，是因为羊儿还小，直接处理了确实太可惜了。"李道坤说。

接下来，陈刚又帮助李道坤联络买家，算好圈舍、庄稼的折价赔偿金额，仅用了3天时间，李道坤就把羊处理给了马尔康市的一位买家。

"政策还是好，虽然我家不是家庭农场，但是给算了规模养殖，圈舍按照移民政策给了一定补偿，加上羊和土鸡收入也就非常值了。"李道坤说。

文勇介绍说，在移民安置过程中，蓬溪坚持疏堵结合。一方面，畅通维权渠道。在移民指挥部设立投诉受理督察组，畅通投诉举报渠道，对涉嫌侵害移民利益的行为和个人严肃执纪问责。设立移民法律咨询工作组和临时基层法庭，为移民依法维权提供法律援助。另一方面，对寻衅滋事、干扰施工的人员，依法进行处置，先后掌握 60 余名重点人员，收集到了 10 名涉嫌违法人员的证据，先后对重点人员约谈 64 人次、治安拘留 2 人、刑拘 4 人。实施库区"雪亮"工程和"天网"全覆盖工程，设置警务室两处，派驻民警 30 余名，开展治安巡逻和法制宣传教育，推进库区社会治安防控体系建设。

通过上下齐心协力，移民安置政策执行到位、政府关心到位，蓬船灌区工程移民安置工作和工程建设顺利推进，确保了蓬溪和谐稳定。

"从'阻工事件'到 2017 年 11 月 8 日重新开工，前后 100 天左右。大家对移民安置工作充分认可，一直到现在，从未再发生一起类似的事件，这也是移民对我们工作认可的一个有力证明。"文勇说。

"在蓬溪修个大型水库实在不容易，落地到我们村也是一个幸事，有水就能好好生活，没有水大家就要捡水吃。不能只想着自己，要为大多数人着想。"李道坤告诉笔者，"我们移民虽然辛苦一点，但是为了子孙后代，这点苦还是值得的。"

不少移民更是积极投身蓬船灌区工程项目建设当中，在建筑工地上总能看到他们的身影。他们纷纷表示，蓬船灌区工程是老百姓早就盼望的，是造福子孙的事，是大好事，因为蓬溪确确实实需要这个水库，盼望到今天终于实现了。

为确保 4033 位移民"迁得出"，蓬船灌区建设管理局高标准建设水、电、网络全覆盖的移民安置点 3 处，以水为媒，打造宜居乐居水美新村。为确保移民"稳得住"，灌区按月足额兑付移民养老保障资金和移民后扶资金，解除移民后顾之忧。引进现代农业企业流转移民土地，建设稻、鱼、虾、蟹种植养殖基地 1000 亩、药材基地 100 亩，通过"土地租金＋务工收入"，确保移民"能致富"。

"淹没区老百姓整村整社搬走了，但是库区淹没线以上的山林地、耕地还是老百姓的，耕作不便，距离又远。政府决定以镇、村为单位，对没有征用的林地、耕地进行集体流转，相当于人搬出去了，土地不撂荒，流转后收益不受损失，所以老百姓的接受度也很高。此外，部分移民子女入学问题由包户包村干部积极协调，确保就近入学。对移民中的困难户再次进行清理摸排，符合条件的纳入低保进行关爱，确保不漏一户。"文勇说。

如今，集中安置点移民的生活发生了天翻地覆的变化。在新会镇灵芝村移民集中安置点，50多户安置房早已建设完毕，不少移民已入住，入户路等配套设施齐全，人人安居乐业。

2021年7月5日中午，正是夏天最热的时候。迎着头顶的骄阳，笔者走进了移民杜顺军的家中。

2020年6月，杜顺军从25公里外的雷堂村搬进了灵芝村移民安置点184平方米的两层新房。他这段时间在家休息，准备国庆节返回陕西的建筑工地。谈及为何选择搬这么远的距离时他说："主要是因为这里离城区近，走路也就20分钟，就医也比较方便。"

平时，杜顺军喜欢到周边走走，和一同搬过来的左邻右舍拉家常，"这里生活可以，还是比较习惯，每个月务工纯收入有4000～5000元，老人还有养老金，减轻了一家人的负担"。

同在新会镇灵芝村移民安置点的移民王小平一家几口人由壁山村搬迁过来，平时想念老家，今年6月底他还和母亲一起回老家看看。对于老家，王小平还是有些不舍："土地、果树还在，房子征收后拆掉了。毕竟在那边生活了几十年，尤其是母亲舍不得，这次回去走走看看，变化确实大。"

房屋修建后，2020年8月底，王小平入住了。他表示："现在忙于新生活，两个孩子在上河街实验小学上学，这里离城区近，孩子上学更方便，刚入学的时候还是扶贫和移民工作局忙前忙后帮助协调的呢。现在大孩子马上上初一了，准备过两天再去一趟政府，争取提早把孩子入学的问题落实了。"

明天

引水入蓬，兴水安民，做实"水"文章，用活水资源，会让更多的人受益。蓬船灌区工程建成后，可新增供水量2亿立方米，控灌面积94.7万亩，占全市耕地面积的 23.4%，还将提升对 75.31 万人供水的能力。

灌区口，伫立坝顶极目远眺，一排排白墙青瓦的两层民房格外引人注目。这里就是白鹤林村移民安置区，旁边是开阔的田地，水稻田、莲藕、中药材、蔬菜大棚等一览无余。河流经过治理，灌溉设施星罗棋布，新村道路已经建成，一幅乡村振兴画卷正在徐徐展开。

白鹤林村因水库而得名，2019 年在村建制调整当中，由新华村、连垭沟村、雷堂村三个村合并而来。2020 年初，45 户移民入住安置区两层小别墅，基础配套设施已经齐全，自来水、天然气、网络等设施应有尽有。

"每逢天旱，人畜饮水都成问题，更别说其他的了。我印象最深的是，过去由于缺水，水牛下不了田滚不了水，村民只好舀点水泼到牛身上降温。现在水库有了充足的水源，村里再也不会缺水了，村民都很感激。没有蓬船灌区工程，就没有现在的好日子。"吴晓茂说。

2020 年，白鹤林村实现了全面脱贫摘帽。目前村基础设施大大改善，河道整治、通组入户路建设、水保工程、河道整治工程、高标准农田建设等都将在 2021 年完成。

2020 年 5 月，白鹤林村以村集体名义跟村民签订土地流转协议，共流转原三个村 2519 亩，通过招商引资引进 6 名业主发展粮油、莲藕、稻虾蟹、药材、大棚蔬菜、土鸡等种植养殖产业，规模农业方兴未艾。

白鹤林村 3 组村民许东林，以前常年在外包工程。2020 年，他以每亩 300 斤稻谷的价格流转了该村 400 多亩土地种植水稻，现在经过高标准农田建设，土地平整，方便农机下地。2021 年，他开着购买的农机下田耕种，省力省工不说，稻谷长势也很好，为返乡创业开了个好头。

"以前业主不愿意来，因为发展产业需要水。现在不愁水了，政府投入力度比较大，业主争着来，这些都是能够看到的实实在在的变化。"吴晓茂不由得感叹。

现在的白鹤林村，种植养殖业产业正在蓬勃发展，接"二"连"三"，第二产业粮油加工、第三产业乡村旅游也会兴起。吴晓茂告诉笔者，土地集中了以后，土地也盘活了，未来将修建民居，引进业主，做生态养殖，做大做强中药材、大棚蔬菜、生态土鸡等种植养殖业，让白鹤林村成为乡村振兴的示范村。

"在产业的带动下，老百姓也会受益。"村党支部副书记黄玉平望着面前绿油油的水稻田说，"土地流转费按每亩 300 斤稻谷折价计算，老百姓每年除了有流转费收入，还能在园区里头打工，日均工资可达 80 元，将来还能享受村集体经济带来的分红。"

　　"十四夜，摇嫩竹，嫩竹高，我也高，我和嫩竹一样高。十四夜，摇嫩竹，嫩竹长（音 zhǎng，下同），我也长，我和嫩竹一起长。十四夜，送蚴蟆，蚴蟆公，蚴蟆婆，把你蚴蟆送下河……"这是流传在川北山乡的一首民谣。

　　正月十四夜幕降临时分，点亮蚴蟆灯，敲着锣鼓唱着歌谣，将蚴蟆送到距离场镇几公里外的田边或者河边，赶走蚴蟆瘟，以祈健康平安。这一省级非物质文化遗产代表性项目，如今成为白鹤林村等地群众正月里迎新祈福的狂欢节。

　　"今后结合省级非遗蚴蟆节，吸引更多游客前来旅游，我们将积极争取项目资金，进一步打造乡村旅游环线，将分散居住的居民进一步安置到几个集中居住点，实现宜居宜业、融合发展。"对于未来，吴晓茂、黄玉平两名村干部早已胸有成竹。

　　新会镇灵芝村村支书申燕介绍，去年建制调整后共搬迁过来移民 51 户 183 人，现在接近 20 户入住，所有房子都交付了，由于灵芝村距离城区近，外出务工的收入是移民们主要的生活来源。

　　"移民都支持我们村委会的工作，跟原住民的关系处理得也都很好，工作推进都比较顺利。我们也在申请通公交车、增加活动阵地和娱乐设施设备，希望能给村民们的出行、休闲娱乐带来更大便利。"申燕说。

　　2020 年 1 月，中共遂宁市委和民盟四川省委协商达成一致意见，合作共建盟遂合作乡村振兴示范区。示范区以"蓬山为盟、溪水为民"为主题，以乡村振兴为突破口，以盟遂合作重大成果白鹤林水库库区后续开发为重点，主要打造白鹤林水美新村大健康产业园、墨砚湖农旅融合产业园、黑龙凼产业园等，规划面积 272 平方公里，涉及蓬溪县文井镇、赤城镇、槐花镇、明月镇、宝梵镇、鸣凤镇、新会镇、普安街道 8 个乡镇（街道）、66 个村（社区），未来更将辐射蓬溪县其他 12 个乡镇，总人口约 50 万；带动射洪市、大英县、船山区、安居区、经开区、高新区，总人口约 200 万。

文勇表示，蓬溪县将依托蓬船灌区工程，深化盟遂合作，积极推进盟遂合作乡村振兴示范区在蓬溪先行先试。

其中，白鹤林水美新村大健康产业园规划范围为文井镇白鹤林村，面积约5.67平方公里，计划投资约3.8亿元，发展现代农业、农旅融合、"送蛴蟆"非遗、康养等产业，打造"川中千秋坝、水美万鸣欢"的水美新村，争创省级星级农业园区，白鹤林村争创省级水美新村、省级乡村振兴示范村。

墨砚湖农旅融合产业园，规划范围为鸣凤镇七星村、石板垭村、天门村、白猴村、石马沟村、真福村合普安街道、打铁垭村，面积约26.5平方公里，计划投资7亿元，发展藕鱼稻虾共作、经果林、中药材、花卉等产业，争创市级星级农业园区，鸣凤镇七星村争创市级乡村振兴示范村。

黑龙凼产业园规划范围为明月镇回水社区、九龙寨村、慧林村、三叉河村、西林村、新市村和元坝子村，面积约30.96平方公里，计划投资1.8亿元，将以黑龙凼水库灌区为中心建设特色农业、观光产业园，争创市级星级农业园区。

"工程能够顺利上马并快速推进，民盟中央、民盟省委给了很大支持。"文勇介绍。

2020年7月30日上午，盟遂合作联席会议在遂宁召开，民盟省委主委、省政协副主席赵振铣出席会议并讲话，要求"依托武引蓬船灌区后续开发，共同建设盟遂合作乡村振兴示范区，力争为全国类似地区实施乡村振兴战略提供经验"。

2020年7月30日下午，赵振铣带领专家来到蓬溪，调研盟遂合作乡村示范区建设。11月15日，民盟中央副主席、全国人大常委会委员、农业与农村委员会副主任龙庄伟带队调研盟遂合作乡村振兴示范区建设。

2021年1月至3月，民盟省委、省统筹城乡研究会先后3次调研盟遂合作乡村振兴示范区建设。

2021年3月31日，民盟省委赴遂调研并召开座谈会，审议通过了盟遂合作战略咨询委员会方案。

目前，白鹤林水美新村大健康产业园党群服务中心规范化建设、广场文化建设、庭院美化、外墙风貌塑造全面完成，高标准农田、康养产业园等项目有序推进。墨砚湖农旅融合产业园完成两个新村聚居点绿化提升工程，整治撂荒地 2300 亩，种植青花椒 1000 亩、蜜本南瓜 300 亩。黑龙凼产业园已完成道路扩建 2.7 公里，种植水果 950 亩、中药材 2300 亩。

当地村民对这一规划蓝图也充满期待：蓬溪县城以南又被称为"老二区"，工业基础好，经济比较发达，居住条件也比较好；而蓬船灌区工程所辐射的灌溉面积主要在县城以北的文井镇等地，乡村道路、农业生产、居住条件相对落后一些。

蓬船灌区工程未来将按照"保护生态本底、适度开发利用"的原则，推进库区"兴水利、畅通道、育产业、建城镇、护生态"开发，打造集休闲度假、生态旅游、养生康体为一体的旅游度假区，增强发展内生动力，放大工程效益，打造灌区经济发展增长极和绿色经济发展新引擎。

"在库区着力打造农、文、旅融合发展，结合高峰山旅游开发，和白鹤林村一起打造旅游景区。二十四孝故事，有三则就发生在蓬溪，把孝道文化、道教文化融入旅游景区，将进一步带动北区的发展。"文勇说。

据了解，蓬船灌区工程预计 2023 年全部完成 11 条渠系的建设，2024 年全面完工并投入运行。该工程建成后，必将在四川水利工程史上创造又一个辉煌，在蓬船灌区全面乡村振兴的道路上留下浓墨重彩的一笔。

再造一个都江堰

文/何 竞 何 骐

"上善若水。水善利万物而不争。"水是生命之源，如何用好水，让它发挥最大功效？古往今来，人们进行了多方尝试。

两千多年前，蜀郡太守李冰在岷江筑堤引水，建设了伟大的都江堰，创造了成都平原的富饶胜景。

西汉史学家司马迁的《史记·河渠书》，是中国第一部水利通史。该书记述了从大禹治水到汉武帝黄河瓠子堵口这一历史时期内一系列治河防洪、开渠通航和引水灌溉的史实之后，感叹道："甚哉，水之为利害也！"并指出"自是之后，用事者争言水利"。从此，"水利"一词就具有防洪、灌溉、航运等除害兴利的含义。

在长江流域的四川东北涪江与嘉陵江之间，有一大片干涸的土地。千百年来，生活在那里的老百姓因缺水而贫穷，经济因缺水而落后。1988年，水利人在涪江打造武都引水工程（简称"武引工程"），兴建"天府第二堰"，构筑人水和谐的川北灌区，破除"老旱区"的桎梏，为当地老百姓带来了切实的福利。

武引工程的"三上两下"

武都引水工程是促进川东北部工农业和城市经济发展的重要水源工程，是四川省以防洪灌溉为主，兼发电、航运、城乡供水、环保、水产养殖、旅游以及国土资源综合开发利用等功能的大型骨干水利工程，被国务院列为《九十年代中国农业发展纲要》中重要的大型水利基础设施项目。工程主要由取水枢纽、武都水库、总干渠及其配套的各级渠系、渠系电站、提灌站和囤蓄水库组成。全灌区规划六级渠道119条，总长2109公里。工程从江油市武都镇涪江上游取水，控灌绵阳、遂宁、南充、广元四市八县（市、区）的农田228万亩。

武引工程的"三上两下"，是一段漫长而曲折的历程。

1958年10月17日，中共中央总书记邓小平在中共四川省委第一书记李井泉和绵阳地委书记彭华等领导的陪同下，视察了准备施工的武都水库工地。在听取武都水库有关情况的汇报后，邓小平指示：这是千秋伟业啊，是四川的第二个都江堰嘛，一定要把它建设好！因此，武都引水工程早在20世纪50年代末期，就进行过规划和勘测设计工作。1958年10月，武引工程破土动工。后因国家财政吃紧，压缩基建，工程在1960年停建。此为武引工程的第一次上马和第一次下马。

1965年年底，第三届全国人大常委会委员长朱德到武都水库视察。听取汇报说，当时设计的淹没面积大约为4万公顷，考虑到淹没面积过大，朱德委员长对这一方案持否定态度，工程随后停工。1966年5月后，武引工程处于停工留守阶段。1967年5月，工程又重新开始测量设计。1975年12月，绵阳地区武都引水工程江油县指挥部成立。"文革"时期，武引工程项目保持正常运转，干部职工讲奉献、讲自力更生、讲艰苦奋斗，每个标准工只补助半斤粮食，用牛、马运送物资，上渠道都是步行，当时工地的交通工具仅有两辆自行车。

1978年4月，武引工程大上马，江油县（现为江油市）参加建设的工人约有5700名，分为：重华团、永胜团、新安团、治城团、武都团、中坝团。主要建设项目为修路开渠，新修公路6.88公里，扩建公路2公里。团下设营和连，再下一级设工程组、隧洞组、开挖组。各个团将任务分到区，区分到公社，以公社为单位，农忙时工人回家农忙，农闲时又回到渠道进行建设。

1979年1月8日起，武引工程建设掀起第二次施工高潮。当年有650多名技术人员、36000多名工人在渠首枢纽总干渠涪梓干渠上段和沉抗水库80多公里的渠段上参加大会战。1980年10月，因国民经济调整，武引工程缓建。此为武引工程的第二次上马和第二次下马。

　　1983 年，四川省人民政府以《关于武引工程恢复建设的报告》再度上报中央，要求把武引一期工程列入复工计划项目。1987 年 5 月，国家计委、水电部（现为水利部）同意恢复武都引水工程第一期工程建设。同年 12 月，绵阳市委、市人民政府成立绵阳市武引工程建设指挥部，受益灌区各县（市区）也相应成立武引工程建设指挥部。1988 年 9 月，绵阳市编委批准成立绵阳市武引工程建设管理局（同时撤销省武引工程建设指挥部），主要职能是在绵阳市委、市政府的领导下，负责武引工程建设管理的全部工作。

　　1988 年 4 月，武引工程第三次上马，江油武引工程指挥部重新开始工作。同年 9 月 20 日，武都引水第一期工程正式复工。武引工程涪梓干渠建设工地热火朝天，工程面貌日新月异，渠道一天天向前延伸，上游灌区群众已经受益。但涪梓干渠长达 160 多公里，如果没有一个中型以上的囤蓄水利设施，仅仅依靠"一线长渠"，根本不能满足下游灌区用水需要。灌区人民提出：不修沉抗水库，我们就退出灌区。

　　为了沉抗水库的立项批复，武引工程管理局的领导带着大伙写请示、搞勘察、立方案、算投资、找措施、筹资金，先后数次跑省计委，找水电厅，准备了上百套资料，将沉抗水库工程建设的紧迫性、必要性向省、市领导及有关部门汇报。

　　终于，武引沉抗水库工程复工兴建立项报告获批，当时批的是一项"五自"工程，即自行筹资、自行建设、自行收费、自行管理、自行还贷，所以，如何优化设计方案，减少工程量，压缩投资，缩短工期，又成为武引人面临的难题。武引工程管理局的领导及技术人员根据原规划的渠道走向和落差，大胆地提出了改干渠绕库为穿库的科学方案。困难多，多不过办法，险路长，长不过信念。

　　1996 年 7 月，沉抗水库移民工程正在紧锣密鼓地开展，而移民最关心的是拆迁补偿费是否能够兑现。武引局领导在会上发动全局员工："沉抗水库是武引的系统枢纽工程，我们是武引战线的职工，有义不容辞的责任。我们要鼎力相助，借款、集资帮助移民安置。"为了让移民早日迁出、水库早日建成，武引局的干部职工宁愿将自己手里仅有的积蓄用于水库移民工作，自己付息贷款或借钱购房，就连已经退休的老职工也争先恐后地将自己的存折送到计财处。

修建沉抗水库的施工人员没有住房，就在 20 世纪 70 年代初残留下来的旧工棚中栖身；没有水，就到附近村庄的普通水井中挑水。资金奇缺，施工方超过 100 天没有给职工发一分钱工资，甚至只用饭票来维持员工的生活和工程运转。

要让武引一期工程按期完成，让灌区群众早日受益，资金是关键。由于工程经历了计划经济向市场经济转变的时期，因物价上涨、国家定额及工程设计方案的调整，原设计工程投资概算的 4.8 亿元远远不足实际建设的投资。国家计委、水利部，省计委、水利厅及财政部门给予了极大的理解和支持，不但同意了调概算，增加投入，而且从 1992 年开始就安排武引工程使用世界银行贷款。同时，采取中央、省、市及灌区各县财政投入，干部群众以劳贷资，企业捐助等筹集资金的办法，使武引一期工程建设完成总投资 18.07 亿元，是原计划投资的 4 倍。

至 2000 年 6 月底，武都引水一期工程基本建成并全面通水，工程质量经国家、省、市各级验收，优良率达 90% 以上，财务上无一贪挪损失。世界银行贷款组织专家说："武引，是世行贷款项目管得最好、建设最快、效益最好的工程！"

回首往昔，武引工程建设几经曲折，"三次上马，两次下马"，从1958 年开工至 2000 年年底全面建成，历经漫长的 42 年。42 年，足以让一个人青丝变白发。岁月如此悠长，人们为何还能持有初心，不改执念？这是因为灌区老百姓眼巴巴地盼望水来。

梓潼、三台、盐亭、射洪等地，均是滴水贵如油的老旱区，面朝黄土背朝天的庄稼户们世世代代延续着耕种使命，不知抱怨过多少回：老天不长眼，咱近旁连条小河都没有。民间流传着一首苦涩无比的歌谣："溪沟断流多，秧苗倒满坡，肚子吃不饱，烧水还巴锅。"

射洪复兴镇又名"牛啃土"，它的名字源于一个古老而辛酸的故事：这里是通往蜀都的古道，亦是历史上有名的老旱区。商贩拉盐的黄牛口渴难耐，无水取饮，只有低头啃土，因洒落了盐粒，泥土有几分潮湿，能暂且安慰黄牛。当地老人说，新中国成立前，复兴稍有天旱，人们就会逃荒乞讨。新中国成立后，虽然当地政府常常组织车辆送水，最多时每天有五辆车轮流运送，但仍旧"杯水车薪"，无法解决广大人民群众对水的需要，人们的生产和生活都受到了影响。

干旱缺水，百姓十分贫困，农业生产发展受到了严重制约。三台县中太镇禹王村老汉邓昌全含着热泪回忆："1987年干旱缺水，秧苗没栽成，只得吃红苕。1989年也是干旱缺水，棉花、玉米都干死了，一年到头儿孙们吃不到大米，做长辈的心里不好受哟！"

要修武引工程，人民群众打从内心拥护和支持，也做出了切实的贡献。江油市流传着一个刘氏三兄弟为武引工程"三搬家"的故事。1978年、1988年、1989年，由于武引规划线路和更改线路，要从江油义新乡二大队刘兴顺兄弟屋前穿过，三兄弟为此搬了三次家，几口人最后住在用草席挡风的山崖下。老大的媳妇说："为了不让高山上的人缺水没米吃，我们受点苦没得关系。"

梓潼黎雅镇的李庆模已经76岁了，一生捡破烂，远近的人都唤他"破烂王"，勤俭节约，平时舍不得买肉吃，要等到逢年过节才打牙祭。可当听说武引工程要修到自己家乡了，老人赶紧将家中的黄豆卖掉，加上卖破烂的积蓄，凑了1400元，捐献给武引工程，他说："我只盼着武引早日通到穷山沟，免得儿孙受苦受穷。"

◆武引一期沉抗水库

武引一期工程的水来了！沉抗镇80多岁的罗大爷挂起拐棍，大老远脚步蹒跚地赶到渠埂边，看到冲得哗哗作响的渠水激动不已，用颤抖的双手捧起水来猛喝几口，含泪道："共产党最亲，武引水最甜！"当武引水第一次冲到射洪的"牛啃土"时，这里的群众更是锣鼓喧天，载歌载舞。复兴镇党委书记激动地表示："武引放来了救命水，我想唱歌，想起舞，想咏诗！"

武引一期工程建成通水，为灌区群众增收致富创造了条件。由于水源有了保证，不仅粮食增产，灌区群众养鱼、种藕和种植大棚蔬菜的面积也成倍增长。

武都水库，漫漫征程

2000年，武都一期工程建成，68条渠道全线开闸放水。龙行一路，百草沾恩。江油、游仙、三台、梓潼、盐亭以及遂宁、射洪的六县市，千年老旱区的127万亩旱地，短短几年就变成了五谷丰登、六畜兴旺的鱼米之乡。灌区百姓感激道："武引引来救命水，共产党送来幸福泉。"

可是，武引一期解决的，仅仅是川东北旱区一半良田的灌溉问题，还有另一半旱区和上百万农民，仍在千年干旱中苦等苦盼。武都水库的修建，势在必行。

2000年3月，绵阳市政府加快了工作步伐，成立了武引二期工程勘测设计领导小组，武引局先后组织了四川省水利水电勘测设计研究院、四川大学水科院等20多家科研院所近300名工程技术人员，聚集于武引二期工程所在地，开展了对武引二期工程的勘测、规划、设计、科研、试验和地质、环保、水土保持、移民等专项技术咨询论证20余次。他们白天在野外勘测，晚上60多台计算机高速运转，每天工作十五六个小时，只用了不到3个月时间，就完成了需要3年才能完成的勘测设计任务。仅在一年多的时间里，他们就提交了武都水库大坝地质、水土保持和环境保护、水工模型试验、移民安置工作等各类设计、试验和科研成果近50项，圆满地解决了工程设计中的技术难题，确保了前期工作质量。

在完成了武引一期中型工程验收后，武引局超常规地提出申请，进行大型工程的竣工决算和验收。在上级和有关部门的密切配合下，在不到一年的时间里，武引全面完成了一期工程的竣工验收，只用了20多天的时间，就筹备召开了有中央、省、市领导参加的竣工验收和总结表彰大会，为一期工程画上了一个圆满句号，为争取武引二期立项创造了必要条件。

绵阳市武引局现任副局长杨莉英，曾全程参与了武都水库的立项筹建工作。时隔多年，她依旧记忆深刻："武都水库是我所知最艰难，但也是推进速度最快的水利工程了，每一项工作都走在前头，在行第一步时，已经将第二步、第三步都考虑到了。"

进入21世纪，国家的经济较之从前有了天翻地覆的变化，但国民经济仍旧有限。据杨莉英回忆，那时四川一年上报四五个大型水利项目，一般情况下，最终只能批建一个。比武引投资更大或者需求更迫切的工程排着长队在等，而且还颇有微词："你们武引刚建完一期工程，又来申请建武都水库，都不给别人留机会哟？"在这种情况下，武引人申请立项，其实是不占太多优势的，唯一能做的，就是将工作做扎实，以实实在在的工作态度，去争取哪怕微小的机会。

"武都水库的立项真的不容易，前后经过朱镕基、温家宝两位总理，水利部经历两次讨论，国家发改委两次上会，批示可研是第二次成功，整个过程可称波澜起伏。"杨莉英那时孩子还小，刚上小学不久，她为工作上的事忙得像个陀螺，无暇顾及儿子功课，导致孩子比较淘气，不爱学习，家里老人管不住，这也成为她心中永远的歉意。"那时大家都笑我们是'三都干部'，遇到向北京相关部门汇报工作得紧急出差，早上天不亮就从武都出发，坐车到成都的双流机场，乘飞机赶往首都。一天之内，武都、成都、首都全跑遍了。"大家没有节假日，甚至没有白天黑夜，所有人都将身心扑在工作上，时时刻刻都像在打仗一样，"通宵加班也不在话下"。

根据大型工程项目审批要求，工地水、电、路、通信、多媒体网络和施工场地"五通一平"是工程立项开工的必要条件。2002年8月28日，武都水库导流洞工程正式开工了。经过建设者们两年多时间的艰苦努力，全面完成了武都水库前期的施工道路、输电线路、变电站以及沙石料场等16个大项，30多个小项的临时设施建设，修建施工导流洞、公路隧道近600米，施工公路5公里，架设输电线路14公里、通信线路7公里，供、变电站各1座，完成钻孔灌浆50公里，挖填土石600万立方米。

2004 年 4 月，国家发改委讨论武引二期工程项目建议书时，要求必须在一个星期内完成武引一期的经验和教训总结补充资料，时任武引局局长的熊万贵等立即从北京赶回来组织人员赶写，通宵达旦，仅仅用了 4 天时间就完成了长达 60 页的总结材料 17 套。当总结材料按时送到有关专家手里时，他们由衷地感叹道："武引人太厉害了，真佩服你们！"

这一个个日子，记录着武引二期工程向前推进的艰难行程。

2002 年 5 月 15 日，武引二期工程的项目建议书在国务院召开的总理办公会上顺利通过了审查；6 月 12 日，国家计委正式批复了武引二期工程的项目建议书，武引二期工程立项工作从此进入了可研阶段；12 月 11 日，武都水库可研报告在水利部召开的部长办公会上顺利通过审查，标志着武引二期工程的立项工作迈出了关键的一步。

2003 年 8 月中旬，国家发改委审查通过了武引二期工程可研报告，报国务院审批。

2004 年 6 月 16 日，武引二期工程可研报告终于在国务院第 53 次常务会上通过审查，标志着武引二期武都水库立项工作正式进入了初设审批阶段。

2004 年 9 月 26 至 27 日，水利部长江委组织专家对武都水库前期准备工作进行了全面的验收。专家一致认为，武都水库的前期准备工作之充分，省内没有，国内也不多见，完全符合开工的条件。

据统计，武引二期工程立项工作从开始到最后办结，要办理的各项批复文件有 60 多个，经县级以上审查批准的部门多达 200 个，参加审查的专家上万余人次。

"2006 年，我从四川绵阳游仙区区长，调任武引管理局局长，可谓是'受命于危难之际，就任于多事之秋'。"回首往事，已退休的老局长向地平仍然有满满的感慨。"2006 年是武引管理局经受严峻挑战、充满坎坷艰辛的一年，也是广大干部职工精诚团结、激情应对、攻坚破难的一年。武引局秉承历届班子传递下来的优良作风和昂扬向上的精神，经受住了严峻考验！"

2006 年初，刚刚举行奠基仪式不久的武引二期武都水库大坝工程发现重大地质难题，工程因此严重受阻而无法施工。由此而引发的社会上各界人士的纷纷议论，给工程建设带来了极为不利的负面影响，造成了银行信贷危机，给武引管理局带来巨大压力。更为严峻的是，因工程受阻，导致上游围堰超期服役。汛期逼近，一旦上游来水量达到或超过围堰设计流量，将导致围堰溃堤，不仅会给工程带来难以想象的险情，还会严重威胁下游群众的生命财产安全。一时间，工地人心浮躁、空气沉闷，外界传言四起，一个个武引建设者的脸上愁云密布。

现任武引局总工程师石子明详细回忆了2006年武引人遭逢的巨大挑战：武都水库大坝坝址位于江油市武都镇以北3公里的涪江干流处，属于龙门山前山断裂带边缘，是强溶洞地质发育区。2005年年底，在大坝奠基后即将开始准备砼浇筑的建基面上，突然连续发现原来因技术手段所限未曾勘测到的断层夹泥和缓倾角结构面岩性软弱等问题，立即引起设计、施工及建设单位的高度警觉。

接下来的专家会诊，更让所有工程参与者大为震惊：水库大坝发现影响坝基深层抗滑稳定的重大地质问题，左右岸山体发现了溶洞、溶槽和落水洞，仅方圆五六百米的施工作业面上就发现发育复杂的岩层裂隙、缓倾角断层40多条，纵横交错的大小岩溶洞穴1000多个。援引一位专家的话："武都水库大坝工程建设中遭遇到的地质缺陷国内仅有，世界少见。"施工人员用更加通俗直白的话来形容溶洞之多、地质情况之复杂的棘手局面：左边一副猪大肠，右边一副肺气泡。

这一难题若不能得到解决，将直接导致大坝沉降变形过大，使大坝发生位移，严重影响大坝安全稳定，后果不堪设想。这道难题，真是把武引管理局的新班子成员推到了风口浪尖。

"稳定局面，坚定信心，迎难而上，解决问题的决心、态度、勇气和效果，才是检验工作作风的试金石。"刚上任三天的武引管理局党委书记、局长向地平召开全局干部职工大会，稳定人心，鼓舞士气。一方面加急布置，应对当时十分严峻的抗旱形势，同时积极做好防洪预案，以应对随时可能暴发的洪水灾害；另一方面，在前任班子大量艰苦细致工作的基础上，加紧组织设计单位补充地勘，查明地质缺陷，尽快拿出处理方案。

向地平率领一班人，到成都，赴广西，上北京，马不停蹄，诚邀全国知名水利专家、地质专家，先后十余次组织召开专家咨询会，研制地质缺陷处理措施。武引人到地质情况类似的水电工程参观、学习、借鉴，组织省水利工程设计院运用目前最先进的勘测手段，再度对工程地质情况进行深入检测，集中全院最强的技术力量进行封闭式设计，进一步优化设计方案。邀请四川大学国家实验室专门为此做地质力学模型试验，模拟武都水库大坝的地质缺陷，借助高科技手段寻求解决方法。

在武都水库工程建设中，先后担任建设质量管理部副部长、部长的杨向前，从水库前期临时工程开始便坚守工地。在面对这"国内没有，世界少见"的复杂地质情况，杨向前没有胆怯和退缩，他天天进出于险象环生的天坑地隙，和专家、工程师一道研究分析，很快查清了溶洞的分布情况。好几次，由于溶洞穿顶、泥石流、塌方，差一点就遇难，可他丝毫没有畏惧，继续坚守岗位。杨向前表示："今天多费点心思在工程上，将来工程就会给我们带来无穷的效益和质量上的放心；若今天省了事，明天也许将给我们带来无穷的安全隐患。"

石子明说："那时经过多方努力，设计单位和咨询专家组提出了加固处理方案。2006年9月，该方案通过了水利部水利水电规划设计总院审查。"

2007年2月1日，沉睡一年有余的武都水库大坝，赶在春节前浇筑了第一仓基础砼，这标志着工程建设重新全面步入正常。

为了尽快摆脱因地质缺陷及工期延误导致的被动局面，向地平带领局党委一班人，把工地当作办公室，反复与项目部和参建单位的同志深入交谈，常常深夜还深入大坝碾压和溶洞施工现场，检查、指导工作，倾听施工技术人员的意见和建议。

2008年春节大假期间，为了赶在汛期前完成近30万立方米的混凝土浇筑任务，确保武都水库工程安全度汛，参建单位的技术人员及职工都主动放弃了春节与家人团聚的机会，在工地抢抓工期，追赶进度。新春钟声敲响时，武都水库大坝建设工地上依旧是人来车往，一片沸腾。

也许武都水库的建设之路注定是曲折而不易的。正当武都水库克服了地质灾害，战胜了2007年年底罕见的冰冻雪灾，全速推进工程建设时，一场震惊世界的特大地震灾害再次袭击了多灾多难的武都水库工程。

"5·12"地震发生时，附近的武都水库坝址区天地轰鸣，山石崩裂，房屋倒塌，塔吊摇晃。

灾难发生后，武都水库工程建设现场的同志第一时间兵分几路，赶赴各个施工面抢救受伤人员，查看灾情，制订措施，安排各施工单位统计受灾情况，组织灾民自救，搭建安置所有人员的临时住房。综合部人员冒着不断的余震，连夜赶往绵阳，向局里汇报灾情。

据统计，大地震对武都水库工程已建和在建的40多个项目均有不同程度的损坏：上下游围堰被纵向拉裂多处，已浇筑的大坝出现13处贯穿性裂缝，机具设备、混凝土拌合系统被破坏，溶洞垮塌严重。工地办公、生活房屋出现严重拉裂和垮塌，数十人不同程度受伤。工程建设被迫停下来，施工计划严重受阻。

在通信、道路、电力不通，燃油紧张的情况下，向地平局长第二天就赶赴工地，指导抗震救灾工作。向地平掷地有声地说：“武引建设者就是要发扬水利人特有的勇气和精神，泰山压顶不低头，困难面前不弯腰，迎难而上，勇往直前。”

在震后的第三天，武引管理局建立了震损调查检测组、重建筹备组、物资抢购组等小组，向地平等局领导带领设计、监理、施工专家和技术人员，冒着不时发生的余震，深入施工现场，排除险情，检测、统计震损情况，在短短一周内就基本摸清了水库大坝和溶洞基础处理工程在地震中被损坏的部位、数量和程度。同时，他们对关键部位采取了临时支撑和加固措施，对重要大型设施设备进行了转移保护，避免了次生灾害的发生，为尽快制订重建方案打好了基础。

紧接着，武引管理局多次邀请水规总院、成都勘测设计院等科研院所的资深专家来到现场，召开武都水库工程灾后重建咨询会，省水利水电勘测设计研究院加班加点地编制重建方案，制订重建措施，并通过了水利部审查，及时组织清除震损砼1000余立方米，为工程重建提供了依据、创造了条件。灾后，水利部原副部长矫勇来四川检查工作，向地平专门去广元诚邀矫副部长。“请到我们武都水库建设工地看一看吧。”他说。矫勇来到现场，深有感触地说：“你们灾后重建的前期准备工作，是行动得最快的。”

2008年10月29日，作为四川第一个在建的大型水利工程项目，武都水库举行了隆重的重建开工仪式，率先恢复了施工。

吴平是当年和向地平搭档的副局长，有一年，他腋下长了腺体囊肿，做了手术切除，正在住院恢复过程中。接到单位任务，须到北京汇报工作，于是，吴平拔掉输液管便直奔机场。在北京出差一周，因为腋下鸡蛋大的伤口未愈合，吴平只得就近找了一个医院换药、打针。他出差一周，家人便提心吊胆了整整七天。

　　听当年老领导说起自己的"当年勇"，年过花甲的吴平微微一笑，摆手说这不值一提，那时武引人带着病痛积极工作的故事太多了。略一思忖，他格外认真地说道："我走过了大半辈子，长达40年的工龄，走过了14个单位，武引是让我感到终生无悔的地方，能参与水利建设，切切实实为老百姓做点事，是最有价值和意义的。"

　　吴平还深情地说道："水流到哪里，人聚到哪里，工厂开到哪里，城市就会在哪里建立、兴盛、繁荣。水和人类之间的关系，实在是密切至极！只有注重人水和谐，构建生态文明，才能获得真正的双赢。"凝望武引工程，甚至历史更加悠久的都江堰水利工程，我们都能体会到，人类在面对大自然时，本该保有谦卑而真诚的态度，因势利导，顺势而为，而不是违逆自然原则去蛮干，"人水和谐"，才可真正造福于民。

　　党办主任廖勇指着四川省的水利工程地图补充道："四川并不缺水，省内河流众多，流域面积500平方公里以上的河流有345条，1000平方公里以上的有22条，号称'千河之省'。不过因为水资源时空分布不均匀，人均有效灌溉面积远低于全国平均水平。建设水库，能起到有效的调节作用，是从根本上解决四川水资源时空分布不均问题的方法。"

　　回想当初修建武都水库遇到的种种困难，武引管理局局长勾承建铿锵有力地说道："这个大坝必须建，因为咱们这个地方是缺水的地方，没有武都水库，咱们327万亩的灌溉就没有保障。所以这个大坝无论有多少困难，咱们也一定要把它建起来。整个建造过程当中，咱们用了30万立方米混凝土，充填了几百个溶洞。"

　　2012年，历时近10年的武都水库大坝，终于建造完成并投入使用。

与干旱展鏖战

周李军 1990 年毕业后来到武引管理局,如今已有 31 个年头了。作为一个参与了武引一期、二期工程建设的"资深武引人",他感触最深的是,"想一想旱区老百姓,工作再忙再累都不觉得是苦了"。

梓潼黎雅镇是有名的老旱区,有两句话从 20 世纪 70 年代一直流传到 90 年代:馆子加面不加汤,理发店剪发不洗发。

1992 年,周李军在黎雅镇出差,和另外两个同事一起住在老百姓家里,早上起床,老乡小心翼翼端着脸盆,为"尊贵的客人"送来清水,不过能覆盖掌面那么一点水,要供三个人刷牙和洗脸。周李军排在第三位,轮到他洗漱时,他为难地盯着盆发呆:盆里已经一点水都没有了。这里的人们,习惯了用洗脸水洗衣、洗手,晚上洗脚,然后再用来喂猪喂牛,一滴水也舍不得浪费,水在这里金贵。

1995 年,周李军参与武引的干渠建设。有天中午,他在江油市义新乡一所学校后面看到了惊人的一幕:学校后有一个小小的堰塘,因为天旱,堰塘接近干涸,只有中间低洼处还有很少的一汪水,学生便排队,轮流拿饭盒去舀堰塘中心那一点点泥浆水,舀来直接蒸饭吃。

托尔斯泰曾在小说开篇说道:"幸福的家庭都是相似的,不幸的家庭各有各的不同。"套用在生活中,却是"缺水的地方都是艰难的,有水的地方各有各的幸福"。绵阳游仙区沉抗镇的抗香村,天旱时要到 2 公里以外的小河挑水饮用,买水需 2 元钱一担。1986 年,抗香村村民咬牙花了 10 多万抽水费,却仅仅灌田 3.8 亩。性价比严重失衡,这成为周围老百姓口中的经典段子。被嘲笑久了,抗香村的人也会咬牙发狠:"别得意,等武引工程修好,我们就再也不会受缺水的气了!"

旱区百姓有多渴盼水,就有多期待、拥护和支持武引工程。周李军记得很清楚,2010 年,世界银行贷款组织的官员去盐亭金孔镇视察,遇到一个头发花白的老太太,她对官员说道:"我从年轻姑娘起就知道我们这儿要规划武引灌区,现在孙子都大了,终于看到武引工程开建,心头还是欣慰的!"

2001 年,川北地区发生了罕见的特大旱灾,冬、春、夏、伏四旱相连,给当地人民群众带来了严重灾难。入夏之后，连晴高温，骄阳炙烤大地，梓潼江以西的梓潼、盐亭、射洪等，久未下雨，地里仅有的一点湿润也蒸发殆尽。以射洪县（现为射洪市）仁和镇为例，全镇 230 口堰塘全部干裂，32 道石河堰断流，干死的农作物达 8700 亩，70% 以上的村人畜饮用水告急。

就在 2001 年，已开通的武引一期灌区与受灾旱区形成了鲜明对比。滚滚的武引水，源源不断地流向灌区，塘、库、堰碧波荡漾，庄稼一片旺盛，鹅鸭游水嬉戏，瓜果缀满枝头。盐亭县政协主席感叹："没有武引工程的地方，惨不忍睹，好些地方颗粒无收；而建了武引工程的两岔河等地，是河库塘堰满，瀑布挂山间，庄稼绿油油，老翁钓河边。"

清澈充足的武引水，不仅使灌区达到了减灾、无灾的程度，还使很多地方在大旱之年呈现出丰收景象。三台是 2000 年才建成武引通水受益的灌区，不仅灌区原有的 15 万亩水稻水源得到保证，而且增加水稻面积 7 万亩，增收水稻 4200 万公斤，增收 4700 多万元，仅此一项，灌区人平均增收 112 元。同时，三台将原来的 3 万亩储水育秧的冬水田改作两季两收，使过去的旱作物水源有保证，达到稳产高产，人平均增收在 200 元以上。

2001 年 5 月，国家计委组织对武引一期工程效益的后评价表明，武引工程为灌区每供水 1 立方米，农业增加值为 1.5 元，GDP 增加值为 2.7 元，农民增收 0.70 元，说明了武引工程是一项富民工程。受益于武引一期工程的灌区人高兴地表示："水是制约我们这里经济发展的瓶颈。武引一期工程的建成，无疑会给我们的产业结构带来一场革命。"

2006 年夏天，百年一遇的特大旱灾又袭击了川渝大地。农田龟裂，水库干涸，禾苗成了"干柴"……整个川渝大地上到处充满了对水的渴望。当时到底有多热多旱呢？"我出去办事，车开到茶园新区的高速路上，矿泉水瓶子就放在车前面，被太阳照着，当时车里还开足了空调。我觉得渴了，就拧开瓶子喝水，烫得我把水吐了出来，简直像烧开的一样。"重庆一位市民毫不夸张地说，"我把矿泉水边的巧克力威化饼干拿来，结果只剩饼干了，巧克力全都化成了水。下车，热气马上就扑过来了，头发昏，脚底下烫得很，当时路边的很多车子都把前盖打开了。回到家，空调开到 16 摄氏度也没觉得凉。"

　　射洪潼射镇茶园村的玉米叶子已经被晒得枯黄，树上结的梨子比乒乓球大不了多少，摸上去有些烫手。51 岁的村民文启成蹲在一座山崖下的水洼边舀水，身旁一口池塘干得露出了底。文启成舀出来的水几乎是黑色的，里面有很多泥沙，这种泥水他已经吃了 1 个月。即使是这种水，每户每天也才分得 1 桶，放上 1 个小时，等水里的泥沙沉淀后，只有半桶水能勉强用来煮饭吃。文启成抬头看了看天，无奈地说："老天爷不下雨，谁也没办法。我种的 1 亩水稻、7 亩玉米和红苕都干死了。现在庄稼是顾不上了，全社 72 个人都靠着这洼水救命。"

　　大旱便是"大考"，武引人无畏和恶劣天气作战。当时，市、县局 40 多名同志，像撒网一般撒了下去，到供水一线，负责分段驻守闸口，24 小时把守，为灌区老百姓用水服好务。周李军那时担任武引局供水处处长，对 2006 年的守闸经历记忆犹新："这一守就是一个月。说得直白点，就是把我们的同志撒下去，'自生自灭'，条件好的，能从哪里找到一张塑料布、一块烂席子，晚上实在累得不行了，在渠边就地蜷身一卧，打个短暂的盹儿，有些同志连塑料布都没有，只能和衣睡在草上土上，满头都是草根土屑。"

　　周李军当时有点担心一位新同志，他叫杨剑，从学校毕业参加工作没几年，城里长大的孩子，从未干过农活，让他受这样的苦，不晓得会不会扛不下来。没想到这位年轻的同志不仅能吃苦，还是个善动脑筋的同志，他发起附近村庄的干部、群众，说动村里人和他一起来守水，"坚决不让人偷水，保证尾灌区的老百姓能用上水"。他还在自己负责的闸口附近找到一个土地庙，晚上困得不行了，就到土地庙睡个觉，睡的自然不是什么高床软枕，而是地上的稻草，对一个疲累至极的人来说，这个简陋的稻草地铺，自然比什么高档席梦思都舒服。

　　也许是睡稻草的过，一段时间后，杨剑皮肤过敏，浑身上下长满了小红疙瘩，痒疼难忍。周李军见他难受的样子，赶紧调别的同志先来替杨剑的班，命令他速回绵阳治病。杨剑回去后，周李军又在肚子里自言自语：受了这么大的苦，还搞得生病，这下杨剑申请留在城里也是正当要求，只是人手更为吃紧了，不晓得还能调派谁补缺。

　　杨剑第二次颠覆了周李军对"城里娃"的印象。身上的过敏疙瘩刚消了一点，杨剑就带着药物赶回自己的"战场"，与同志们并肩战斗，和大旱这个恶魔鏖战到底，保证灌区群众能安全、有序地用到水。周李军说："事实证明，我们的同志都是好样的，为了守好水尽好责，再苦再累都没有谁当逃兵。"

律法与人情，有时水火不容，有时又不是那么界限分明。在射洪复兴某村，原本那儿的田地不属于灌区，但周李军巡察时发现有老农偷偷拿水管将水引到他的棉花地里。周李军原想制止，但他走近一看，这些棉花已被晒得枝脆叶卷，就像得了重病奄奄一息的人，根据周李军的经验，"如果再有两三天浇不上水，地里的棉花就该全部枯死了"。老农望着周李军，起白壳的嘴唇一直发抖，紧张得快要哭出来，腰背压得很弯，恨不能躲到地缝去，他可能好几天没水洗脸洗澡了，身上脸上一道道黑印子。周李军看了看老农，又看了看可怜巴巴的棉花，叹口气说："稍微浇一点就不要取水了，我们还要保证尾灌区的人民有水可用。"老农松了一口气，咧着嘴使劲点头。水流到棉花根部，顺着龟裂的土地流下去，竟然会腾起小股白烟，像是一个渴了许久的人，美美地喝了一大口水，打出个嗝儿。

"老百姓都不容易，一年到头在田里苦耕劳作，就是为了庄稼有个好收成，久旱不下雨，他们心里急得要命，但越是这样，我们越要守好水，尽量保证灌区的人民能真正有水用，少受一点罪。"周李军说。

"水渠送来救命水，从此旱区不求天。"如何让涪江东岸"水旱从人"，彻底摆脱"老旱区"的称呼？1997年，武引第一期工程的主干渠通水，涪江东岸上27.76万亩"望天田"成为"丰产田"。21世纪初，涪江东岸遭遇干旱，但项目区连年丰收。事实证明了武引工程是惠民利民工程，是真正为老百姓谋福祉而建的。

"尝到了甜头，我们就停不下来了。"勾承建说。一期工程结束后，2004年武都水库正式动工。到2011年，水库开始蓄水，彻底取代了以前的拦水坝。

勾承建介绍，预计最迟到2022年年底，武引二期、三期工程都将全部建成投入使用。到那时，灌区的总灌面将增至327万亩，绵阳、南充、广元、遂宁4市11个县（市、区）水资源短缺局面有望彻底扭转，涪江东岸将再无旱区。武引还将修建盐亭县域内的金峰水库等水利工程，与升钟水库灌区、人民渠二处灌区的水系连通，做到水资源跨区域互补。

与此同时，用水和管水模式也在改进。"1997 年采取的是按灌溉面积收费，用多用少都是一样的价格。"勾承建说。2014 年，武引灌区正式启动农业水价综合改革，采取"两部制"水价，核定每个区域的基础用水量，在基础用水量之内，按照 0.11 元 / 立方米收取，超出部分按照 0.16～0.19 元 / 立方米收取。

水利惠民、利民，从来不是一句空口号，它是实实在在的举措和奉献。

洪峰，来了

武都水利工程的重大功能，除了抗旱，还有汛期防洪。

每到夏季汛期，水利人都不知道自己又要面对怎样惊心动魄的考验，迎接怎样的困难挑战。

据武引管理局沉抗片区管理处综合经营股股长张波介绍，自 2020 年 8 月 10 日以来，绵阳境内遭受持续的强降雨袭击，山洪呼啸，江河暴涨。沉抗处所辖的涪梓干渠多处出现山体滑体、泥石流、路面沉陷、渠堤内塌陷沉降等突发地质灾害。

让张波印象很深刻的，是涪梓干渠佛祖寺段三角包隧洞进口处的抢险经历。

2020 年 8 月 12 日下午 5 点，渠道管理员罗大国忽然发出了险情呼叫：

"佛祖寺三角包隧洞突发险情！"

"山体滑坡，岩石、淤泥堵塞隧洞口！"

"快来、快来，快来紧急抢险排险！"

雨情通报、告急电话，如同尖锐的警笛声划过天际，汛情就是集合号令，险情就是冲锋的号角。正在吃晚饭的同志丢下了碗筷，正在做饭的放下了锅铲。

沉抗处的处长李峰、供水工程股股长周平在接到险情的第一时间到达佛祖寺三角包现场，查看情况后快速上报、召集人员、制订临时抢险措施，通知预案防汛抢险小组人员到位，组织人员通知当地村民做好紧急撤离准备。

武引局接到李峰的紧急情况通报后，副局长唐定明带领供水处副处长杨剑，迅速赶赴三角包隧洞险情现场。

三角包隧洞位于涪梓干渠上段佛祖寺管理站，泥岩山体地质，附近树林葱郁，灌木茂密，遇到暴晒、暴雨极易引发滑坡、垮塌。渠道修建在山体半腰处，隧洞口有一弯道，洞口原本搭建着一座钢架桥，隧洞口上方山洪、雨水冲蚀垮塌了一层岩体，泥土、岩石堆塞，钢架桥也随之倒塌，洞口处与渠道内垮塌的二十来立方米的泥石已形成堵塞，渠道水位正在迅速上涨。

暴雨如同抽向大地的鞭子，无情地持续落下。隧洞上方的山体排水沟被冲毁，山洪形成水流，冲击、剥削岩层、泥土。一旦大量泥土、岩石落入渠道内，更大面积地堵塞洞口，四周雨水汇入渠道，引发洪水漫渠垮塌，将会造成渠道一侧严重的人员伤亡、农田损毁事故。

下午6点半，李峰、周平商量后，制订了第一套应急抢险方案，决定利用25吨吊车将隧洞口上方一块十几立方米的大岩石拖至右岸平台处，暂时解除危险，待雨势稍小，确保人员安全后再解体清除。

供水工程股刘德智前往土门垭，接应吊车进场作业。大型吊车在进入现场时，因暴雨如注，陷入泥泞之中，无法开动。刘德智冒雨徒步往返4.5公里，汇报第一次抢险救援失败。

在道路受阻的情况下，副局长唐定明一行立即制订出第二套抢险方案。

因现场情况复杂，暴雨下个不停，作业面较窄，山体岩层随时会再次垮塌，人员、机具无法开展抢险，安全也无保障，只能寻找大型设备进行作业。唐定明等人分析情况后决定紧急联系调用绵阳境内长臂挖掘机，利用长臂挖机先救援堵陷在施工道路上的吊车后，再清除道路上的障碍，到达现场进行破碎、挖掘作业来排除险情。

晚上10点左右，按照预案，安排值守人员做好疏散工作后，其余人员撤离现场。

8月13日早7点，沉抗处全体人员按昨天安排好的工作计划，迅速行动起来，穿好雨衣，拿好救生衣、救生绳、安全帽、钢钎、铲子等抢险工具器材，乘车前往三角包隧洞抢险现场。

张波说："我和刘德智等同志负责接引长臂挖掘机，指导、协助道路疏通、障碍清除，快速到达现场。早上8点，平板拖车到达土门垭施工路口，下午 1 点半，抢险工作终于完成了。"

从突发险情到抢险结束历时 20 多个小时，沉抗处的同志们顾不上吃一口热饭。他们不知道接下来还会不会有新的险情，不过，不管未来的挑战是什么，他们都能沉着应对，从不逃遁。大旱时，水利人是为老百姓送去甘霖的使者；防洪时，他们又是挡在老百姓前面用血肉筑就的一道钢铁长城。

2020 年 8 月 16 日，涪梓干渠下段岳家寨 K9+600 处内边坡滑坡，突发重大险情，接到通报后，全体抗洪抢险人员火速赶赴现场。

夜黑如墨，雨越下越大，山路弯弯拐拐，微弱的手机电光照射着林木茂盛、杂草丛生的山路。抢险队员忍受着已连续工作了十几个小时的极度疲倦，双脚在筒靴里泡得发白，气喘吁吁地爬到渠堤事故现场。

现场险情非常严重，内边山体大面积滑坡，堆积在渠道内的 500 多立方米岩石泥土，已严重阻塞渠道，水位快速上涨，离翻渠堤也就六七十厘米了。极端天气，极端危险，造成了极端的多处险情。挖掘机正从渠堤公路缓缓开进，一边清除滑坡路面，一边处置坍塌地段，一步步艰难前往。

唐定明赶赴现场了解情况，制订抢险方案。晚上 10 点多钟，山林中只闻风声与雨声，无尽的黑暗包裹着每个人。四周是陡坡，地上泥泞不堪，大家只能站着，连坐下来歇歇脚都不成。晚上 11 点，沉抗处的两位同志带着水利局配送的发电机到达现场，进行组装、调试、开启，瞬间，光亮撕开黑暗，让人为之一振。接下来，挖机也终于开到现场，开始排险作业，给大家带来了勇气和希望。张波说："像这样半夜三更还在野外抢险的经历，真是数不胜数，谁也不知道汛期会给水利人带来怎样的考验。"

2020 年 8 月 17 日晚 7 点 40 分，四川省防汛抗旱指挥部举行全省防汛减灾安排会议，调度资阳、内江、绵阳、凉山等重点地区强降雨应对工作。会上重点讨论了涪江防汛形势和涪江干流武都水库的调度工作。几乎在会议召开的同时，武都水库的三名员工陷入了一场生死险情。

据武都水库管理中心副主任唐时忠介绍，受强降雨影响，涪江已经出现洪峰，8 月 17 日下午 4 点，涪江干流涪江桥流量达 12500 立方米／秒，超保证水位 0.43 米。"目前武都水库的形势比较严峻，涪江上游的平武过去一小时的降雨量达到了 20 多毫米，涪江平武站流量涨到了每秒 3210 立方米，目前库区坝前水位正逼近设计水位，现在必须对武都水库进行保坝调度。"唐世忠引用了省防汛抗旱指挥部相关负责人的话，当时武都水库的入库流量逼近 6000 立方米／秒。

唐世忠正紧张地关注数据变化，有同事跑来说："不好了，出事了！"唐世忠赶紧跑到门口，当时是晚上 8 点，雨下得铺天盖地，将天地之间连成一片白茫茫的雨雾，那人一头扎进大门，唐世忠才看清是下午开车去外面购买彩条布和挡雨板的司机。司机手臂被树枝剐伤，雨水冲裹血水而下，他瘫坐在地上，喘着粗气报告情况："车翻到沟里了！"

接下来，唐世忠从司机嘴里大致了解了现场情况：包括司机在内的三位同志，接到上级命令去购买彩条布和挡雨板，做好灌浆平洞的遮盖防洪措施。由于水库水位不断上涨，又一直是强降雨天气，水库的同志都很担心这个地势低矮、位于马路边的灌浆平洞被淹，损害洞中设备。哪知皮卡车刚行至树林旁边，风大雨急，水库浪高，水浪如同几只巨手同时袭来，竟将皮卡车掀到沟里，导致车体侧翻。当时天地之间只闻哗哗雨声，呼呼风声，声音如雷，车上三人跳车逃生，竟然无法用言语沟通。夜色沉沉，他们也看不到彼此，各自选择了不同的逃生方向。司机对道路敏感，比较有经验，他跳出驾驶室，顺着沟渠一路摸爬着往回走，虽然路上被树枝剐伤，但好歹没有生命危险。风雨截断了正常通信，手机失去信号，怎么也联系不上另外两个同志。

"同志们，我们去救人！"唐世忠声音刚落地，好几位身强力壮的小伙子齐齐站了出来，司机赶紧说："我也和你们一起去，我能找到翻车的大致方位！"两辆车，7 个人，朝着风高浪急，向着电闪雷鸣，出发救险了。

司机的方向感很好，他真的带大家找到了翻车之处，大伙心有余悸地望着沟里侧翻的车。据他回忆，当时一位同志应该是向树林跑去了，另一位是往前行走的方向。唐世忠大声交替喊两位同事的名字，大家又用手电筒四下照射寻找，一个耳朵很灵敏的同事说："好像有人在回应，就在前面不远处！"可此时一排排大浪袭来，别说人了，就连皮卡车都会被掀翻，如何穿过汹涌的白浪之墙去前面救人呢？

时间不等人，也顾不得犹豫了，唐世忠用了最普通的方法：他从车上拿了一盘绳索，挨个系在每个人的腰上，将 7 名参与救援的同志连在了一起。

其实，7 个人的体重还能超过一辆车？但唐世忠无暇顾及，"同事等着我们救命，就算有再大的危险也要上"！

就这样，7 个人绳相系臂相挽，雨像鞭子一般抽打在他们身上，脚下的积水已涨到腰部，风如同一头猛兽，发出呜呜的吼声。救援队员一边往前艰难地挪步，一边大声喊着同事的名字。嘴巴一张开，冰凉的雨水就迅猛地倒灌进来，呛得人咳嗽连连，唐世忠记不得自己喝了多少口雨水，他嗓子都快喊破了，终于听到前方岩壁上微弱的回声。

那位跳车逃生的同事，因为不会游泳，不敢在积水中走路，所以抠着岩石，站在岩壁上等待。但在风雨中站了这么久，力量快要用尽，如果再等不来救援人员，他恐怕坚持不下去，随时会被浪卷走、被风吹翻，而一旦跌落水库，那就凶多吉少了。幸亏在这之前，同事们发现了他，救下了他。

第三位钻进树林的同事，让大家一通好找。林子草木茂密，天黑得像锅底，踩在泥泞的地上，湿滑不堪，稍有不慎就会被灌木剐伤手臂。当时又值盛夏，大家多穿着短袖衫，几乎每个进林子救人的队员手臂都被荆棘或尖刺所伤，火辣辣的疼。"当时简直是开展了地毯式搜索，大家将嗓子都喊哑了，从一边灌木找到另一边灌木，一个树丛找到另一个树丛，还好，后来找到了同事，他冻得蜷缩成一团，已呈失温状态，倘若再晚一点找到，生命就很危险了。"

晚上 10 点后，救援人员才带着在树林中找到的同事一起撤回去，在中控室调度指挥的勾承建局长、武都水库管理中心杨向前主任，这才长长地松了一口气。

2020 年 8 月 17 日 23 时 29 分，武都水库下泄流量达 5300 立方米每秒，达到建坝以来最大泄洪流量，当地政府立即组织低洼地带可能受威胁的群众转移，做好了增加武都水库出库流量的准备。不过幸运的是，通过水利部门的科学调度，最终有惊无险地安全渡过危机。

2020 年的这场洪峰考验，武都水库最大限度地发挥了防洪功能，通过水库削峰、错峰、拦洪调洪，确保了下游 300 余公里岸线和绵阳、遂宁、江油等地的安全。经此一役，老百姓说起武都水库来都竖起了大拇指："不是水库调节有度，不晓得我们要被洪水淹成啥悲惨样子！"

再造一个都江堰

　　武引工程共分为三期建设：一期工程 2000 年已建成，总投资 20 亿元，灌面 127 万亩；二期武都水库 2013 年建成，投资 35.25 亿元，库容 5.72 亿立方米；三期灌区工程投资 49.13 亿元，设计灌面 105 万亩，2013 年开工，预计 2021 年建成。三期蓬船灌区由遂宁市负责建设。

　　目前，二期灌区工程已全面扫尾，控灌绵阳、遂宁、广元和南充四市的江油、梓潼、盐亭、剑阁、南部、射洪，主要建设武都水库直灌区取水工程、西梓干渠（108 公里）、金峰水库（库容 0.98 亿立方米）、灌区中小渠系（333.33 公里）及配套建筑物。金峰水库于 2021 年 1 月 12 日完成充水试验，纳入国家投资的中小渠系已完成 302.89 公里，占设计的 93.86%。

　　欧兵是武引局盐亭项目部工程副部长，他兴致勃勃地谈起项目部经理何波："我是 2014 年到盐亭项目部的，2015 年 8 月，盐亭项目部 11、12、13 几个标段需要做前期开工的放线准备，何波经理是学测量出身的，他发挥专业优势，带着大家一起，积极配合业主，又快又好地推进测量工作。那时正处于一年中最炎热的时候，但同志们没有叫一声苦，大家都是早上 8 点出门，中午用干粮随便对付一下，抓紧时间工作，从没午休过，一直要忙到下午 6 点才回项目部，晚上继续加班，核查数据、整理资料等。那段时间，参与测量的同志，个个都晒得肤色油亮发黑。"

　　事实证明，测量放线是非常必要且重要的工作。就拿盐亭项目的 14 标段来说，工程调整很大，和前期设计相比，大概做了一半的改动。

　　原来，在进行 14 标段的测量时，项目部的同志发现了一个被杂草围裹的采气井，在做设计规划时，因为它无任何标识标牌，大家以为这是口废井，但这一次放线又觉得不对，遂与天然气公司取得联系，才知道它叫"觉五井"，日产天然气 5 万立方米。如果按照之前的规划图纸，工程从那里经过，毁了觉五井，需要赔付至少 3 千万元。

　　武引管理局的门立军副局长带着大家反复勘测，与设计单位商议重新布线，变更了其中一段的线路，本着科学求实的态度，重新修改了图纸。何波介绍："14 标总长为 8.17 公里，以前有 7 个渡槽，后来方案更改后，修改为 3 个，增加了一个倒虹管。算下来，节省工程投资达 3 千万。"

工作做得细致认真，不仅可以让自己省钱，还可能惠及别的单位。盐亭项目有一段是和绵西高速有交叉的，当时武引工程先开工建设，高速公路随后投建，并未在设计方案上有所规避。在高速路的前后桩基都打好后，武引工程发现彼此存在交叉，主动找到高速公路部门来协商，愿意保留高速公路原有设计，武引工程改道。这样算来，至少为高速公路的建设方节约了上亿元的修改费用。

金峰水库作为武引二期灌区的重要控制性工程，是盐亭灌区内最大的水库，于 2014 年 3 月正式启动建设。水库主要由大坝、泄水建筑物、导流放空洞和引水建筑物等部分组成。水源主要由武引调水，是一座以供水、灌溉为主的综合性水利工程。吃尽缺水苦头的盐亭县富驿镇高峰村村民董国防说，缺水不但影响生活，更难发展产业，国家建水库就是为了解决灌区群众的生活、生产难题，是一件为子孙后代造福的好事。董国防感慨地说："这个水库从大坝开始已经建设好几年了，我一直在这里干活。水库修好以后，就能解决我们下游的生产用水和生活用水问题了。"

欧兵介绍说，金峰水库总投资 8.6 亿元，正常蓄水位高程为 475 米，总库容 0.98 亿立方米，集雨面积 8.38 平方公里，最大坝高 89 米，最大坝长 454.87 米，坝顶宽 8 米，为混凝土面板堆石坝。建成以后，可解决盐亭县和周边 50 万人的饮用水问题，控灌西梓干渠下段盐亭、射洪、南部等地 46.85 万亩农田，使数十万老旱区群众彻底告别"靠天吃饭"的历史。说到饮用水，欧兵做了个苦笑的表情："我们项目部好几个同志，到盐亭工作几年后都不约而同地得了肾结石，和这里的水质有很大关系。"欧兵有个朋友住在盐亭嫘祖镇，朋友告诉他，自己家里的自来水中竟然会放出蚯蚓来！盐亭的老百姓，盼着能喝金峰水库蓄的清澈涪江水，已经盼了好多个年头！

说起老鹰石渡槽，武引局梓潼项目部工程副部长胡鸣，语气充满了自豪："老鹰石渡槽为五连拱排架式结构的高架渡槽，长度为 602.5 米。渡槽单拱跨度为 80 米，槽顶距基础最高近 60 米；渡槽进出口段为独立排架式简支结构，单跨 12 米；拱上为排架式'∪'型薄壳现浇混凝土槽结构，每拱共有 13 跨槽身，单个槽身跨度 6.5 米，是五连拱大跨度的肋拱式大型渡槽，在国内水利工程上非常少有。"连接在两山之中的武引二期西梓干渠老鹰石渡槽，像一条石头巨龙笔直挺立在大山深处。"巨龙"引来清水，百姓得到了切切实实的益处。

春耕生产，水源保障尤为重要。2021 年 3 月 29 日，梓潼县武引渠系正式开闸放水。奔腾的武引水如脱缰野马，越过红岩分干渠闸门，以每秒8 立方米的速度顺着渠道蜿蜒而去。武引局黎雅镇水管站负责人杨标说："这是 2021 年梓潼县武引渠系首次供水，主要解决尾水灌区塘堰充蓄用水问题，以及保证水稻制种等大春育苗用水需要。在供水之前，已经完成对武引渠系的维修和清淤工作。"

看到清清的武引水一路欢歌，沿着武引渠系奔流而下，直达梓潼县的主要灌区，武引渠系梓潼县黎雅段沿线的群众奔走相告，喜笑颜开。"今年的大春生产有着落了，梓潼终于不再缺水了。"

梓潼县东部山高坡陡，水资源极度匮乏，严重制约了片区农业发展。解决生产生活中的缺水难题，一直是梓潼百姓的头等期盼。近年来，随着梓潼县水利建设步伐的加快，水资源环境得到大大改善，成功吸引了一批返乡创业的大学生。比如，梓潼姑娘赵春雯大学毕业后，选择与老公一起回乡从事鱼苗养殖，先后投入 200 余万元，在长卿镇灵潼村建成了占地 100 余亩的标准化鱼苗养殖基地。"我们用的水就是武引水，水质很好，这也是我们回乡创业的一个重要原因。"赵春雯高兴地说。

拳拳为民心，殷殷惠农情。梓潼武引人用自己的辛劳和汗水为农业产业发展铺就了一条"高速公路"，武引二期工程的建成，将彻底打破梓潼东部 12 个乡镇农业生产严重缺水的瓶颈，为梓潼农业产业发展奠定坚实的基础，农民"靠天吃饭"的日子将一去不返，对于保障梓潼农业丰收、促进地方经济可持续发展具有十分重要的作用。

四川水资源分布不均，区域性、季节性缺水严重，全年 70% 的降水集中在夏季。人口和耕地集中、生产总值占全省 85% 的盆地腹部区域，水资源仅占全省的 22%。省内旱、洪灾害频繁交错发生，水资源开发利用滞后，工程性缺水突出，骨干工程明显不足，水资源开发利用率仅 10%，不到全国平均水平的 1/2。全省有效灌溉面积不到耕地面积的一半。

窦团山下，涪江河上，武引人用自己的智慧和辛劳，筑起了一座雄伟的拦水闸门，将昔日滔滔奔流的涪江拦腰横锁，使其通过左岸的取水隧洞，沿着宽阔的引水渠道，穿山越岭，跨越沟壑，涌向川北四市丘陵地带的大片干旱山区，浇灌田地，滋润草木，惠泽人民。武都水库，只是伟大武引工程的一个缩影，随着武引二期、三期工程的逐渐建设和全面完工，我们相信，未来四川将实现跨区域调水，构建"五横六纵"引水补水生态水网，变水害为水利，让水成为我们生命中最忠实的挚友，而不是狰狞蛮横的洪魔。

人水合一，和谐共生，前途可期。未来路还很长，值得我们努力再努力，奋斗再奋斗。武引人勇往直前，如同那江河不歇，致敬日月同辉，山川多娇，岁月不老。

◆武都水库大坝

天河

文/范宇 蒋文

一、引子

"上善若水。水善利万物而不争。"这是老子《道德经》中的名言，既道出了深刻的人生哲理，也道出了水在自然界中无可替代的作用。

翻开中华五千年煌煌历史，仿佛能够看见水在历史的长河中翻滚，一代又一代人探寻着水的规律，希望能够如同驯服野兽那样驯服水，让波涛汹涌的大江大河平静下来，沿着沟渠流入美丽的湖泊，流入汪洋大海，从而从此水旱从人、不知饥馑。

从秦始皇兴修水利到汉武帝现场指挥黄河堵口，从明太祖重视治水兴邦到康熙把水利作为施政的头等大事来抓，从孙中山在《建国方略》中提出开发三峡以改善长江上游水路到新中国成立后实施南水北调工程，千百年来，国家层面均把治水作为"关系国计民生"的施政大事。

当我们把目光收回到巴蜀大地时，有那么一个坐落于成都平原的水利工程，穿越千年，至今仍向巴蜀儿女送去汩汩清流，滋润着天府之国的万顷良田。它就是被德国地理学家李希霍芬盛赞"世界各地无与伦比"、被学者余秋雨誉为中国历史上比长城更激动人心的水利工程——都江堰。

战国后期，蜀地最大的困扰仍然是旱涝。巴山蜀水，何其有幸，迎来了一位叫李冰的郡守。正如余秋雨在《都江堰》一文中写道："四川有幸，中国有幸，公元前251年出现过一项毫不惹人注目的任命：李冰任蜀郡守。"在李冰看来，蜀地要实现"水旱从人、不知饥馑"，就必须兴修水利。

在李冰的主持下，一个润泽成都平原两千多年的水利工程都江堰出现了，宝瓶口、鱼嘴、飞沙堰三者有机配合，协调运行，引水灌田，分洪减灾，具有"分四六，平潦旱"的功效。《华阳国志》中记载，都江堰建成后，成都平原沃野千里，"水旱从人，不知饥馑，时无荒年，天下谓之天府也"。都江堰的伟大之处在于，建堰两千多年来仍然发挥着防洪、灌溉、水运和社会用水等功能，可谓经久不衰。

◆ 都江堰全景

　　都江堰是一个科学、完整、极富发展潜力的庞大的水利工程体系。都江堰灌区横跨岷江、沱江、涪江三大流域，是造福成都、德阳、眉山、资阳、绵阳、遂宁、乐山等地的特大型灌区。新中国成立后，都江堰灌区灌溉面积从282万余亩增至1130余万亩，都江堰水利工程的综合效益不断放大，受益的群众越来越多。1993年，都江堰灌区灌溉面积首超1000万亩时，著名作家、辞赋家何开四还写下了《都江堰实灌一千万亩碑记》：

　　"古蜀多水患，成都平原尤甚。历代治蜀者均以治水为重……其设计之精密，营构之宏伟，实创科学治水之先例，建华夏文明之奇观……既承先贤治水之余绪，改造渠系，扩建灌区，强化管理；复倡科技兴水，综合调治，兼及供水、发电、漂木、养鱼、旅游之利……讫于公元一九九三年春，农田实灌一千万亩……伟哉中国人，伟哉都江堰！"

李冰"深淘滩，低作堰""遇湾截角，逢正抽心"的治水经验，仍然是当今水利工程的圭臬。循着李冰治水理念，都江堰水利工程的效益被一次又一次放大，成为一代又一代人的生存之根。

都江堰，怎能不说它伟大呢？

可再耀眼的光芒也会有照耀不到的角落，再奔腾的河流也会有抵达不到的地方。在都江堰千百年灌溉的成都平原以东，翻过龙泉山，处于两江分水岭上的川中腹地，就像鱼之脊背，留不住水，又缺乏大中型骨干工程，水利配套差，抗旱能力弱，农业灌溉、生产生活用水紧缺，深陷"十年一大旱，五年一中旱，年年有小旱"的困境。水，成为川中人民世世代代的夙愿。

川中腹地，一度是都江堰灌区未建成的最后一个灌区。如何让岷江之水穿越龙泉山，流向干渴的川中腹地？20世纪70年代，人们将目光放在了都江堰分水干渠之一的毗河上，提出了从毗河引水到安岳县朝阳水库的建议，不久后，在四川省《岷江水利初步规划》中便正式提出了兴修毗河供水工程的构想。

一条沿着沱、涪二江分水岭上的人工"天河"，就此拉开了历史的序幕。

一个因都江堰而延续了两千多年的盼水梦想，正从遥不可及变为现实。

二、渴望

水是生命之源、生产之要、生态之基。因资源性缺水及工程性缺水，地处沱江以东、涪江以西的成都简阳、金堂，资阳雁江、乐至、安岳，遂宁安居、大英等区域，是十年九旱的老旱区，这些区域的群众常年饱受缺水之苦，可以说日日夜夜都在盼水。

水资源匮乏已成为制约川中旱区经济社会发展的"瓶颈"。资料显示，川中旱区水资源匮乏，人均水资源460立方米，仅为全省人均水资源量的六分之一。例如简阳，2020年该地水资源总量1.75亿立方米，人均占有量365立方米，仅为全省人均的1/7。

　　水资源匮乏的简阳，却早在毗河供水工程构想形成的同时，做了一件足以彪炳史册的大事——打通龙泉山，引水灌良田。20世纪70年代，百万简阳人民发扬披荆斩棘、战天斗地的大无畏精神，率先打通了龙泉山，修筑了三岔湖、龙泉湖和张家岩水库，把汩汩岷江水引到了龙泉山以东的简阳，百万余亩农田缺水的历史从此一去不复返。这就是被简阳人民亲切地称为"东灌"工程的都江堰扩灌工程简阳灌区工程。

　　简阳人民决心打通龙泉山，通过东风渠引来岷江水。没有世世代代对水的望眼欲穿，在条件十分艰苦的20世纪70年代，是不可能形成十万群众浩浩荡荡地投身到"东灌"工程的建设中去的。在今天看来，在龙泉山上打个隧道已不再"难于上青天"，可在那个缺少技术、缺少物资的年代，难度却非常大。当代著名戏剧家、辞赋作家，具有"巴蜀鬼才"之称的魏明伦在专门为简阳创作的《简阳赋》中，把大量篇幅留给了"东灌"工程，并称之为"龙泉意志，简阳精神"。

　　林县红旗渠，简阳龙泉山。外省遥遥相隔，内涵紧紧相连。红旗前呼，龙泉后应。前引漳河水，后引都江浪。秉承李冰治水，效法愚公移山。肇始于浩劫寒冬，竣工于改革暖春。阻力重重，起步难立项；雄心勃勃，拓荒自攻坚。土法上马，铁臂降龙。羊圈下榻，鸭棚扎营。油灯照明挖隧道，竹管通风排瓦斯。钢钎打开百里洞，筬筬挑走亿吨泥。历时十年八月，上阵万马千军。若干无畏勇士，多少无名英雄。鏖战汗雨淋漓，捷报泉水叮咚。尾声凯歌嘹亮，插曲悲歌壮烈。民工遇难，血染枫叶；技师捐躯，泪洒雪花。剪彩犹思挂彩事，饮水不忘引水人。受益者，苍生；造福者，功臣。壮哉！龙泉意志，简阳精神也！

　　魏明伦在《简阳赋》中对"东灌"工程的书写，让简阳人民千百年来"桑条无叶土生烟，箫管迎龙水庙前"的望水之情，以及"为有牺牲多壮志，敢教日月换新天"的奋斗精神跃然于纸上。在简阳规划馆一楼展厅，展示着"东灌"工程过往的点滴，也展示着魏明伦创作的《简阳赋》，每每讲解员向参观群众讲解这段历史时，总能引起群众强烈的共鸣。

　　距离修建"东灌"工程，引来汩汩岷江之水润泽良田百万亩，已经差不多半个世纪过去了，为何如今的简阳仍然面临难以"解渴"的现实问题呢？

这个问题的答案，藏在每个简阳人心中，每每提及，都几多感慨，几多遗憾。"由于历史条件的局限，'东灌'工程的灌溉区域仅覆盖了简阳河西区域，而沱江以东的河东片区则并未受益，至今仍长期受资源性缺水和工程性缺水问题困扰。"位于简阳河东片区青龙镇民主村的村民游云书回忆道。这几十年来，几乎年年有小旱，隔不了几年就有一次大旱，生活在这里的父老乡亲只能靠天吃饭。因此，简阳河东片区群众用上毗河水的愿望是强烈的，并未因时代的变迁而有些许改变。

除了祖祖辈辈都生活在简阳河东片区的群众之外，与简阳相邻的乐至境内无大江大河，水资源也十分稀缺，曾经还是四川13个严重缺水县区之一。据《乐至县志》记载，1936年，乐至秋后至翌年五月不雨，播种无水，人民吃水难，草木枯萎，民不聊生，饥民争以白泥、草充饥；1937年，大旱，全县受灾面积三分之二以上，收成无几，十室九空。

到了21世纪，乐至仍然旱灾频发。2006、2007年，乐至连续两年遭遇旱灾，全年180多天无雨，当时为保县城供水，该县依托6级提灌提水，将8座水库的水全部抽干。2018年，乐至再次遭遇连旱久旱，小春作物大幅减产，群众生产生活用水十分困难。

"水，我们要水……"千百年来，乐至群众在心里深深地呼唤着水。

被誉为"农民专家"的姚四海，就是其中的典型代表之一。

姚四海出生于1913年5月21日，原名姚祥富，寓意吉祥富贵。可他却并未像名字寓意的美好那样过上幸福安稳的生活。面对十年九旱的恶劣自然条件，尽管他朴素而勤劳，却难以改变家徒四壁的现实。贫穷的根源在于缺水，要改变现状，就必须解决缺水的问题。乐至没有大江大河，那么该从何处去"借水"呢？

姚四海生活的五台山村，处于沱、涪二江的"鱼背"，当地人认为，只要能够在"鱼背"上开出一条"天河"，便能通过渠系把水引来，形成自流灌溉，改写缺水的历史。只读过三年私塾的姚四海，缺乏基础的水文和地理知识，要找到水源，还要想办法把水"借"来，谈何容易。可受尽了干旱之苦的他，并没有因此打退堂鼓，反而毅然决然地走出乐至，如苦行僧般踏上了寻找水源之路。

"父亲外出找水时，年仅15岁。"据姚四海的儿子姚孝吉介绍，年少时姚四海心中便孕育了找水的梦想。这个梦想说大不大，就是单纯地想解决生产生活用水难题，改善生存条件，过上好日子。这个梦想说小也不小，一个看似平凡的农民，心中却怀揣着一个春种秋收的美丽乡村画卷，还下定了决心要做一名脚踏实地的"作画人"。也就是在这个时候，姚祥富改名为姚四海，立志哪怕走遍五湖四海也要找到水、引来水。

罗盘、地图、麻绳、弯尺，姚四海带着十分简陋的工具就上路了。那时，家里本来就穷，拿不出盘缠，如何解决一路的生存问题，是姚四海首要考虑的。他沿途挑盐贩盐、做木工活，一路找水一路干活。就这样，姚四海沿着沱、涪二江逆流而上，察山势走向，观江水缓急，将观察所得一一记录下来，并请人整理和绘制成图表。

这不禁让人想起中国汉传佛教唯识宗创始人玄奘法师。史书记载，玄奘法师于贞观三年从长安出发，西行求法，往返17年，行程5万里，所历"百有三十八国"，带回大小乘佛教经律论共520夹657部。

可姚四海这一走，却是断断续续65年有余，从时间的维度来看，差不多是玄奘法师西行的4倍。据报道，从15岁到80岁，姚四海走遍了40多个县区1000多个村组，考察记录多达200多本，整理出了600多份数十万字的川中地区开渠引水方案及示意图。在姚四海的老家仓房里，保存着这些他曾经收集来的水文资料，整整几大箩筐。

"水渠……水……"这是1993年1月，姚四海离世时的遗憾，数十年寻水的酸甜苦辣最终还是没能实现愿望。当姚四海流着遗憾的泪水离世时，几大箩筐的水文资料却指引着"开渠引水"的历史走向。

曾经的玄奘法师带回的经律论，成为万千信众的精神信仰。姚四海留下的几大箩筐水文资料，就是贴近现实和苍生的"经律论"，成为川中群众望水的集中体现。

与乐至接壤，同属沱、涪二江"鱼背"的遂宁安居、大英等地，是川东伏旱与川西春旱交错地带，资源性、工程性缺水十分严重，也是川中出了名的老旱区。在遂宁，受地形地貌和气候影响，水资源严重短缺，且时空分布不均，多年人均水资源仅300立方米，是全省平均水平的1/10，

80%的年份会发生不同程度的旱情。

这里的群众也常年饱受缺水之苦、缺水之痛。据安居宝石镇清泉村村民喻能回忆，当地几乎十年九旱，群众只能靠天吃饭，生产生活用水主要靠雨水积蓄，有些年份遇上大旱，群众连吃水都是问题，农作物更是大量减产。他说，当地群众最大的期盼，就是有朝一日能够把水引来，改变靠天吃饭的命运。

水，成了成都简阳、金堂，资阳雁江、乐至、安岳，遂宁安居、大英等区域群众共同的期盼，他们在历史的夹缝里，渴望和寻找着一丝未来的光明。或许，若干年前他们并不知道，一代又一代人的努力与付出是否能够让大家如愿以偿，但一代又一代人却义无反顾地为引来一汪生命之水而四处奔走、殚精竭虑。

这让我想起《列子》中的一篇寓言小品文《愚公移山》。寓言中说，有个叫愚公的人，快要90岁了，居住在太行、王屋两座山对面，每次进出都要绕道，于是他召集全家人共同把大山夷为平地。有智叟讥笑愚公说："你太愚蠢了，就凭你残余的岁月和剩下的力气，连山上的一棵草都动不了，又能把泥土石头怎么样呢？"愚公却长叹道："虽我之死，有子存焉；子又生孙，孙又生子；子又有子，子又有孙；子子孙孙，无穷匮也，而山不加增，何苦而不平？"愚公的言行，最终感动了天帝，天帝让大力神夸娥氏的两个儿子背走了大山。

这虽然只是一个寓言故事，却总让人被其中所彰显的执着精神打动。干旱缺水，成为旱区群众脱贫致富的最大"拦路虎"，成为旱区经济社会发展的最大瓶颈，旱区群众为了生存之水历尽了艰辛。一代又一代川中群众，就是执着的"愚公"，没有他们对水的执着的渴望与追寻，或许在"鱼背"上凿出一条"天河"仍然是一个遥不可及的梦。

三、上马

要解决川中大旱，必须开渠引水，这不仅是数百万川中群众形成的强烈共识，也是涉及区域历届党委政府十分关心的民生大事。千百年来，在这片干涸的土地上，不知有多少个日夜，人们闪烁着盼水的急切泪花，不知有多少道关口出现过寻水的战略谋划。不过，由于历史的局限性，一次次盼望遥想，一次次蓝图绘制，都成了"竹篮打水一场空"。

难道，"鱼背"上的川中地区，就只能听天由命了吗？

"不，绝不。"这是川中群众发出的时代强音。虽然生长在盆地腹部，但川中群众并非井底之蛙，他们的目光早已翻山越岭，以更加开放审慎的思维打破了盆地意识，寻着滔滔江水的氤氲之气，心中荡漾着引水解渴的梦想。

"苦行僧"姚四海，就是数百万川中群众盼水、望水、寻水、引水的缩影。

从 1973 年开始，姚四海便根据自己实地调研整理出的川中地区开渠引水方案和示意图，向中央、省、市、县党委政府和有关部门提出向川中地区引水的建议。在他的建议中，主张多水源组合引灌、顺山势走向开渠引水自流灌溉，从根本上解决川中地区常年干旱的问题。

民之所望，政之所向。在姚四海不断向各级党委政府和有关部门提出向川中地区引水建议的同时，各地党委政府和有关部门也积极响应，把寻引生存之水、生命之水作为重大的施政内容。据相关史料记载，早在 20 世纪 70 年代初，成都金堂水利部门便提出了从成都毗河引水到安岳朝阳水库的建议，这算是毗河供水工程的早期意向了。

如果说姚四海是民间意志的集中体现，那么曾任乐至县县长的王隆瑛便是官方孜孜以求的典型之一。

在乐至提起王隆瑛，稍稍上了年纪的群众都知道，"草鞋县长嘛，咋个不晓得呢"。王隆瑛长期在乐至工作，先后担任过乐至县副县长、县长等职务，因为他喜欢穿着草鞋爬坡上坎、走村入户，深入基层了解群众所需所盼，久而久之，便被当地群众亲切地称为"草鞋县长"。一双双草鞋，伴随着王隆瑛踏遍了乐至的山沟沟、田坝坝，让身处"庙堂"的他掌握了许多第一手资料，为他后来把蓄水、引水作为任期内重要施政方向打下了坚实的基础。

"在乐至工作期间，通过实地调研，能够真实地感受到干旱对乐至群众生产生活和经济社会发展的重大影响。"王隆瑛回忆道。从 1959 年来到乐至工作后，几乎年年干旱，只是程度不同，群众叫苦连连。最让王隆瑛印象深刻的，是 1963 年、1969 年、1979 年这三年发生的特大干旱。就拿发生在 1979 年春夏的那场干旱来说，连续 80 多天的干旱导致溪河断流、塘堰干涸、井水枯竭，农作物大面积减产，有的甚至颗粒无收，群众辛辛苦苦干了一年，结果徒劳无功。是年，戴着草帽、穿着草鞋的王隆瑛冒着炎炎烈日，又钻进了走村入户的山路，实地调研和了解灾情。当王隆瑛看到庄稼地里的裂缝大得能够伸进去一只手，群众昼夜排队守井等水的景象时，心里很不是滋味，群众身上流着大颗大颗的汗，他的心里却像是滴着一滴一滴的血。特别是当他来到回澜镇慰问时，看到有的群众竟以桑叶充饥，这让他的内心受到了强烈的冲击。望着烈日炎炎的天空，再看看四处龟裂的土地，再听听群众的心声，王隆瑛嘴里同群众一起嚼着桑叶，脸上眉头紧锁，忧心忡忡。

何以解忧？

唯有碧水。

为了解决群众生产生活的用水问题，王隆瑛可谓开足了马力，做足了功课。在乐至的田间地头，常常可以看到王隆瑛的身影，一顶草帽顶着天，一双草鞋踏着地，天地之间是为官一方的责任与担当。通过扎实的基层走访和深入调研，结合乐至历史发展的阶段性实际，王隆瑛先后参与设计和修建了曹家堰、八角庙、十里河等三座水库。这三座水库相继建成后，一定程度缓解了当地群众用水之难，特别是解了县城饮用水供应的燃眉之急。

可依靠三座水库储蓄自然降水，还是难以改写靠天吃饭的命运，乐至干旱缺水的问题仍然没有得到彻底解决。作为官方代表的王隆瑛和作为民间代表的姚四海，不约而同地把目光投向了成都平原奔流不息的水。在他们看来，开渠引水、自流灌溉，才是解决缺水问题的根本之策。

在 20 世纪 70 年代初，四川省制订的《岷江水利初步规划》就提出了兴修毗河供水工程的构想，但由于工程投入大、施工难度大等各方面因素，工程迟迟未能进入实质性可研设计和规划建设阶段。1974 年，四川省才开始组织工程技术人员对毗河供水工程进行论证，由此拉开了长达半个世纪的"马拉松"毗河供水工程项目。

跑马拉松需要耐力，推动毗河供水工程上马更需要毅力。其间，王隆瑛多次前往省水利厅，直接找到前后多任厅长争取汇报他关于毗河供水工程的设想，希望得到省级层面的大力支持。在王隆瑛的积极争取和组织协调下，1987年3月16日，毗河供水工程学术论证会在乐至成功召开。

在这次会议上，时年58岁的王隆瑛作了题为"水是乐至的牛鼻子"的发言。在这篇20多页的手写论证报告里，王隆瑛详细描述了乐至因何缺水、缺水现状、如何解决，深刻阐述了毗河供水工程对乐至群众追求美好生活和经济社会高质量发展的深远意义。王隆瑛的发言情真意切，论证有理有据，打动了不少与会者，让这场学术论证会有了论证的情感基础和科学依据。

◆建设中的毗河供水一期工程渠系

这次会议还邀请了一位特别的代表——姚四海。姚四海是此次学术论证会唯一的"农民专家"。在会上，姚四海宣读了《关于川中地区多水源组合引灌的建议》，建议中扎实的调研基础、生动的图文展示和深入的论证分析，令与会专家对眼前这个"农民专家"刮目相看。

一篇《水是乐至的牛鼻子》，一篇《关于川中地区多水源组合引灌的建议》，前者更加侧重阐述乐至为何需要水，后者则更加侧重于解释川中地区如何得到水。两篇因水而生的报告仿佛共同形成了某种强大的磁场，吸引着一代又一代执政者和群众前赴后继，为一场跨世纪伟大工程的上马拉开了序幕。

正是由于有千千万万王隆瑛、姚四海这样的干部和群众"咬定青山不放松"，才让毗河之水穿过几千年岁月与无数个山头，向川中大地奔腾而来成为可能。打通龙泉山、修筑人工渠、吃上毗河水，川中旱区人民期盼多年的四川省都江堰灌区毗河供水工程，终于要迎来黎明的曙光。

姚四海去世 7 年后，历史的车轮驶入新的世纪，中国的发展也进入了新的阶段。无论是国家、省层面，还是市、县层面，更加深刻地认识到水利工程设施的规划建设兹事体大，川中地区凿渠引水的梦想也更加现实而迫切。2000 年 2 月 16 日，成都、资阳、遂宁三地联合向省政府上报了《关于将毗河引水工程列入全省实施西部大开发重点项目的请示》，开启了 21 世纪争取毗河供水工程上马的序幕。一条"鱼背"上的人工"天河"何时能够出现在川中大地，虽然仍是一个未知数，但几乎所有川中群众都知道，毗河供水工程上马的脚步声越来越近了。

前些年，有权威媒体梳理了毗河供水工程设想从提出到上马的脉络，全过程反映了川中干部群众横跨半个多世纪的引水之路。在这里，不妨罗列出来，既是一种回顾，也是一种致敬，更是一种传承。

1971 年，毗河供水工程列入四川省《岷江水利初步规划》。

2000 年 2 月 16 日，成都、资阳、遂宁三地联合向省政府上报《关于将毗河引水工程列入全省实施西部大开发重点项目的请示》。

2001 年，四川省政府确定毗河供水区为都江堰引岷江水补水灌溉区域。

2004 年 4 月，水利部批复了《四川省都江堰灌区毗河供水工程规划报告》。

2007 年 10 月，水利部水利水电规划设计总院专家在资阳现场评审《四川省都江堰灌区毗河供水一期工程项目建议书》。

2008 年，四川省委做出"再造一个都江堰灌区"的战略决策，并把毗河供水工程确定为全省重点水利工程。

2009 年 1 月 15 日，在全省政协会议上，资阳、遂宁两市共同提交了一份《提议毗河供水工程应尽快立项上马》的提案，成为全省首个跨区域政协联名提案。

2009 年 5 月 4 日，省政府审议通过了立项建设毗河供水工程的意见，报国家部委审批立项。

2012年5月9日,国家发改委批复了《四川省都江堰灌区毗河供水一期工程可行性研究报告》。

2012年5月12日,举行了毗河供水工程一期工程开工建设动员大会。

2013年8月29日,四川省人民政府明确由资阳市牵头,会同成都、遂宁两市推进毗河供水一期工程移民安置工作。

2015年5月,毗河一期工程全面开工建设。

······

东风已来,万事俱备。至此,川中群众盼望了半个多世纪的毗河供水工程终于成功上马了,这让曾经为了毗河供水工程上马而努力奔波的王隆瑛喜出望外。半个多世纪以来,从工程规划到可行性研究,从工程设计到正式开工,他始终高度关注、积极参与。那一年,王隆瑛激动地说:"修建毗河供水工程,是旱区水利建设的一件大喜事,是川中旱区人民渴望多年的一件大好事,是功在当代、利在千秋的伟业,是顺民意、得民心的德政工程。"

无数的建设者,从王隆瑛、姚四海们手中接过"接力棒",投身到毗河供水工程的火热建设中,为实现川中人民魂牵梦绕的毗河引水夙愿,而日夜奋战在"鱼背"之上。他们沿着先辈们指明的方向,砥砺前行,无比坚定。因为他们坚信,汩汩清泉,将沿着"天河"奔腾而来,在川中旱区浇灌出众志成城的信念之花、欣欣向荣的生命之花、美好生活的理想之花。

四、丰碑

两千多年前修筑的都江堰水利工程,是全世界迄今为止,年代最久、唯一留存、仍在使用,以无坝引水为特征的宏大水利工程,集中体现了古人在兴修水利方面的超凡智慧。分水鱼嘴、飞沙堰、宝瓶口等,成为支撑都江堰水利工程历经两千多年风雨而不衰的"三大法宝"。

毗河供水工程是国家水网重大工程,四川省腹部经济区"五横六纵"水资源战略配置体系的大型骨干工程,"再造一个都江堰"水利大提升重点骨干项目,属于都江堰水利工程的重要组成部分,是都江堰未建成的最后一片灌区。可以这样讲,毗河供水工程就是都江堰水利工程在21世纪的延续与扩张，承载着两千多年前水利人的治水初心，也承载着两千多年后的引水使命。

毗河供水一期工程取水枢纽位于毗河中游成都市新都区的苟家滩，工程总干渠由西向东经成都平原、穿龙泉山、跨沱江、沿沱涪分水岭至资阳安岳朝阳水库。一期工程建设任务是为城乡生活及工业、农业等供水，建设内容包括取水枢纽、总干渠及其他配套工程，骨干输水渠道20条381公里，其中总干渠156公里，多年平均引水量4.33亿立方米，设计供水总人口230万，灌溉面积125万亩。将这样一组数据放在"鱼背"上来衡量，即便在科学技术日新月异、财力物力更有保障的今天，仍非探囊取物。

"毗河供水工程建设面临战线长、雨季多、地形地貌复杂、设计难度大、周期短、跨区域建设管理等现实困难，并且是在'鱼背'上凿出一条'天河'，施工的难度可想而知。"毗河供水一期工程四分部项目经理郑永吉说。对建设单位来讲，这是在国内承建的规模最大、战线最长、施工环境最复杂、资源投入最多的一项重大水利民生工程。

◆苟家滩引水枢纽

　　汩汩毗河水从苟家滩取水枢纽缓缓流出，穿过龙泉山隧洞后，便进入了以浅丘地貌为主的川中地区。据毗河供水一期工程项目部工作人员介绍，在毗河供水一期工程381公里的骨干输水渠道中，有明渠162公里，渠系配套建筑物1160座，隧洞298座，渡槽103座，倒虹管34座。可以说，整个毗河供水一期工程，一半以上的骨干输水渠道都是隧洞和渡槽，"逢山开隧洞、遇坑搭渡槽"是工程建设过程中的真实写照。

　　两千多年前修筑都江堰需要超凡的智慧与勇气，两千多年后修筑毗河供水工程同样需要非凡的智谋与胆识。

　　任何建筑工程，必然设计先行。对各种困难交织的毗河供水一期工程而言，首先面临的压力来自施工设计图。"毗河供水一期工程共设计建筑物1160座，设计图纸约9000张。"毗河供水一期工程设计总工程师单智杰说。每张设计图会印制20份蓝图，工程建设期间总共提供了18万份设计蓝图。面对如此大的工作量，为保障设计环节与工程施工进度有机衔接、密切配合，设计单位调动了200多名跨专业的技术人员协同作业。

　　在毗河供水一期工程施工过程中，施工单位中国水电十局从都江堰水利工程中不断汲取智慧和力量，充分发挥"自力更生、艰苦创业、团结协作、无私奉献"的红旗渠精神和"自力更生、艰苦奋斗、开拓创新、不怕牺牲"的"东灌"精神，通过自主创新施工工艺和建造技术，攻克了一个又一个前所未有的施工难题，创造了一个又一个水利工程建设史上的纪录。其中，最具代表性的是全国最长的单座渡槽——蒋铜渡槽，全省最长的引水隧洞——龙泉山隧洞，以及被各级媒体和广大群众誉为"最美拱跨渡槽"的卢家坝渡槽。

　　毗河供水一期工程中创造出的这三项"之最"，集中体现了该工程施工建设的难度之大，更深刻反映了参与设计和施工团队的足智多谋。

　　首先讲讲全国最长的单座渡槽——蒋铜渡槽。

　　走进简阳三星镇，只见碧绿的山林间、田野上，一座高高的渡槽宛如一条巨龙，与秀美的自然环境融为一体、交相辉映，成为数百公里毗河渠系上的一道亮丽的风景线。

　　这就是蒋铜渡槽。

　　蒋铜渡槽全长5552米，最大架空高46米，设计流量22立方米每秒，为简支梁式渡槽，是毗河供水一期工程的关键控制性工程之一。毗河供水一期工程二分部党支部书记胡小勇介绍说，蒋铜渡槽具有施工战线长、临近居民集中区、道路交叉及水网众多、施工环境复杂且工期紧张等特点，施工难度极大。

蒋铜渡槽经过的区域，是典型的浅丘地带，地势起伏不平，什么样的方案最切合实际，发挥的效益最大？经过对明渠、倒虹管、渡槽等方案的对比，最终渡槽方案脱颖而出。原因在于，修明渠占地面积较大，且会对原有地形地貌和生态环境造成破坏；倒虹管则是把输水管铺在原始地面下，会造成水头损失严重，减少工程灌溉面积；修渡槽，虽然架空的高度特别高，为施工带来了极大的挑战，但从生态环保与功能效益的角度出发，设计方与施工方仍然选择了此方案。

◆ 蒋铜渡槽

对于接近 5.6 公里长的蒋铜渡槽，考虑到施工的各种难度，施工方给出了 4 年的计划工期。"我们对施工的困难是有预判的，但在具体施工过程中，各种没有料想到的困难仍然层出不穷。"胡小勇说。毗河供水一期工程二分部对空心墩墩身采用翻模施工工艺，现浇槽身引入高架空渡槽造槽机现浇槽身施工技术，同时，为保证工期，大量采用钢管柱贝雷梁、悬挂式贝雷梁支撑系统进行现浇槽身施工，有效解决了高架空渡槽交叉干扰问题、安全防护问题，用了 30 个月完成渡槽主体的施工，较计划工期提前了 18 个月。

在蒋铜渡槽施工过程中，还形成了《高架空渡槽造槽机现浇槽身施工技术研究成果报告》《毗河供水一期工程第二施工分部空心墩翻模施工工艺》《槽身现浇贝雷梁支撑研究》《新型压板式止水在 U 型渡槽应用的研究》等科技成果。这些科技成果，正是这座全国最长单座渡槽的"脊梁"，支撑蒋铜渡槽发挥更大功效，在苍茫的历史长河中指引蒋铜渡槽走向永恒。

再来说说全省最长的引水隧洞——龙泉山隧洞。

半个世纪以前，简阳人民曾"打通龙泉山，引水灌良田"，半个世纪以后，龙泉山以东的川中群众要再次凿开龙泉山，把流淌在成都平原的汩汩清泉引向川中旱区。虽然半个多世纪过去了，施工技术早已有了质的飞跃，但面对巍峨的龙泉山，要打通长达 11 公里的隧洞，仍不是一件容易的事情。

龙泉山隧洞是毗河供水一期工程的关键控制性工程，属于特长引水高瓦斯隧洞，并且要经过山脉断裂带，施工作业段的岩石也比较容易破碎，在施工过程中存在极大的地下水渗漏和瓦斯爆炸的风险。

为了防止瓦斯爆炸，施工方上了信息化监测和人工监测的"双保险"，并且采取了瓦斯隧洞超前地质预报、瓦斯分工区控制、隧洞的通风设计与管理、机械设备防爆改装等安全技术措施，多管齐下，确保施工过程规范、施工人员安全、工程推进有序。

针对龙泉山隧洞要经过山脉断裂带和岩石易于破碎等现实难点，施工方采用悬臂式掘进机对小断面隧洞进行开挖。据了解，悬臂式掘进机适用于软性岩层隧洞施工，与传统钻爆法施工相比具有对地层扰动小、成型断面标准规则的特点，开挖噪声污染小，无爆破震动产生，安全风险易控制，能尽可能避免发生成垮塌等现象。

"龙泉山隧洞是毗河供水一期工程的重要控制性节点，可以说是整个工程中施工难度最大的项目，其建设进度直接影响整个工程的工期。"毗河供水工程第一现场管理组常务副组长刘江在接受媒体采访时回忆道。在保证施工安全和工程质量的前提下，施工方千方百计提高施工效率，凿出了 3 条施工支洞，在 11 公里的隧洞内形成了 8 个作业面。尽管如此，实现龙泉山隧洞的主体竣工，仍然耗时 4 年，1000 多个日日夜夜。

连绵巍峨的龙泉山，已凿穿了若干条隧洞，这些隧洞铺呈着铁轨、连接着公路，也奔涌着清泉。20 世纪 70 年代简阳人民为引来岷江水而打通的龙泉山隧洞，以及今时今日为川中地区解渴而凿穿的龙泉山隧洞，好像具有某种更加动人心魄的精神指引作用。每每站在"东灌"工程龙泉山隧洞出水口和毗河供水一期工程龙泉山隧洞出水口，看着汩汩清泉像奔驰的骏马向川中旱区飞驰，心中都无比坚定：两个隧洞必将走向深厚和宽广。

如果说，龙泉山隧洞和蒋铜渡槽是一种宏大的叙事，那么当毗河供水一期工程一路向东，来到绿意盎然的乐至境内时，难免被这里的诗意感染、浸润，再宏大的工程也会平添几分自然之美。毗邻乐至城区，被誉为"最美拱跨渡槽"的卢家坝渡槽，就是最好的例证。

卢家坝渡槽全长1013米，槽身共计144跨，其中拱跨有8跨，因为毗邻乐至城区，需要横跨城市干道，为施工带来了不小的难度。据参与建设卢家坝渡槽的毗河供水一期工程四分部管理人员介绍，卢家坝渡槽的8个拱跨分为五连跨和三连跨，其中跨越城市干道的五连跨单跨长度达70米，三连跨的单跨长度达60米，最大架空高度32米。

因为跨度长、架空高，所以卢家坝渡槽的施工难度大，在建设过程中常常让施工人员感到头疼。但也正因为跨度长、架空高，建成之后的卢家坝渡槽如同一条巨龙横亘在川中大地，成为拱跨渡槽"家族"中最美的画卷。

走进乐至，立马便被这里的秀美风光吸引：浅丘含翠，天蓝地绿，田地交错，农舍隐然，好一幅美不胜收的浅丘田园风光。来到位于城郊接合部的卢家坝渡槽，站在远处的山头极目眺望，远处的山与蓝天白云交织在一起，一条大道从渡槽下方向城区延伸，林立的高楼就在渡槽身后拔地而起，气势恢宏的渡槽仍然是唯美画面里最抢镜的存在。据了解，卢家坝渡槽建成以来，已经吸引了一大批各地的摄影爱好者前来"打卡"，他们用一个个镜头，记录着卢家坝渡槽摄人心魄的美。

当然，卢家坝渡槽能让人一次次虔诚仰望，绝不仅仅是因为它的美，更多的是因为它肩负着为川中旱区群众"解渴"的重大使命。当一批批摄影爱好者真正明白了这个深刻含义，那些被定格在镜头中的卢家坝渡槽，也就有了超越时空的力量。

在各级权威媒体的报道中，毗河供水一期工程被称为四川重大水利工程建设的又一座耀眼的丰碑。的确如此，这条人工筑起的"天河"，就是一座历史的丰碑、人民的丰碑、时代的丰碑。两千多年前，分水鱼嘴、飞沙堰、宝瓶口这"三大法宝"构成了都江堰的支撑柱，让都江堰成为一座永垂不朽的丰碑；两千多年后，以龙泉山隧洞、蒋铜渡槽、卢家坝渡槽等为代表的支撑柱，也势必让毗河供水工程成为永不褪色的丰碑。

从一座丰碑到另一座丰碑，这是中华文明的有序传承，也是华夏儿女的智慧革新。一座座治水的丰碑，必将润泽千秋、永载史册，成为书写在巴蜀大地上的恢宏史诗。

五、圆梦

"通水了，通水了……"2021年7月6日，毗河供水工程通水仪式在成都、资阳、遂宁三地以"主会场＋分会场"的形式举行，四川省委书记彭清华宣布"毗河供水工程正式通水"后，苟家滩引水枢纽开闸放水，河水沿干渠涌向百公里外的川中地区，数百万川中地区的群众喜上眉梢，不停地奔走相告。

作为都江堰水利工程的重要组成部分，历时6年建成的毗河供水一期工程正式投入使用。汩汩清泉沿着总干渠由西向东，经成都平原，穿过龙泉山，跨越沱江，沿着沱涪分水岭至资阳安岳朝阳水库，将每年为成都、资阳、遂宁供水4.33亿立方米，为125万亩良田和225万城乡群众解渴。

从规划走向现实，川中群众足足等了半个多世纪。经过半个多世纪的渴望与期盼，这一刻，他们终于梦圆。

这历史性的一刻，必将载入史册。

在位于乐至卢家坝渡槽的毗河供水工程通水仪式资阳分会场，来了两位特殊的见证者。一位是王隆瑛，曾经为毗河供水工程不停奔走的"草鞋县长"；一位是姚孝吉，被大家亲切称为"当代李冰""农民专家"的姚四海的儿子。

若干年前，王隆瑛与姚四海为推动毗河供水工程上马而日日奔走。今天，他们的理想终于实现。已86岁高龄的王隆瑛和带着父亲遗愿的姚孝吉，在卢家坝渡槽听到宣布毗河供水工程正式通水的那一刻，难掩心中的激动，眼眶中充盈着饱含深情的泪水。

王隆瑛把解决乐至缺水问题作为毕生使命，把推动毗河供水工程上马作为人生方向，即便在退休后，仍然为推动毗河供水工程规划建设贡献余热多年。在卢家坝渡槽下，须发皆白但精神矍铄的王隆瑛，此刻的眼神中充满了通水的喜悦，也闪耀着坚定的光芒。他激动地说，乐至"十年一大旱，三年两头旱，冬干春旱年年见"的历史一去不复返了，乐至的未来更加可期，川中的蓝图更加美好。

从成都特地赶到卢家坝渡槽的姚孝吉，看着从成都平原奔涌而来的汩汩清泉，百感交集。他说，父亲姚四海 15 岁便踏上了寻水之路，如今将近百年过去了，父亲的愿望终于实现了，可惜父亲却早已不在这人世间。不过他相信，此刻，在天上的父亲一定能够看见，毗河的汩汩清泉已流向家乡，正为干涸的土地"解渴"。

姚孝吉来到父亲的坟头，将一捧毗河水敬献给父亲，他长长地舒了一口气说："父亲毕生的心愿终于变成了现实，他在天之灵可以安息了。"

人工"天河"如长龙，在 156 公里的总干渠沿线上，随处可见像王隆瑛、姚孝吉一样激动的川中旱区群众。他们日夜等待这一刻，无数次在梦里看见毗河供水工程引来汩汩清泉，浇灌在他们干涸已久的心田。

这一天，他们等待得太久了——

听到毗河供水工程通水的消息，简阳三星镇宝莲村 3 组村民孙国武早早来到设在三新镇秀阳村的毗河供水工程通水仪式成都分会场，等待见证这 历史性时刻。"听说，简阳支渠的建设已接近尾声，我们用上毗河水，已进入了倒计时。"孙国武激动地说。饱受干旱之苦的简阳河东人民世代盼水，终于等来了毗河水。

在毗河供水工程通水仪式资阳分会场，雁江区丹山镇顺家村的党支部书记潘其彬十分激动。他介绍道，他所在的村庄水网已基本形成，毗河水流到村庄后，将为农业生产注入全新的活力，村里的水稻种植、药材种植、特色养殖等产业必将迎来大发展，群众将不再为缺水而大费周章、伤透脑筋。

同样喜出望外的还有遂宁的群众。在遂宁安居保石镇清泉村群众陈忠文眼中，毗河供水工程引来的是幸福水、安全水、致富水。"我们期盼了几十年的毗河引水梦终于实现了。"作为养殖户的陈忠文说，毗河供水一期工程成功通水了，不仅不用再为寻找水源而发愁，还可以进一步扩大养殖规模。

作为川中旱区群众翘首以盼的重大民生工程，毗河供水一期工程的通水，将改善沿线群众生产生活用水条件、缓解旱区水资源短缺压力、提升水安全保障能力、助力乡村全面振兴。率先解渴的 225 万川中人民坚信，眼前这永不枯竭的毗河水，将让他们赖以生存的家园更加水旱从人、江河安澜、物阜民丰。

毗河供水一期工程正式通水，是川中旱区群众期盼已久的大事喜事，也是四川水利建设史上的里程碑事件。但从毗河供水工程整体的功能布局来看，解渴川中旱区的使命仅仅完成了一半，还有一半需要加快推动毗河供水工程二期上马来实现。原因在于，毗河供水一期工程重点建设引水渠道，着重解决引水的问题，缺乏囤蓄水库，建成后的调节能力十分有限；而毗河供水二期工程主要包括新建 5 座中型水库、扩建 1 座中型水库，建设骨干渠道 33 条 487 公里，设计灌面 262 万亩、供水人口 259 万，年引水量 5.22 亿立方米，重点解决蓄水和调水问题。

据了解，毗河供水二期工程建成后，将充分发挥整个工程"引、调、蓄"的功能，惠及旱区 489 万群众，实现灌溉面积 417 万亩，彻底解决川中旱区的"缺水之苦"。因此，圆梦之后的川中旱区人民并未高枕无忧，一心想着的是接续奋斗、再接再厉，推动毗河供水二期工程早日上马。

2021 年 1 月底，四川"两会"上，不少人大代表、政协委员把目光聚焦在了加快推动毗河供水二期工程上。"一期工程着力解决引水问题，二期着重蓄水和调水。"四川省人大代表倪勋认为，上马毗河供水二期工程是彻底解决川中旱区"干旱缺水、靠天吃饭"问题的紧迫任务。因此，他建议，支持毗河供水二期工程整体上马建设，打通"最后一公里"，以彻底解决更多川中旱区群众"看得见毗河水，用不到毗河水"的现实问题。

毗河供水二期工程新建的 5 座中型水库中的踏水水库，位于成都简阳。"只有毗河供水二期工程尽快建成投用，才能最大化发挥毗河供水工程的经济效益和社会效益，真正将毗河水留住、护好、用足。"简阳市水务局有关负责人介绍道。毗河供水二期工程简阳段的规划含新建踏水水库，新建干、支渠 98.65 公里。2020 年年末，简阳召开了系列关于"十四五"规划编制的座谈会，不少来自各个阶层的代表建议将新建踏水水库纳入

"十四五"规划，积极推动毗河供水二期工程简阳段建设。

尽快上马毗河供水二期工程，成为川中旱区干部、群众的共同心声。在各级党委、政府、相关部门的共同推动和川中群众的呼吁下，毗河供水二期工程已被纳入《四川省加快重点项目建设开展基础设施等重点领域补短板三年行动实施方案》《2020年全省加快前期工作重点项目名单》、2020—2022年全国重点推进的150项重大水利工程建设项目、《成渝地区双城经济圈建设规划纲要》，相关部门正编制可行性研究报告及相关要件，有望在2022年年底前开工建设。

古蜀先民，依水而居；天府之国，因水而兴。毗河供水一期工程正式通水，二期工程加快推进，"天河"碧水长流，必将润泽良田无数，让川中旱区群众彻底摆脱干旱的困扰，从此走向"水润沃野、振兴乡村"的大美画卷，过上更加美好的生活。

圆梦，又逐梦。川中地区群众，喝着一汪甘甜的毗河水，解读着两千多年前都江堰水利工程留下的启示，沿着先辈们坚韧不拔、持之以恒的"引水"精神，正向着新的梦想坚定出发，"天河"的历史还将在川中地区继续书写。

为有源头活水来

文 / 邹安音　蒋　文

引言

"头枕剑门五指山，两臂舒揽江阆南。绿衣鱼腹若屏镜，嘉陵江中洗金莲。"这是升钟湖的真实写照，它是中国人的"水立方"，拥有13亿立方米的库容量。

在神秘的北纬30度线上，在四川盆地的东北部，中国西南地区最大的人工湖——位于四川省南部县的升钟水库，拥有100公里的主航道，积淀了南部、阆中、剑阁等地居民的情感和梦想。

它辉映着剑门峡关的英姿，飘逸出阆苑仙境的华彩，又使嘉陵江最大支流西河涓涓而出，滋养着沿途的大地，成就了一片"因水而生、因水而美、因水而兴"的西部鱼米之乡。

在这里，是人类始祖伏羲摆阵的八卦图，是黄帝之妻嫘祖缫丝养蚕的农耕文化，是"蜀中孔子"谯周开坛讲学的儒家精神，是陈氏家族"一门二相三状元"的勤学苦练，是画圣吴道子、诗圣杜甫、书法大家颜真卿的笔墨书香，铸就了源头南部县的文化底蕴。

在这里，是中国最大的石刻圆雕立佛禹迹山大佛，是元代的古刹醴峰观，是西水的古县衙等，成为西子河畔的文化活化石。

一带西河碧波去，"盐乡"虽苦也甘甜。犹记得，红军激战长坪山，南部升保起义美名传。南部的盐，化为川陕革命根据地的气质和风骨，优秀的南部儿女，跟随着共产党，使红色精神代代相传。

今天的升钟水库灌区，以水库为中心，新建了左右干渠、分干渠和支渠、毛渠。它们宛如密布在大地的血管，一条条相互交织、融合，从南充市的南部县延伸到西充县，甚至到更远的广安市武胜县和遂宁市的蓬溪县，给予这片大地无限的希望。

今天的升钟水库接纳了两个水库，一个是南充市嘉陵区大通镇的赵子河水库，一个是广安市武胜县赛马镇的应家沟水库。库区山花绽放，绿水微澜；乡村振兴，屋舍俨然。一股股清泉，流进了广阔的田野，也流进了一个个守望者的心中。这一段段历程，凝聚了多少筑渠人的心血？又牵动了多少人的心怀？

历史可证，山河可鉴。

青山有幸埋忠骨

一条江流过，一座城崛起。

2019年9月28日，四川省庆祝中华人民共和国成立70周年大型成就展（南充馆），在成都中国西部国际博览城国际展览展示中心开展。

"壮丽70年　阔步新时代"，南充馆紧紧围绕这一核心主题，全方位、系统性、立体化地呈现了新中国成立70年来南充砥砺前行的过程和辉煌成果。

抚今追昔，筚路蓝缕。总有一些人，因为深情，所以执着；因为挚爱，所以努力。走进展厅，一张泛黄的老照片中，是一幅荒滩裸地的画面，一次集体大生产大劳作的动人场面……时空拉近，历史镜头重现。

这是由南充本土已故摄影家谢奇留下的珍贵黑白照片：在一个狭长的工地上，尘土飞扬，人来人往，远山显露出雄壮磅礴的气势。照片拍摄于1976年，主题是升钟水库建设大会战。

据《南部县志》载：升钟水库位于阆（中）、南（部）、剑（阁）三地交界处，是20世纪70年代，将嘉陵江的支流——西河在碑垭庙拦腰截断，在南部、阆中、剑阁境内形成的高峡平湖。工程从立项动工到第一期验收历时20多年，总投资10个多亿，是四川自新中国成立以来第一个特大型水利工程，也是西南地区最大的人工蓄水灌溉工程，被誉为"西南第一湖"。

曾经，生活在川东北这一带的农民，种田种地，全部靠天吃饭。遇上饥馑荒年，日子愈发艰难。人们心中一直深藏着一个梦，那就是兴建一座大型水库，让汩汩的清泉一年四季不分昼夜地流进土地，让田野庄稼满园，每天都能吃得饱穿得暖！

念念不忘，必有回响。1957 年，南充将升钟水库项目上报省计委，省计委上报国家计委；1972 年，水利部确定了在南部碑垭庙建设大坝的方案；1976 年 3 月，国家计委批准立项建设；1976 年 4 月，南充成立升钟水利工程指挥部和指挥部党委，开始准备动员工作；1977 年，升钟水库正式破土动工……

时光回溯，镜头拉近，通过摄影家的黑白照片，可以清晰地还原当时的场景：得知消息的那一刻，远山深处，小小的山村顿时沸腾成一片欢乐的海洋。1977 年 12 月 8 日，碑垭庙迎来了它最难忘的一天：万人齐聚于此，红旗在山头飘扬，锣鼓在山中回响。升钟水库坝区工程开工万人誓师大会后，南充、南部、蓬安、西充、阆中等地的农村劳动力组成了 11 个民工营、49 个民工连，2 万多人同时打响了建设升钟水库的"战斗"，人数最多时高达 4 万多。

"战斗"一打响，祖祖辈辈的心愿得以实现，"战士们"身上仿佛有使不完的劲儿，夺取"阵地"争分夺秒。这里没有枪炮，有的是最原始简单的钢钎和铁锹；这里没有佳肴，有的是一日三餐的粗茶淡饭。就这样你抬着箩筐，我挑着撮箕……碑垭工地热火朝天，数万名建设者挥舞着激情和汗水，向山岭"宣战"。

"战斗"愈来愈激烈，影响力也越来越广泛。1978 年 5 月 5 日，升钟水库建设项目由地区管变为由省管，四川省委、省政府为加强升钟水库工程建设领导，专门成立了四川省升钟水利工程领导小组。同年 7 月成立四川省升钟水库工程现场指挥部，工程建设由人海战术转向机械化施工。

与此同时，省水利建设工程公司，省城建局机械化施工公司（负责大坝基础），成都铁路二局四处（负责送水隧道），中央二机局二十四、二十七公司，冶金工业部（后改为冶金工业局，现已撤销），中国第五冶金建设机械化施工公司，省交通厅公路二处以及南充地区汽车队等"七大兵团"开赴升钟水库，协同展开大会战。

路是山川的血脉，电是工地的命脉。为了保障工地的电力供应，特地从南部县盘龙电站开辟了一根专线，线路全长 70 公里，埋杆 150 基（窝）

共 989 根。这些线路横跨数十条溪河，翻越几十座山头，成为山川的细小血管，不断把电输送到工地。

◆升钟水库全貌

因为大部分埋杆点不通公路，而 5000 多吨、上万件的物资需要完好无损地运送到那里，来自南部、西充、广安等地的技术人员和工人们用汗水在中国水利史上写下了壮丽的一笔。

在有心人面前，寒冬酷暑算得了什么？他们头顶烈日，打破三伏天不能施工的常规，昼夜加班。情之所至，沿线的人们仿佛也受到了感染，传递出浓浓的人间大爱：南隆、兴隆、金星、老观、石泉、定水、大桥、永红、升钟和皂角等地的 1 万多名干部群众，放下家里的所有活儿，纷纷加入线路基础开挖、搬运电杆中。他们用绳子、杠子，抬的抬，拉的拉，脚磨起了泡，肩磨破了皮，硬是把数十吨重的电杆一根根抬到山顶，翻山越岭拉起 70 公里专线，铸造了水库枢纽会战中的空中辉煌。

水库大坝一天天变高、变宽，昔日山沟变水库，升钟水库库区的人民，用心用情写出的灿烂篇章，在远山静静散发着光彩。

1984 年 6 月，历史永远记住了这一刻：大坝基本完工，水库风貌初显！同年7月，水库枢纽工程竣工蓄水，升钟水库大坝竣工典礼庄严举行。骄阳下，波光粼粼的湖水反射着远山近水，也映照出人们花儿一般的笑靥。

人们渴望着与它相遇，去赴一场美丽的约会。凤凰岛深处，浅映着桃红柳绿，衬托着山青石秀，清澈得像块翡翠碧玉，汪出绿意和深情！水草摆动腰身，袅袅娜娜地致意。

群山之中，升钟湖闪耀着灵动的光芒，滋养着这方水土，也滋润着人们的心田。其后的两年，隧道建设和干渠修建被提上议事日程。

这一湖清水，如何流向远方，造福更多的人，成了建设者更大的心事。因为水库位于山区和丘陵地带，要修建的渠道蜿蜒于山峦之中，工程建设难度十分大，开凿起来非常不易。据统计，单是其右总干渠，隧洞、暗渠和渡槽就占总长度的52%，成为巴蜀大地熠熠生辉的"红旗渠"。

升钟水库一期工程建成大型水库1座，扩建中型水库1座；建成库区机电提灌站132处、224级，装机13835.5千瓦；建成总干渠、干渠各1条，分干渠3条，支渠和分支渠8条，斗渠44条，干、支、斗渠共长787.57公里。

数年来，共建成农渠769条，总长4764.33公里，已实现南部、西充、蓬安、阆中、顺庆、嘉陵和剑阁7县（市、区）138.93万亩灌溉效益。一期工程各类渠道总长5551.9公里，其中隧洞4369座，长891.82公里；暗渠1680段，长99.79公里；渡槽458座，长31.87公里；倒虹管148座，长35.17公里。建筑物总长1058.65公里，相当于成昆铁路全长。

整个工程完成基建项目投资10.8亿元，开挖填筑土方935.2万立方米，开挖填筑石方2396.30万立方米，安砌石方325.9万立方米，浇筑混凝土和钢筋混凝土81.3万立方米，完成劳动工日7729.2万个，留下史诗般的辉煌纪录。

今天，看着升钟湖东岸高高的娲仙山（今南部县保城乡古寨处，又名尖山和烟堆山），时光仿佛回到久远的年代。瞧，聪慧善良的女娲正斜躺在春草蓬生的悬崖峭壁上，枕着足下的浩瀚碧波，已入梦乡。是你吗？当世界一片混沌之时，取来五色石块炼出五彩晶石，把破碎的天一点点地补起来？你可知道你洒落的汗珠，已春风化雨，至剑门关下，蜿蜒而成八百里西河，歌唱到长江，又奔涌到东海？

南部人民把女娲睡觉的山叫娲仙山，并在此建有娲仙古庙。庙门有联云：苍天柱倾，始得女娲炼石补；山河瓦碎，代有才人辟地开。啊，亲爱的仙子，你是不是太累了，想掬一捧清澈的湖水，洗去你远来的疲惫和尘埃？

枢纽工程施工期间，国家水电部领导和工程技术专家们多次来到现场指导，解决设计施工中的重大工程方案和技术难题。其中的李伯宁就在升钟工地赠诗一首："人夸四川风光秀，我赞升钟多英雄。苦战半年安度汛，大干两冬建奇功。斩断西河伏龙虎，琼浆玉液灌南充。从此名川多一景，峨眉青城逊升钟。"1986年9月，中央委员会总书记胡耀邦书赠"升钟水库"大字横幅。

美丽的升钟湖，它就像湖之终端栖息的那只凤凰，数千年来，以绝美的身姿守护着这里的宁静和美丽。凤凰岛面积约300亩，离湖岸约50米，由5个蜿蜒起伏的小丘、3个平坦的半岛和两个幽静的湖湾构成，因岛形如凤凰展翅而得名。

枢纽工程在1991年被评为省级优秀设计、优质工程。1991年9月，世行专家对升钟大坝进行了安全鉴定，评价工程质量"令人满意"。1992年，枢纽工程获得了国家最高设计奖项优秀设计金质奖。

升钟灌区总耕地面积294万亩，设计灌溉面积204.74万亩，总人口382万人。升钟一期灌区辖141个乡镇、1549个行政村、11641个村民小组，辐射人口265万。一期配套工程现有总干渠、干渠、分干渠5条，长172公里；支渠8条，长151公里；斗渠44条，长464公里；农渠769条，长4764公里；各类渠道总长5551公里。

人是岸上的风景，最动人的是修建升钟水库的人。南部县原宣传部副部长贾登荣说起往事时，泪水在眼眶里闪烁。有一个北京来的专家在升钟湖竣工后拒绝回到家乡，安居南部，去世后被葬在大坝边的高山上。除了他，还有许多默默奉献的人。有的有名字，有的没有名字，他们的魂灵和湖水一样清澈，一起荡漾。

如今的南部人更以升钟湖为豪。南部的傩戏、根雕、剪纸等民间艺术，在湖边放光发彩。而每年举办的世界升钟湖钓鱼大赛，让全中国的人，甚至全世界的人把目光投向了这里。

近90米深的湖水怎么能如此清澈动人？那一定是凤凰的眼泪流淌而成

的泉液，浇灌山川，滋养生灵。那之后，翩翩白鹤绕湖而飞，凤凰啊，那是你的灵魂和幻影吗？飞过山岗，飞过林丛，尽现青山丽水之华美与妖娆。这怎能不让八仙之一的张天师情动，扯下祥云一片，驾祥鹤飞升而来，傍山而建鹤鸣观，欲此潜心布道修炼。远看那庙宇凌空突兀，气势昂然，若毗邻仙境。今庙门仍有联云作证：李老子坐青牛牛过涵关敞大教，张天师骑白鹤鹤飞道宇开高传。

1998年，升钟水库第一期工程验收，主要引灌南部、阆中、西充。水流像走亲戚似的，从升钟右总干渠到南部，再走西南分干渠到了西充，再往南灌到南充。

翻开史册，南充十年九旱，升钟水库建成后受益最大的则是西充县。西充县丘壑丛生，人文厚重，本是一方宝地，却因为缺水少种稻谷，只因那漫山遍野的红苕得到一个特殊的称谓——"苕国"。升钟水库水利工程建成后，彻底解决了灌区千百年来的旱灾之痛，也摘掉了西充的"苕国"帽。

升钟湖成了双龙桥发展的源头活水。路过双龙桥，水渠正汩汩地冒着清澈的水流，流进这里的每村每户。几株硕大的核桃树在水渠边遥望远方，树下落满了饱满的果实，印刻着这里的富庶。

走进北山家庭田园农场，夏阳映照着郁郁葱葱的柑橘林。鸡正在青草上啄食，鸭子在池塘里嬉戏，微风拨弄着柳丝——好一派迷人的山野人家景象。农场主人赵文兵在忙着清理院子里上一季烂掉的柑橘，准备着下一季的丰收和储藏。别看这果树小小的，它们是挂满金币的招财树呢！品种改良后，一株就能结几百斤果子，一百多亩柑橘林，每年就能带来一二十万的纯收入。

赵文兵本来是一个很普通的农民，因为心中有远离尘世的梦想，便在这里开辟了一个农场，红红火火办起了家庭农场，也解决了附近几家贫困户的就业问题。"双龙桥如果发展壮大，我的农场就会发展壮大，我想扩大自己的农场领域。"他的愿望很简单，下一步，他便想把自己的希望种植进金色的田野，想同更多的人一起收获更多的希望。

拥有西南最大人工水库升钟湖的南部县，由于大量土地丢失，基础差、底子薄，1986年，被国务院确定为国家扶贫开发重点县和秦巴山区连片扶贫重点县。截至 2014 年年底，全县仍有建档立卡贫困村 198 个、贫困人口 32390 户、102059 人，贫困发生率为 9.6%，主要分布在嘉陵江以东、西河沿岸和升钟湖库区三大片区。

脱贫攻坚，无疑是发生在升钟湖库区的又一场大会战，人们拿出当年的激情和勇气，在一个看不见的战场再次吹响了号角。2017 年，南部县减贫 5819 户、18206 人，退出 80 个贫困村，经国家第三方评估考核率先成功摘帽；2018 年减贫 2467 户、6490 人，退出 52 个贫困村，实现贫困村整体退出，获评全国脱贫攻坚组织创新奖；2019 年减贫 3 户、9 人，实现贫困人口整体脱贫。

美丽的新疆，遥远的南部。许是嘉陵江水的惊涛拍岸声，传递到了天山下的这片土地。第一时间得知家乡脱贫消息的南部人，这些生活在异乡的游子，心瞬间被激情点燃。怀着满腔的热情，新疆乌鲁木齐南部县商会党支部书记鲜碧珍立即召开会议，召集这里的家乡人，表达自己的喜悦和情感。

"家乡终于脱贫了，摘掉了多年的穷帽子，很高兴很高兴。多亏了党的好政策，让老百姓们过上好日子。"她抑制不住自己的兴奋心情，声音颤抖地告诉我们。祖籍南部县大富乡鲜家店村的鲜碧珍，1995 年夏天离开生活多年的村子，外出打工到了新疆，凭着自己的吃苦耐劳很快站稳脚跟，有了自己的公司，后来又带了一大批南部人陆续到新疆发展。自己富裕了，她却时刻关注着家乡的发展，注视着曾经生活多年的那片土地。

得知家乡脱贫的那天下午，她迅速召集生活在乌鲁木齐的南部人，大家很快从各个地方赶来，有的从工地上，有的从家里，有的从路途中……30 多个人齐聚一堂，召开了座谈会。会上，你一言我一语，各自表达着心中最真切的感受。

晚上，在一个叫万福楼的地方，大家载歌载舞，喜极而泣，这是欢乐的泪水，这是无声的诉说！这个感人的场面感染了在场的人，也感染了几个外来的人员。几个本地的姑娘和小伙子迅速加入了狂欢的队伍，冬不拉弹起来了，新疆的脖子舞也扭动起来了，欢乐的浪潮一阵高过一阵。

今天，环湖而视，临江坪村（被誉为"中国西部最美渔村"）中，杨柳依依，曼妙嫣然；凤凰岛边烟波浩渺，鸥鹭翻飞，帆船点点，山水相接；

湖岸别墅群里柳枝依依，三角梅正艳；娲仙山上仙草蓬生，树木郁郁葱葱，间有流泉飞瀑与落红，滴翠空谷，余音绕梁……

湖水微澜，便是证言。

问渠那得清如许

岁月如歌，山乡巨变，江河奔腾。

嘉陵江绕过川东北这片土地，带着对大海的憧憬和向往，又滚滚而去。嘉陵江畔，西河两岸，麦苗青青，稻花香飘。今夕何夕，风光不与四时同。

升钟水利工程建设分为一期、二期和远期三步分别实施。二期工程是《全国水资源综合规划》《四川省水资源开发总体规划》《成渝经济区区域规划》和四川省"再造一个都江堰"灌区规划的水利工程重点项目，也是惠及川北干旱走廊南充、广安、遂宁三市五县区 122 万人的民生工程。

为迎接西部大开发，并充分利用升钟水库水资源，四川省决定将升钟水库配套工程远期灌区武胜县 19.62 万亩纳入二期灌区，整个二期工程控灌南充市西充县 6.48 万亩、嘉陵区 41.23 万亩、顺庆区 0.15 万亩，以及广安市武胜县 19.62 万亩，总计 67.48 万亩耕地。

作为升钟水库灌区工程的续建工程，二期工程的建设任务是提供农业灌溉用水，保证城镇和农村饮水安全，兼顾工业用水。主要建设内容包括新建赵子河、应家沟两座中型水库，南充干渠、盐溪分干渠 2 条干渠，五龙、李渡、武胜 3 条支渠，以及三元、大观、木老、西兴、石楼、大河坝、复兴、高农及南溪共 9 条分支渠。

众志成城，攻坚克难。升钟二期工程采取"挂图作战、协同作战、一线督战"的方式，全力推进工程建设，截止到 2020 年年底，赵子河水库和应家沟水库全面建成，渠系主体工程已完工，目前正在扫尾。

这片土地不再贫瘠，这里的山川风貌焕然一新。升钟二期工程效益主要是灌溉效益。灌区内农作物如水稻、小麦等，经济作物如油菜、蔬菜等，还有大豆等杂粮蓬勃生长，灌溉效益为 25446 万元；农村人畜供水效益为 2713 万元；乡镇生产生活供水效益为 6363 万元；升钟二期灌区工程年总效益为 34523 万元。

从 1993 年至 1998 年，平均每年新增灌面 16 万亩，水库供水量逐年增大。到 1998 年，升钟一期灌面全面形成，实现灌面 138.9 万亩，截止到 2021 年 6 月，累计放水 62.4 亿立方米，累计灌面 4317 万亩，累计增产粮食 225.3 亿公斤，累计增加产值 338.7 亿元。

盛夏，雨后初霁，汽车行驶在前往遂宁市蓬溪县文井镇的乡村公路上，满眼的新绿铺满大地。就在这让人赏心悦目的绿色原野下，埋藏着一根根白色的水渠管道，它们在和升钟水库流过的泉水低声耳语，在与这片充满希望的土地进行着最深情的拥抱和亲吻。

走出文井镇，右边是分水岭水库，枯水期，从升钟水库接引而来的水就会源源不断地流淌过来，确保镇上的居民用水和这片土地的灌溉用水；左边就是新星 2 号隧洞泄水道闸，巨大的铁门，有专人把守着，实时把控着从源头来的活水，以造福一方百姓。

升钟灌区二期工程为社会公益性项目，主要任务是为农业灌溉、城镇和农村生活供水，兼顾工业用水。二期工程南充干渠骨干工程末端实际供水量为 9997 万立方米，其中灌溉净供水量 7261 万立方米，农村人畜净供水量 848 万立方米，乡镇工业生活净供水量 1888 万立方米，为当地生活、生产、生态环境用水提供了水资源保障，对确保粮食安全及区域经济社会的协调发展具有重要作用。充足的水源，也是脱贫攻坚的有力保障。嘉陵区以建设城乡“半小时经济圈”为目标，连通了村路，也新修了灌渠。那些通往产业园区的村路和灌渠，成了农村道路的“毛细血管”和“末梢神经”。

从蓬溪文井镇到嘉陵区的大通镇，这里的乡村公路把乡村和城市连接了起来。而那些架设在山梁上的渡槽，却成了土地的输液器，给予山村旺盛的生命力。渡槽下，蒋氏祠和蒲马院等村一片翠绿。生活在这里的农民，过上了城里人的日子。在他们的房前屋后，向日葵长出了新苗。

根据村支书蒋建全介绍：蒋氏祠村面积 2.8 平方公里，下辖 14 个村民小组，332 户，991 人，其中党员 25 人；共有耕地面积 1057.5 亩，其中水田 558 亩，土地 499.5 亩；2013 年，全村人均纯收入为 4236 元。

交通不便，基础设施落后，孩子们上学困难，群众受教育程度普遍不高，这曾经是制约蒋氏祠村发展的瓶颈。因为村子地方偏远、面积较大、村民小组分布较散等原因，80%以上的劳动力不得不离家外出，常年在外务工，土地撂荒现象非常严重。

"2014年建卡贫困人口199人，贫困发生率为18.37%。那个时候，村集体经济为零，村级公益事业运转困难，村子里尽是留守的老人和孩子，地里长满了荒草，看着非常难受。"村支书本是蒋氏祠村人，已近花甲之年，说起过去，很是忧伤。

好在通过精准扶贫和村民自身的努力，2016年年底，蒋氏祠村就把顶在头上的贫困帽摘掉了，村上现在有卫生室、文化室、通村硬化路、宽带网、生活用电、安全用水等，2017年年底全村人均纯收入10000元。最让人自豪的是，蒋建全通过软磨硬泡的方式，硬是把自己的亲弟弟从广东"请"回了老家，成了声名显赫的蔬菜种植大户，并带动一方百姓致了富。

因为这一渠活水，嘉陵区在嘉陵江流域规划的蔬菜产业园，为南充城市的运转带来了活力。阳光下，在河西镇的蔬菜基地里，村道路、机耕路交错，连片的蔬菜园里长满了新鲜的蔬菜瓜果，菜农正将刚摘的蔬菜装车。该镇8个村今年种植蔬菜近万亩，年产值近4000万元。

截至2020年12月底，升钟二期工程建设征地移民工作已完成投资6.5亿元，安置生产人口2518人，安置搬迁人口2880人，征收永久用地6246亩，征收临时用地6179亩，拆迁房屋8.8万平方米，征地移民工作基本完成，现已启动复垦复建工作，临时土地复垦完成50%，复建库周公路8.06公里，复建通信光缆76.8公里，复建广播电视线路20公里，复建10千伏、0.4千伏输电线路21.9公里。

56岁的赵贤礼老人原住赵子河库区，他做梦都没想到，因为修建水库，自家搬离了一个叫大石坝的小村子，远离了刀耕火种、爬坡上坎的艰苦生活，住进了崭新的楼房，还有了一笔不少的存款。心情大好的他，在房前屋后种满了花草，每天没事就到村委会帮着干些自己力所能及的事儿。

当地百姓吃水难和用水难的历史已经成为过去。升钟二期工程将解决沿途乡镇工业用水和122万人生产生活用水的困难。尤其近几年，升钟一期工程每年向南部县八尔滩水库、范家沟水库、西充县九龙潭水库、青龙湖水库、莲花湖水库补充应急用水3000万立方米左右，解决南部县和西充县县城及附近乡镇30万人生活用水的问题。

升钟水库有 2.71 亿立方米的防洪库容，在保护西河下游沿岸土地、人民生命财产安全方面有不可低估的作用。1981 年 7 月水库大坝建设期间，嘉陵江流域暴雨成灾，河水猛涨。1981 年至 1998 年四次大洪水，升钟水库削减洪峰流量 2000 ～ 3000 立方米 / 秒，减少损失 6400 多万元。2020 年 8 月 11 日和 8 月 15 日，两次开闸泄洪 2.58 亿立方米，通过长时间、开单孔的科学调度方式，防止西河下游水位陡涨陡落，有效减轻了西河下游和嘉陵江的防汛压力，有力地保障了南充市城区、南部县、蓬安县居民的人身和财产安全，充分发挥了水库削峰、滞洪作用。不但如此，升钟水库共建 2 座电站，年发电收入 1000 万元左右，西河下游的 7 级小电站，由于升钟水库的调节作用，年增发电量 3000 万千瓦时。水库养殖水面 6.47 万亩，年产鱼 150 万公斤以上，年创产值 3000 多万元。

今天的升钟湖水库，是四川省以灌溉为主，兼有防洪、发电、航运、养殖、旅游等综合效益的大型骨干水利工程。

在位于升钟灌区内的西充县南台街道南岷山村，处处可见绿油油的稻田、长势喜人的玉米，一派生机勃勃之景。该村一组村民许德文一大早便来到稻田查看秧苗生长情况，自家种植的 2 亩多水稻前几天刚打了除虫剂，生长情况良好。"你别看现在秧苗长得这么好，前段时间可把我们这些种田的老农急坏了。今年旱情严重，能够顺利实现收水插秧，全靠升钟湖水库。"许德文说，南岷山村是有名的旱山村，他的农田附近仅有一口库容 2000 立方米的山坪塘，往年雨量充足的情况下勉强能维持生产。但今年 4 月中旬，西充 1 个多月没有下大雨，山坪塘的库容不到往年的 60%，完全不能满足稻田灌溉的需求。4 月 20 日，升钟水进村入田，稻农抢抓时机收水插秧，旱情得到极大缓解。

四川省南充市气象局相关统计数据显示，今年 4 月以来，四川南充连续出现干旱异常天气，与往年同期相比，4 月份降水量少了 30%～ 60%，尤其是进入 5 月后，温度持续偏高，北部等区域出现了较明显的夏旱。4 月至 5 月中旬，升钟一期灌区的西充、南部、阆中、蓬安等多个县（市）农田均出现了不同程度的干旱，总体旱情形势十分严峻，给灌区农业生产带来严重影响。

"幸好升钟水库今年提前放水，不然我们村上栽种的柑橘苗都要干死。"

同样处于升钟灌区内的西充县凤鸣镇白象山村党支部书记王军很感激。该村属省级贫困村，为发展村集体经济，让贫困群众增收，村上种植了 280 余亩柑橘产业园，其中 2018 年种植的 80 余亩柑橘苗由于距堰塘较远无法实现有效灌溉，大片柑橘树出现严重干旱现象，而此时较升钟水库往年放水时间还有近半个月。无独有偶，该村英明家庭农场场主、水稻种植大户郑海明也面临同样的难题，他承包的 80 余亩农田没有水栽不上秧。该村其他村民的农田也因天旱收不上水，村里堰塘的蓄水量根本解决不了农田"喊渴"的问题。正在村干部和村民们一筹莫展之时，升钟水库提前放水，解决了群众的燃眉之急。

从 4 月 15 日开始，升钟水库就开闸放水，较往年提前了 10 余天。为使升钟水库最大限度满足急需水源片区的用水需求，南充升钟建管局突出抓"细"，实行科学调度、合理分配，将灌溉用水第一时间调配到了急需用水的乡村、田间地头。

特别值得一提的是生态放水，使西河流域花红柳绿。西河，是嘉陵江最大的支流，一年四季碧波荡漾，像一名待字闺中的女子，一身素衣长裙，散发出淡淡的清香，不紧不慢地流过。

西河，连通了南充和周边县市的广阔土地，衔接了城市和农村，让这一片山水更美丽。

走在西河边，就如走在画中。刚过青林，又见荷塘。小荷才露尖尖角，早有蜻蜓立上头。正啄食的鸭子停止嬉闹，列队钻出池塘，静观阵容。野鸟们突然蹿出田间草丛，惊飞了正低头沉思的白鹅。它们立刻激动起来，迈着优雅的步子，引吭助兴。

但是灌区工程的守护人却没有兴致欣赏这些美景，他们有更重要的事情：市级水管单位负责枢纽、主干渠和跨县支渠首段的管护和日常维护工作，县级水管单位负责支渠的日常管护和岁修工作，乡镇、村社负责斗渠、农渠和毛渠的运行管理和日常维护工作。

在西充县倒石桥隧洞渠道前有个取水口哨卡，这里也是南充升钟建管局西干所关文站站长王飞一个人的"家"。高高的塔子上，两三平方米的房间内，放着王飞守护渠道的全部家当：一双雨靴、一件雨衣、一个电饭煲。汛期，他从来不敢贪睡，这时候的取水口成了洪水肆虐的出口，得随时提防它们的冲击。春耕的时候，这里的取水口又成了大地的生命泉眼，它们唱着动听的歌儿，扑向了大地的每一寸肌肤。那时候，王飞是幸福的。

因为水的滋养，美丽的乡村掩映在茂密的丛林之中，成为一道道天然的画廊。

结束语

嘉陵江上，鸟鸣声声；城乡之间，绿意盎然；山与水之间，人们在尽情欢笑。

做好"水工程、水资源、水节效、水生态、水文化"五篇水文章，以建设成为世界知名、全国一流的丘陵地区现代化示范灌区，这是升钟水利人的庄严承诺。

这片土地，因嘉陵江而生、因嘉陵江而美、因嘉陵江而兴，川东北儿女有信心和决心：生态打底、绿色发展，让山、水、洲、城、人和谐共生，让绿色成为最亮丽的色彩，让这片土地成为嘉陵江畔最璀璨的明珠。

为保一方水土平安

文／黄　勇　李立平

都江堰水利工程，被称为"世界水利文化鼻祖"，象征着中国的智慧和生态哲学，创造了人与自然和谐共生的典范。

"世界文化遗产""世界灌溉工程遗产""全世界迄今为止，年代最久、唯一留存、以无坝引水为特征的宏大水利工程"，这些荣誉说明都江堰水利工程在世界上分量十足。然而，当许多慕名而来的游客兴冲冲地进入景区后，环顾四周，却既不见高高矗立的雄伟大坝，也不见视野宽阔的江面，连著名的鱼嘴也似乎触手可及，唯有宝瓶口湍急的水流，让人稍稍有一点激昂的感觉。在很多游客看来，与许多知名的水利工程相比，都江堰水利工程实在太过低调、朴实，与传说中的显赫声名似乎并不般配。

"低调、朴实，正是都江堰水利工程的特征，这更凸显出它的伟大。"原四川省都江堰管理局局长孙小铭说，"在一代代水利人的呵护下，都江堰水利工程不断完善，如今已经发展成为具有防洪、农业灌溉、生活供水、工业供水、生态供水等综合服务功能的特大型水利工程。"

千百年来，都江堰水利工程为成都平原源源不断地提供着水源，使成都平原"水旱从人，不知饥馑，时无荒年"。截至2020年，都江堰灌区已横跨岷江、沱江、涪江三江流域，灌溉面积1130万亩，造福7市40县（市、区），受益面积2.32万平方公里，受益人口2300多万。

谈到都江堰在新时期的历史使命时，孙小铭表示："我们积极践行四川水利高质量发展"3226"工作思路，不断提高水安全保障能力，努力建设节水、安全、智慧、生态、文化、活力的都江堰，为新时代四川经济社会高质量发展注入新的活力，激发新的动力。"

"历史的接力棒传到我们这代人手中，继续守护好这一古老的水利工程，让它发挥更大的作用，是义不容辞的责任。"原四川省都江堰管理局党委书记杨斌说。

岁修：让都江堰永葆青春

都江堰渠首工程包含三大主体部分：鱼嘴分水堤、飞沙堰溢洪道、宝瓶口进水口。鱼嘴分流分沙，宝瓶口束口防洪，飞沙堰泄洪排沙，三者结合，使都江堰灌区只引进挟沙较少的清水。同时，每年岁修淘淤，保证了工程顺利运行。岁修内容包括渠首枢纽岁修、堤堰护岸和清淤工作。

对渠首枢纽工程进行岁修时，要对内江进行古法截流，而古法截流的关键在于下杩槎。定好位后，船工下锚将船在水中稳定住，下杩工用竹绳拴住平放在船上的杩槎的箭木和上杩脚，然后平稳地将杩槎翻入河中直立起来。随着杩槎入水，水面上腾起一阵浪花，江水温驯地绕着杩脚流过，在附近搅起一道道水痕，很快在不远处又恢复成平坦的水面。杩槎稳稳地站在水中，标志着第一栋杩槎投放成功。

接下来的工作，就是不断地投放杩槎，压盘、放檐梁、插签子、搪捶笆、筑土埂、下支水杩槎、打撑子，直到内江断流合龙，然后启动相关工程的维修。

原都江堰管理局工程科科长冯展说，作为一个具有2000多年历史的大型水利工程，都江堰每年在冬春枯水和农闲季节进行有计划的维修工作，俗称"岁修"。宋代以来，逐渐形成"每年一岁修，三年一小修，五年一大修，十年一特修"的制度，一直沿用至今。

岁修，让历经2000多年岁月磨砺的都江堰水利工程，仍然青春焕发。

都江堰造就天府之国

都江堰地理位置优越，工程布置合理，适应自然规律，鱼嘴分水堤、飞沙堰溢洪道、宝瓶口进水口三项工程相辅相成，联合发挥引水、限流、分洪、排石输沙的重要作用。它的创建与发展凝聚着中华民族的智慧，使成都平原成为"水旱从人，不知饥馑"的天府之国。

现在只要一说到"天府之国"这四个字，全国甚至全世界都知道是在说成都平原或者四川。从广义的角度来说，"天府之国"就是指四川。

◆都江堰水利工程渠首三大工程

事实上，在历史的长河中，最初被称为"天府之国"的并不是成都平原，并且在古代中国被称为"天府之国"的，除成都平原外，还有另外八个地方。然而，时至今日，"天府之国"成了成都平原的代名词。

天府之国，本意是指土地肥沃、物资丰富的土地。

"天府"一词，在现存可查的文献中，首见于《战国策》中："田肥美，民殷富，战车万乘，奋击百万，沃野千里，蓄积饶多，地势形便，此所以天府之，天下之雄国也。"这里的"天府"，是用来形容秦国都城咸阳所在的关中盆地。

"天府之国"的说法第一次在史籍中出现，是在《前汉记》中："夫关中左崤函，右陇蜀，沃野千里。……此所谓金城千里天府之国。"

古代关中地区山环水绕、沃野千里，秦岭山脉、渭北山系与黄河形成天然屏障，泾、渭、灞诸水从八百里秦川上流过。这样的地理环境非常适宜农业生产和人类生活，使得关中平原成为历史上第一个"天府之国"。

另一个"天府之国"是北京小平原。第一次将北京小平原划为"天府之国"的人是苏秦。《史记·苏秦列传》中记载，苏秦离开秦国后，辗转来到燕国。为鼓动燕文侯的争霸决心，苏秦对燕文侯说："燕东有朝鲜、辽东，北有林胡、楼烦，西有云中、九原，南有滹沱、易水。……南有碣石、雁门之饶，北有枣栗之利，民虽不佃作而足于枣栗矣。此所谓天府者也。"但这样的说法没得到广泛认可，一个很重要的原因是，燕赵之地在战国时一向被认为是苦寒之地。

明成祖朱棣迁都北京后，北京小平原得到大力开发，很多大臣上奏说北京小平原是当之无愧的"天府之国"。从苏秦提出到明朝被承认，北京小平原的"天府之国"之路经历了1000多年的时间。

在古代，还有江南地区、太原附近、闽中地区、沈阳一带、武威地区和台东地区，在不同时期也被称为"天府之国"。但这几个地区除了江南地区有"苏湖熟，天下足"的美誉外，其他地区的影响力都太小，不足以撑起"天府之国"的美誉。

真正称得上"天府之国"的，还是成都平原。

最早把成都平原称为"天府"的，是三国时蜀汉政权丞相诸葛亮。《三国志·诸葛亮传》中，诸葛亮说："益州险塞，沃野千里，天府之土。"

岷江是都江堰的主要水源，发源于松潘北面的弓杠岭和朗架岭，到都江堰渠首处流程长341公里。都江堰灌区地势是西北高、东南低，渠首距成都西60公里，高差224米，地表坡降3.7‰。汛期，岷江水顺势而下，水流湍急，很容易造成巨大的灾害。在都江堰水利工程修建前，成都平原逢涝一片汪洋，逢旱赤地千里。生存在这片土地上的先民，饱受涝旱的双重之苦。

成都平原的地理特征与关中平原极为相似，四面环山，易守难攻，土壤肥沃，只不过因为水文条件以及生产技术落后，在很长一段时间内默默无闻。直到被秦国占领后，成都平原才开始发展，历史也因此而改变。

成都平原能被称为"天府之国"，最应该感谢的是李冰父子。秦国攻占下巴蜀后，派李冰去治水。李冰带着儿子花费数年，在前人治水的基础上凿开玉垒山，设宝瓶口引水，灌溉广袤的成都平原。

都江堰市文联副主席王国平说，都江堰水利工程是名副其实的民生工程，既能泄洪，又能灌溉。

都江堰建成后，既除水害又利农业，不仅便利了交通，还使蜀中生态环境得到优化。此后，历代王朝更迭，关中地区战火连连，而成都平原却基本上远离了主要战场。安史之乱后，黄河流域的干旱问题日益突出，关中人口经济就此衰落，成都平原获得"天府之国"的美誉。

让成都平原独享"天府之国"的美誉，都江堰水利工程功不可没。

◆都江堰灌区田园风光

为什么要进行岁修？

都江堰水利工程曾无数次经历大汛，虽数次严重受损，但功用长存：涝时抵御洪水，旱时润泽田野。与都江堰水利工程同龄或更年轻的中国诸多水利工程，如今或湮没于历史长河，或仅存零星残垣。

都江堰水利工程为何能成为神奇般的存在？

"无论是选址、修建还是维护，处处彰显科学。"王国平虽不专水利，但这并不妨碍他对都江堰水利工程的研究与解读。

都江堰水利工程的科学性大家早有共识。"深淘滩，低作堰""分四六，平潦旱""乘势利导，因时制宜"……这些历代传承的治水理念，是前人不懈求索而得，即便在今天也极具价值。

原都江堰管理局渠首运行保护中心的办公地，在靠近外江的康复路上街。进入办公楼大厅，迎面的一块大屏风上写着"乘势利导，因时制宜"八个大字。

原都江堰管理局总工程师张开勇说："都江堰水利工程不是一成不变的，'乘势利导，因时制宜'的科学原则，体现了在变化中坚持不变的思想。都江堰水利工程的所有工程，一直处于与岷江河道的演变相协调的动态平衡中，所有改变都基于岷江水势、河流地形，都遵循无坝引水、自动调水调沙的科学思路。"

出于敬畏和感恩，从古至今，人们都对都江堰水利工程倍加呵护，岁修制度延续千年。

为什么要进行岁修？这看起来似乎不是问题，汽车运行到一定时间都要进行维护保养，何况是这么大一个水利工程？其实，岁修里包含了丰富的治水理念。

"都江堰水利工程经过不断发展，已经成为一个长藤结瓜式，引、蓄、提相结合的特大型综合水利工程，渠首枢纽为全灌区的最高点。"原都江堰管理局渠首运行保护中心河道室负责人王春说，在他所在的渠首运行保护中心，有近200名员工担负着渠首日常维护的重担。

都江堰水利工程的渠首工程包括分水鱼嘴、分水堤、内江、外江、飞沙堰、离堆、宝瓶口等，基本上就是如今游客进入都江堰风景区所见到的景观。在这些著名的景观中，鱼嘴可以说是给游客留下最深刻印象的景观之一。

曾经多次去过都江堰风景区，在鱼嘴前也曾驻足良久。在我这个外行人眼里，鱼嘴并没有什么特别之处，不过就是一道缓缓向前伸入江中的坚固堤坝，或者说是像一条尖嘴的巨型大鱼卧伏在江中而已。

这样的看法和理解当然是非常肤浅的。鱼嘴是渠首工程最核心的工程之一，它处在工程的最前端。很多人认为，都江堰水利工程的鱼嘴自从李冰治水以来就在现在的位置。事实上，鱼嘴的位置最开始不在现在的位置。

李冰最初建成的鱼嘴，在岷江支流白沙河的出口附近，也就是在现在鱼嘴位置的上游1650米处。到元朝时，鱼嘴仍距白沙河出口不远。清朝初期，鱼嘴的位置被移到玉垒山的虎头岩对面。宣统时期，鱼嘴又被移到二王庙的上方。1936年，鱼嘴重建，位置就是现在的鱼嘴所在地，此后再也没有变过。

泥沙淤积，从古至今都是修建水利工程的一道难题。但是，都江堰水利工程从建成时起，这一大难题就被近乎完美地解决了。把治水与治沙结合起来，是都江堰水利工程一直顺利运行的重要保障。

从上游奔腾而来的岷江水中挟带的泥沙，是平均粒径600毫米的推移质。对这类泥沙处理的最好方式，是借助水流的冲力，使其沿着河床滚动，排到指定的位置。

鱼嘴不仅有分水功能，还具有显著的排沙功能。在弯道环流的作用下，鱼嘴每年可自动地把岷江上游带来的沙石总量的85%左右从外江排走，最大限度地减少内江河道的淤积。进入内江的15%的泥沙流经飞沙堰时，被底流冲向飞沙堰，沉积点在飞沙堰的堰顶，可以非常顺利地被水流挟带着流入外江。内江的水量越大，飞沙堰的排沙作用越强。

进入内江又没被水流冲过飞沙堰的泥沙，占内江泥沙总量的10%～15%，这部分泥沙被带到对岸的凤栖窝淤积下来。凤栖窝是天然河岸凹坑加以人工挖凿而成的，是都江堰水利工程的沉沙池，泥沙堆积多了，会影响水流和被带入成都平原，所以每年要在枯水期进行人工清淤，这是岁修的主要内容之一。

渠首工程由于直接面对岷江水时时刻刻的冲蚀，尤其是在洪水暴发时受到的冲击更大，长年累月下来，会受到一定的损坏，需要进行加固处理，基本上每隔10年就要进行一次大修。

维修鱼嘴是一部科学探索史

鱼嘴的维修，不仅历史悠久，更可以说是一部科学维修的探索史。

鱼嘴原本主要为笼石结构，优点是制作简便，容易维护，缺点是岁修工程量大。元朝后，开始尝试用铁石治堰。元朝后期，四川肃政廉访使吉当普，想用一劳永逸的方法重建鱼嘴，在鱼嘴首部用铁8000公斤铸成其状如龟的鱼嘴，但不到 40 年就被冲没到了江底。后来，又改用传统的竹笼卵石，建设者认为其具有"体重而坚，上能泄水，不与水敌"的优点。

明朝嘉靖二十九年（1550 年），水利佥事施千祥再次倡导"以重克水"，用铁 36250 公斤铸成比铁龟更大的铁牛鱼嘴，但也只保持了 30 多年。明末清初，四川战乱，都江堰遭受兵燹，堰堤崩颓，通渠壅淤，年久失修。清朝康熙二十年（1681 年），四川巡抚杭爱派人在榛莽中找到离堆旧渠，疏通宝瓶口，都江堰的水利功能才得以恢复。

1933 年，茂县叠溪镇发生 7.5 级地震，山岩崩塌使得岷江上游形成 10 个地震湖。由于地震湖溃决，都江堰洪峰流量达 10200 立方米每秒，整个渠首工程除宝瓶口外几乎荡然无存。第二年疏导积水，修复水毁工程，第三年进行了大修。

1939 年，第一部以现代化为目标的都江堰水利规划《都江堰治本规划》完成，形成了如今的渠首工程格局。

在都江堰水利工程岁修史上，最惊心动魄的一次，是新中国成立之初的紧急岁修。

1949 年年底，成都还没有解放，本应在冬至前后开工的岁修迟迟没有动静，灌区群众心急如焚。再不进行岁修，将严重威胁成都平原的安全，情况危急。

地下党川康特委派马识途、王宇光赶往西安，向贺龙汇报说："取蜀已不难，治蜀则非易。入川后，首在安定民心，而民心所望者，莫过于岁修都江堰。"贺龙在广元召开的军事会议上指出，要先抢修都江堰水利工程。会议决定，都江堰水利工程抢修工作由王希甫负责，驻灌县（今都江堰市）的解放军进行协助，力争在 1950 年春耕前完成岁修任务，以安民心。同时，决定从军费中拨出岁修专款。

1949 年 12 月 29 日，都江堰岁修工程临时督修处成立，黄用诚担任处长。成都军事管制委员会在经费特别困难的情况下拨款 3 万银圆作为抢修经费。驻灌县的解放军 184 师 1500 多人在师长林彬、政委梁文英的指挥下，参加抢修工程。"正抢修间，匪特暴乱骤起，意在破坏岁修。我军民同心协力，一手持枪剿匪，一手操畚修堰，不逾月叛乱平定，再二月岁修告成。"

1950 年 3 月底，都江堰岁修工程按计划顺利完成。家住灌县的成都老水利知事、兴文堰的修建者官兴文（1870—1950 年），不顾年迈体弱，兴奋地跑到工地去观看，他由衷地感叹说："本届岁修这么快的速度，我活了 80 岁，还是头一回看见！"

1994 年 1 月，时任四川省人大常委会副主任的马识途，亲笔用隶书题写了《解放军抢修都江堰记》。

成都解放后，都江堰水利工程由政府接管，成立了相应的组织管理机构，都江堰水利工程从此正常运行，仍坚持"岁勤修、预防患"的传统。在财力薄弱的年代，中央和地方财政挤出资金，坚持修缮都江堰水利工程。

改革开放后，随着现代工程建设技术的运用，都江堰水利工程更加稳固。尤其是党的十八大以来，都江堰灌区共投入 50 多亿元用于续建配套与节水改造、水毁工程修复和日常岁修维护，新建、改建、扩建渠道 1647 公里，灌区工程状况明显改观，运行安全保证率明显提升。

岁修中为何要坚持古法施工？

2013 年，都江堰水利工程遭受了一场 50 年不遇的大洪水，遭到了巨大的损失，危及工程的安全和供水安全，对输、蓄水产生了较大影响，加之渠首工程从 2002 年以来已经有 11 年没有进行过断流大修，所以断流大修被提上了日程，对渠首内江工程进行彻底整治。大修从 2013 年 11 月 1 日开始到 12 月 10 日结束，历时 40 天，累计投入人工 2000 工日、机具 120 台班，投放杩槎 28 栋等。

中国当代的机械建设技术突飞猛进，为什么还要采用古法施工？原都江堰管理局渠首运行保护中心主任汪劲松说："用现代化的机械对都江堰水利工程进行岁修，当然省时省力。但在世界遗产范围内施工，加上特殊的地理位置和地质条件，用古法施工利大于弊。这不仅体现了都江堰水利人对古代治水技艺的传承，也让社会各界对都江堰岁修状况有较为客观的认识。"

如今，随着时代的发展，古法施工面临诸多困难。

首先，懂得古法的人岁数都大了，2013 年的大修，当时的船工、杩槎工甚至准备阶段的竹编工等，年龄基本上都在五六十岁，年轻一代懂得这些工艺的人很少，断层现象突出。这些老工人大都属于编外人员，分散在各地。对即将再次到来的大修，当年的老工人还能组织起多少人，能否保证每个环节都有足够的人员，尚属未知。

其次，古法大修之所以数百上千年延续下来，是因为所需的材料与设备，如竹料、圆木、杂木、弩、桥板、泥土、卵石等，能够就地取材，施工方便，节省投资。如今，这些材料和设备却难以在当地获取，需要进行市场采购。

针对古法岁修面临的困难，渠首运行保护中心也在积极采取相应的措施。在人员上，初步的想法是建立一支常备的工人队伍，由岁修所需的各个环节的人员组成，注重老、中、青结合，保证古法岁修得到有效的传承。这支队伍将是相对稳定的，保证随时都有活干，负责每年岁修的任务以及不可预料的特修任务等。

在古法传承上，有意识地将各个环节涉及的材料、设备、工艺、技法等以图片、视频、文字等多种形式记录下来。2013 年的大修，就专门做了这方面的工作，保证古法不失传。以后的大修，仍将继续如实精确记录，做到万无一失。

张开勇说：“都江堰水利工程不是一成不变的，而是一直在发展变化的。”在岁修上，都江堰也秉承着变与不变相辅相成、有机融合的科学之道。如今，都江堰水利管理已经迈入信息化时代，岁修上采取了工程创新与传统技术并用的方式，在保护和继承传统堰工技术的同时，也大量采用新技术、新工艺和新材料，如由干砌卵石演变为浆砌卵石、混凝土、钢筋混凝土，由竹笼演变为铅丝笼、钢筋网等。

从古至今，无论是官方还是民间，都把对都江堰水利工程的维护和延续当作重大事件。“治蜀先治水”是四川历代的官员都深知的道理，并以都江堰水利工程的管理为“根本之图”。有关都江堰水利工程的活动，已经成为风土民俗渗入人们的生活中。

每年岁修后，当地都要在清明前后隆重地举行放水节，拆除拦河榪槎，放水进入灌渠，又叫开水节或祀水节。据史料记载，最迟在唐宋时就已有放水节活动，官民同庆。

专家学者一致认为，都江堰独特的岁修制度对古堰永葆青春的重要性不亚于建筑工程本身。从宋朝建立岁修制度后，该项制度便一直坚持至今，并将继续延续下去。

供水：保障各方需求的艺术

在这次采访前，我和大多数参观过都江堰水利工程的人一样，认为都江堰水利工程就是鱼嘴、飞沙堰、宝瓶口等水利工程。"你说的那些，其实只是都江堰水利工程的渠首工程。"原都江堰管理局办公室主任吴修杰说。

吴修杰的话，在王国平那里得到了证实："鱼嘴、飞沙堰、宝瓶口只是都江堰水利工程的渠首工程，若论占地面积，它们只占整个都江堰水利工程的万分之一不到。"王国平说，都江堰水利工程是系统的、庞大的，"水流到哪里，哪里就是都江堰"。

一直在不断扩张的灌区

都江堰灌区的地图形状，像是一把打开的折扇。在原都江堰管理局的博览馆，对比不同时期的灌区图，可明显而直观地看到，这个扇面一直在不断地扩大。

四通八达的渠系交织在一起，密如蛛网，将岷江水输送到城市、乡村。目前，都江堰灌区共有干渠及分干渠 115 条，长 3632 公里；灌溉万亩以上的支渠 275 条，长 3441 公里；支渠以下的各级末级渠道长达 3.5 万多公里；有大型水库 3 座，中型水库 18 座，加上小型水库和其他小微型蓄水设施，总蓄水量为 20 亿立方米。这些不断延伸的水渠，推动着四川的经济社会发展迈上新台阶。在四川经济十强县中，有 9 个位于都江堰灌区，灌区的经济体量占整个四川经济总量的一半。

都江堰水利工程建成之初，仅灌溉蜀郡、广汉郡、犍为郡，农田万顷；到宋朝时扩大到 12 个县，其后历代都有增加；1949 年新中国成立前，灌区扩大到 14 个县，受益农田 282 万多亩；如今，灌区实际面积 2.32 万平方公里，惠及 7 市 40 个县（市、区）的 1130 万亩农田。

在都江堰水利工程灌溉成长史上，有两个重大节点值得一说：一是岷江水进入龙泉山脉以东的丘陵地区，二是灌区面积突破 1000 万亩。

"新中国成立后，到 20 世纪 70 年代初，都江堰灌区的灌溉面积逐年增加，但增加幅度不大。"原都江堰管理局供水科科长徐兴文说。灌区在新中国成立时都是平坝灌区，位于龙泉山脉以西。

20世纪70年代以前，龙泉山脉以东可谓十年九旱，对粮食收成影响很大。20世纪70年代中期，通过大量修建水利工程，以隧道的方式打通龙泉山脉，都江堰的岷江水源源不断地通过龙泉山脉，流向了丘陵灌区。当地老百姓说："以前，人都是灰头土脸的，洗澡都成问题。水来了以后，大家的精神面貌都有所变化。"

徐兴文说，引水到丘陵灌区后，龙泉山脉以东的老旱区连年丰收，大幅提升了粮食安全保障能力。同时，利用水利工程为灌区分洪，减轻了灌区防汛减灾压力。而都江堰灌区灌溉面积的飞跃式扩展，就从20世纪70年代开始的，10年内，从650万亩扩到了840万亩。

都江堰灌区面积突破1000万亩，是在1993年。

都江堰景区的飞沙堰和人字堤之间的纪念碑广场，有一块矗立了27年的巨型石碑，上面刻着《都江堰实灌一千万亩碑记》，碑文作者为四川省文艺评论家协会原主席、著名作家、辞赋家何开四。

"其设计之精密，营构之宏伟，实创科学治水之先例，建华夏文明之奇观，征之四海，亦无出其右者。"2021年6月，在接受《四川日报》记者采访时，何开四仍可轻松背诵出碑文的内容，对当年撰写碑文的过程也是记忆犹新。

1994年初，时任《当代文坛》主编的何开四，接到水利部和四川省政府的这个任务时，时间很紧。"我先用三四天的时间构思，动笔时一气呵成，写下了碑记"。何开四回忆说，他先用钢笔写了3页稿纸，成稿后请人打印出来交稿。"当时给相关部门看稿子，一个字都没改，原文刻成了碑文。"

1994年4月，在都江堰建堰2250周年之际，都江堰实灌1000万亩纪念碑正式揭碑。

实灌超过1000万亩，为成都平原乃至四川带来了什么？

徐兴文说，都江堰水利工程引岷江水，为成都平原的经济社会发展提供了丰富的水资源，包括生产、生活、生态用水。都江堰灌区是全川经济占比最重、人口最稠密的区域，各种用水需求仍在逐年增加。如何协调和安排这些工作，落在了徐兴文所在的供水管理科头上。"其实，我们的工作说来很平常，也很简单，就是调水。"顿了顿，徐兴文补充道："如果要说我们有什么突出贡献和先进事迹，那就是按时按量保证各种用水需求，不出纰漏。"

调水，看起来似乎是很简单的两个字，其实是一门艺术。

保障春灌用水，没有条件可讲

都江堰水利工程自李冰建成以来，最主要的一大功能，就是农业灌溉，在原都江堰管理局内部，将其简称为"春灌"。

"水稻、玉米都比去年增产 1500 多斤，粮食年收入一下就上了万元！"2018 年秋收时节，虽说忙得一身大汗，可大英县隆盛镇白寨门村村民田东平心里却乐开了花。他一家 5 口指望着 9 亩多地过日子，当地气候干旱，多年来只能靠天吃饭。最旱的一年，庄稼减产近 8 成。"没有水，只能眼睁睁看着庄稼旱死，那个心疼啊！"

2018 年 5 月，春播用水高峰期，清冽的水沿着渠道流进了白寨门村。田东平说："有了水，以后年年都是丰收年！"流进白寨门村的水，来自近 200 公里外的都江堰水利工程。过去，都江堰水利工程只灌溉成都平原，经过持续建设，都江堰水利工程灌溉范围从成都平原逐步扩大。

灌区面积不断扩大，意味着农业用水不断增加。"十三五"期间，原都江堰管理局共向灌区供水 421 亿立方米，农业灌溉面积增加 46 万亩。

从徐兴文提供的《都江堰灌区 2020 年用水管理工作总结》中，可以从中感受到春灌调水是多么的不容易。

首先来看春灌的形势和特点。整个春灌期间，除栽秧泡田前期岷江上游来水略偏少外，其余时段来水好于往年。育秧期来水量较多年同期偏多 50% 以上，栽秧泡田前期来水量比常年略偏少，到 5 月下旬后期，来水量有所增加。到 6 月 5 日，用水形势明显好转。不过，由于紫坪铺水电站参与 AGC 模式调度，水库下泄流量波动频繁、变幅大，都江堰渠首来水极其不稳定，栽秧泡田高峰期来水量不足。

春灌用水期间，灌区持续高温少雨，土壤墒情差，灌区冬干、春旱和初夏干旱较重，在栽秧泡田用水前期，灌区出现不同程度的干旱，个别丘陵灌区旱情严重，出现人畜饮水困难、秧苗脱水、田块干裂、旱地作物干死等现象。人民渠二处灌区出现 1962 年以来最严重的一次大范围干旱，形势十分严峻。据统计，在春灌用水高峰期的 4 月下旬至 5 月中旬，灌区降雨量仅 12.6 毫米，较往年同期少 65.9 毫米以上。

2020 年受新冠肺炎疫情影响，向黑龙滩灌区输水的新南干渠向家巷工程复工时间推迟，补充输、蓄水时段明显缩短，加上持续干旱影响，输水量仅能满足灌区内人畜饮水，旱情得不到适时缓解。据统计，1—5 月，向黑龙滩灌区少输水 0.29 亿立方米，黑龙滩灌区蓄水量较常年明显偏少，同比少了 0.43 亿立方米，黑龙滩和井研灌区的春灌用水矛盾尖锐。

◆ 都江堰人民渠渠首

由于积温明显高于常年，小春作物成熟期大大提前，加上机械化收割程度高，收割时间较常年提前近 10 天，腾田快，造成栽秧泡田用水起步早，灌区大面积"田等水"。农民用水户急于泡田，特别是农村的承包大户，对来水量要求高。加上耗水量增加，用水集中，用水打挤现象突出。

面对如此严峻的形势，又是如何采取措施解决的呢？

在 3 月春灌用水开始前，水利厅就组织召开 2020 年都江堰灌区用水管理工作视频会议，专门部署用水管理工作。可以说，各级领导的高度重视和健全的组织机构，是春灌用水工作顺利完成的根本保障。

原都江堰管理局在春灌开始前，就对岷江上游来水情况进行研判，结合灌区用水形势，科学编制了都江堰灌区配水计划，并分别制订了育秧和栽秧阶段水量调度预案。同时，灌区严格执行计划，并狠抓落实，不断细化各时段调度方案，抓住春灌用水工作主动权。

春灌用水期间，正是新冠肺炎疫情严重阶段。领导干部多次深入用水户，切实为用水户解决用水中遇到的困难，把供水服务放在更加重要的位置，科学统筹疫情防控和春灌用水，还及时组建分片区、分河系的春灌用水服务队，广大干部职工长期奋战在用水一线，掌握用水动态，协调用水矛盾，解决用水困难，并主动与地方政府、水务部门、用水户沟通协调，共商供、用水工作。

丘陵灌区旱情偏重，特别是人民渠二处灌区遭遇了1962年以来最严重的特大干旱，灌区内出现无水可取的局面，形势异常严峻。"德阳市罗江区干旱得连地下水都没有了，我们紧急调水过去，满足当地的生活用水，直到旱情解除。"徐兴文说，灌区及时调整调度方案，采取应急调度措施，组织水量抗旱保栽和提供生活用水。

具体来说，一是管理局会同人民渠一处采取非常规措施，组织2400万立方米水量输往人民渠二处灌区用于抗旱和提供罗江区生活用水；二是管理局会同东风渠管理处，专题会商黑龙滩和井研灌区的输水抗旱方案，针对工程现状及抗旱用水需求情况，及时调整水量调度方案，尽力组织水量输往黑龙滩水库，将干旱影响降到最低程度；三是灌区各市、县水利（水务）局高度重视旱情，全力抗旱，通过争取水源和送水等方式，有效地解决人畜饮水和春灌保栽问题。

徐兴文感慨地说："德阳市委市政府、三台县政府和中江县政府，代表灌区人民分别向我局和相关管理处赠送了感谢信和锦旗，这种事情很多年都没有过。"

在各方的努力下，最终交出了一份满意的答卷：2020年，完成灌溉面积1130万亩，完成计划的100%；截至6月5日，水稻泡田551.2万亩，栽秧542.8万亩，分别占计划的93.3%和91.9%；到6月21日，全灌区全面完成590.6万亩水稻泡栽任务，完成计划的100%。

"2020年的春灌情况，只是这么多年来都江堰灌区面临的情形的一个缩影。"徐兴文解释说，近年来，灌区的旱情频发，春灌面积逐年增加，而岷江上游来水有限，要把有限的水资源合理调度、安排好，难度和压力都很大。"但这是工作，必须无条件地想方设法去完成，去做好，没有条件可讲，没有二话可说。"

每次应急供水，都是全新的形势

在满足农业春灌用水的同时，都江堰水利工程还要为2300多万人提供生活用水，为工业提供生产用水，为城市提供生态用水，还要承担应急减灾功能。"尤其是应急供水，虽然每年都有预案，但灾害很多时候是突发性的。"徐兴文说。

2008年"5·12"汶川特大地震导致的应急供水事件，在都江堰水利工程的应急供水史上具有独特的意义。

地震发生后，都江堰成为受灾最为严重的灌区，每一处损伤都让人触目惊心：渠首工程损毁严重，鱼嘴被撕裂，外江闸启闭平台轴线向下游方向平移10多厘米，所有大梁的梁端被挤压破坏，灌区第一闸外江闸在地震中全面瘫痪。

整个都江堰灌区，被震损的渠系建筑物及其他水利设施1186处。人民渠干渠大填方段垮塌，总长度近10公里；红岩分干渠垮堤无法通水长度约7公里；人民渠5、6、7期干渠进口枢纽变形、裂缝；鲁班水库大坝多处裂缝；外江河上的取水枢纽、黑石河上的枢纽不同程度受损；东风渠罗家桥电站拦河闸消力坎损毁40多米；黑龙滩5座渡槽不同程度损坏；龙泉山灌区8座渡槽槽身拉裂；通济堰临江堰大坝裂缝200米，各闸房及管理房受损6500平方米……地震导致原都江堰管理局直接经济损失达2.6亿元，整个都江堰灌区直接经济损失更是达7.98亿元。

一个更为严峻的问题摆在了面前：都江堰渠首六大干渠几乎全干，尤其是走马河流量过小，已不能满足成都城区的基本生活用水和工业用水需求。来不及悲伤，必须马上采取措施，成都城区1000多万人口的生活用水不能停！一场关乎责任与生命的水利应急抢修战役，在都江堰的废墟上迅疾打响。

原都江堰管理局紧急成立的抗震救灾指挥部果断下令，将其余5条干渠全部关闭，将所有水流集中到走马河，确保向成都城区的供水没有出现一秒钟的断流，极大地维护了成都市的稳定。

在此需要补充的是，作为"5·12"汶川特大地震的见证人，在我的印象中，地震后，由于大量水管失压造成短暂的断水和水量减小外，成都市的自来水基本上没有停过。当时有谣言说都江堰被震毁了，无法供水，许多人冲进超市和小卖部大量购买瓶装水，我也冲动地参与其中。后来的事实证明，我和很多人都错了。

在指挥部的有力调度和指挥下，地震第二天上午抢通了第一部电话，及时恢复了全灌区范围内的水情调度，确保了下游灌区的用水安全。5月17日，渠首六大干渠恢复通水，鱼嘴等工程完成应急抢险加固。5月22日，人民渠四期干渠、人民渠红岩分干渠工程抢险完成，完全恢复供水。

◆都江堰外江三合堰引水枢纽

在徐兴文看来，"5·12"汶川特大地震这样的情况，在应急供水上只是极为罕见的特例，他面对的更多是每年都会有几次的洪涝灾害应急供水，尤其是岷江上游和白沙河不时出现的山洪泥石流，造成都江堰渠首上游出现高浊度来水，严重影响成都市生活用水的水质安全。

鱼嘴上游 1650 米是岷江支流白沙河的出口，白沙河是岷江上游左岸的一级支流，因其下游河沙泛白而得名。白沙河水资源丰富，水较为清澈，是成都市的重要水源之一。但是，白沙河属于山地河流。"每次暴雨后，白沙河都会出现高浊度水，是不能进入成都城区供水系统的。我们与紫坪铺公司、成都市水务局和东风渠管理处形成了良好的工作协调和水量应急调度机制，多方配合，协同作战，把柏条河的进口闸门关闭，通过磨儿潭应急供水工程的暗渠，把清水输入柏条河。这样行之有效的调度措施，每次都成功应对了高浊度来水的影响，保障了成都中心城区的生活用水安全。"徐兴文说。

　　"但是，"徐兴文不无担忧地话锋一转，"磨儿潭应急供水工程平时蓄水量非常有限，遇到白沙河因洪水出现高浊度水的情况，磨儿潭应急供水工程的供水量最多只能支撑 6 个小时。"

　　在徐兴文的记忆中，近年来，汛期的白沙河暴雨洪涝灾害严重威胁到供水安全的次数很多，也很频繁。

　　2013 年入汛以来，白沙河上游暴雨引发多次山洪泥石流，高浊度来水严重威胁着灌区的供水安全。特别是 7 月 8 日到 7 月 10 日，灌区普降历史罕见的暴雨，内涝十分严重，灌区河（渠）远超警戒水位运行，工程受到严峻考验，渠首及灌区工程大量损毁。岷江上游也普降暴雨，白沙河多次出现流量为 800～1300 立方米每秒的山洪，引发泥石流，来水浊度高达 30000～50000NTU，最大达到 97524NTU，远远超出自来水厂的处理能力，灌区供水受到严峻考验。原都江堰管理局及时启动与成都市水务局的联动机制，启动在建的磨儿潭应急供水工程，实施精细化调度，根据不断变化的来水浊度，随时调整供水方案，为柏条河作为成都市生活用水专供渠道创造条件，合理处理好了渠首防洪和成都市生活供水安全之间的矛盾，确保了向成都市的供水安全。

　　2014 年 5 月 31 日，白沙河出现高浊度来水，原都江堰管理局立即启动成都市应急供水，从应急水源供水，流量达到 30 立方米每秒，根据白沙河浊度高低，调节应急供水进口闸和柏条河节制闸，保证成都市城市生活用水。7 月 10 日，白沙河来水猛涨，最大流量达到 620 立方米每秒，发生山洪泥石流，来水浊度最大达到 38000NTU。原都江堰管理局迅速反应，及时启动磨儿潭应急供水工程，利用提前储备的蓄水量，通过应急供水暗渠工程，由柏条河向成都市提供生活供水，避免了白沙河高浊度的污水对成都生活用水水质的影响。

2016年7月26日，白沙河来水浊度达到13829NTU，影响到成都市生活用水安全。原都江堰管理局迅速反应，第一时间加大工业供水暗渠的流量，从20立方米每秒加大到40立方米每秒，充分发挥磨儿潭应急供水工程的作用，实现了应急供水。

2017年汛期，岷江上游未出现大洪水，但白沙河仍先后出现了4次高浊度来水。8月23日，白沙河发生山洪泥石流，最大浊度达到74880NTU。在高浊度来水时，原都江堰管理局迅速反应，优化渠首水量调度方案，先后多次启动磨儿潭应急供水工程实施应急供水，充分利用工业供水暗渠工程，适时关闭柏条河闸门，确保成都市生活供水水量和水质安全。

2018年汛期降雨历时长，白沙河来水浊度高，渠首10万NTU以上高浊度来水2次、1万NTU以上近60次。原都江堰管理局在7月10日启动了IV级防汛应急响应，加强渠首的洪水调度，根据实时的雨情和灾情，实行洪水的动态调度。6月25日至7月11日，灌区长时间持续普降暴雨，降雨总量为历史同期之最，紫坪铺水库入库洪量也为历史最大，鱼嘴处最大流量达到2735立方米每秒。渠首防汛和支持灌区内防汛减灾及保障成都市生活用水安全，给渠首洪水调度带来前所未有的压力。特别是6月26日，白沙河上游普降暴雨，凌晨4时许，最大流量达到934立方米每秒，浊度最高达15.8万NTU，仰天窝浊度也达7万多NTU，均为历史最大值。这天，上万NTU以上的来水有8次，其中两次在10万NTU以上。7月2日，原都江堰管理局果断调整走马河流量，极大地支持了成都市防汛减灾。同时，高度重视向成都市生活供水的安全，通过防汛调度和及时启用磨儿潭应急供水工程，成功应对白沙河多次高浊度来水。据统计，2018年汛期，高浊度来水使磨儿潭应急供水工程和相关闸群枢纽启动频繁，磨儿潭应急供水工程启闭近200次，其中暗渠启闭40多次，应急供水10多次。

2019年，岷江上游"8·20"强降雨引发山洪泥石流，大量泥沙、垃圾和上游的废弃物进入紫坪铺水库库区，导致紫坪铺水库冲沙时的下泄流量浊度最高达到7.4万NTU。白沙河上游降雨，使得虹口的水浊度也一度高达5.4万NTU，渠首遭遇长时间高浊度来水和洪水灾害影响。原都江堰管理局会同成都市水务局、东风渠管理处和紫坪铺公司研究应对方案，紫坪铺水库采取冲沙放空洞实行开启 6 小时关闭 5 小时的间歇式冲沙泄洪方案，磨儿潭应急供水工程采取与紫坪铺水库间歇性蓄水关闸方案，充分利用磨儿潭应急供水工程水量，保障了成都市中心城区生活用水安全。

2020 年汛期汛情明显偏重，仅 8 月就经历了"8·11""8·16""8·31"等多次强降雨、长历时洪水以及区间径流、高浊度来水过程。原都江堰管理局利用间隙开闭紫坪铺水库冲沙闸和磨儿潭应急供水工程进水闸的调度新模式，确保紫坪铺水库冲沙泄洪和向成都市中心城区生活供水有序开展。

"极端的天气导致应急供水情况多发，可以说，每次应急供水，都是全新的形势，要求我们沉着应对，灵活处理。"徐兴文说。

想方设法，保证环保补水

除应对白沙河在汛期中出现的高浊度污水外，还要应对灌区可能出现的水污染事件和日常对流经成都市区的锦江进行环保补水，对此，原都江堰管理局都会提前做好应急调度预案，建立紫坪铺水库、磨儿潭应急供水工程之间的联动运行机制，与成都市水务局、成都市自来水公司建立处理水污染事件的操作流程，为出现水污染事件和环保补水及时实施应急供水提供可靠保障。

2004 年 2～4 月，沱江上游有企业违规排放大量高浓度氨氮废水，致使沱江下游多地遭受特大水污染。按四川省委和省政府的要求，都江堰水利工程紧急调水，稀释污染物，为沿线居民提供安全的生活用水。

2015 年 2 月 1 日，由于污水排入石堤堰府河段，导致锦江水质受到污染，城市生活用水受到影响。为此，原都江堰管理局及时启动磨儿潭应急供水工程蓄水，加大柏条河流量，在当时紫坪铺下泄流量仅为 160 立方米每秒的情况下，把柏条河流量加大至 48 立方米每秒。同时，与紫坪铺水调中心衔接，请求增大水库下泄流量，精心调度，尽最大努力对污染水体进行稀释，最大程度降低污水对成都市生活用水的影响。

2016 年 9 月 29 日，人民渠干渠水体出现异味，什邡市和德阳市生活用水水质受到影响。原都江堰管理局及时加大蒲阳河流量，从 80 多立方米每秒增加到 110 立方米每秒，对污染水体进行稀释。第二天早上，什邡市和德阳市的生活用水基本恢复正常。

2020 年 4 月至 6 月，春灌用水期间，在保障生活用水、抗旱和春灌用水的前提下，原都江堰管理局优化调度方案，实施精细化管理，关键时段采取常态调度和应急调度相结合的方式，为黄龙溪断面增水补水效果明显，达到良好的水生态效果。此外，按水利厅岷江流域和沱江流域水资源调度方案以及沱江流域生态应急调水方案要求，通过人民渠和东风渠等灌区跨流域向沱江流域实施生态补水。据统计，全年通过青白江和毗河及灌区渠系共向沱江流域补水 44.01 亿立方米，与 2019 年相比同比增加了 6.8 亿立方米，有力地保障了都江堰渠首和灌区内以及沱江流域的生态流量，使得灌区和沱江流域水生态环境得到极大改善。

"枯水时期，如果有人发现成都城区的锦江涨水了，不用猜，那就是我们在为环保提供生态应急补水了。"徐兴文笑着说。

监管：保护与破坏的较量

2021 年 5 月，原都江堰管理局受到全省通报表扬。表扬是四川省扫黑除恶专项斗争领导小组发出的，原因是都江堰管理局在扫黑除恶专项斗争工作取得了骄人的成绩。

"开展扫黑除恶专项斗争，是贯彻落实党中央、国务院、省委省政府和水利厅党组的决策部署，是建立法治都江堰灌区的必然要求。在扫黑除恶专项斗争中，都江堰管理局一直走在各大型灌区前列。"原都江堰管理局水政科科长周军嗓门大，说起话来充满激情。

都江堰灌区成立了都江堰灌区和原都江堰管理局扫黑除恶专项斗争领导小组，由各单位主要领导人任组长，分管领导任副组长，召集灌区主要负责人讨论并印发《四川省都江堰灌区深入开展涉水领域扫黑除恶专项斗争工作方案》，抽调骨干成立扫黑除恶办公室，明确分工，统筹推进整个都江堰灌区的扫黑除恶专项斗争工作。水利厅副厅长王华先后两次参加灌区扫黑除恶专项斗争推进会，对灌区的工作给予了充分肯定。

2019 年 8 月，原都江堰管理局党政班子在都江堰灌区召开扫黑除恶专项斗争工作会议，对扫黑除恶专项斗争工作进行了统筹部署。会后，灌区各管理处开展了为期 40 天的扫黑除恶攻坚战，精心组织开展扫黑除恶专项整治行动和法治宣传活动。

2020年6月，都江堰灌区和成都市共同召开扫黑除恶推进会。会上，渠首保护中心、人民渠一处、温江区和成都市水务局进行交流发言。结合灌区实际情况，原都江堰管理局于7月1日至7月30日在灌区开展为期30天的线索清仓、行业清源和销号案件复查复检专项工作。灌区水政工作人员加强水政巡察，严厉打击各类水事违法行为。截至2020年年底，掌握的40条线索全部实现清零销号。

说起水利监管方面的事情，长期战斗在一线的周军说："主要成效体现在两个方面：一是充分发挥河长制平台和抓手，灌区各水管理单位与相关市、县（区）建立了联防联控机制，形成了上下游、左右岸齐抓共管的格局；二是加强水政执法，严厉打击违法行为。扫黑除恶专项斗争圆满收官，40件扫黑除恶线索都已清零销号。'十三五'期间，现场制止和纠正违法行为644起，立案查处各类涉水违法行为18件，行政处罚近30万元。"

扫黑除恶，重点是打击沙石盗采

"都江堰渠首工程扫黑除恶工作的重点，主要是打击沙石盗采。"王春说。2017年，渠首中心结合都江堰市开展的打击沙石盗采"利剑行动"，采取了一系列措施打击沙石盗采现象：一是加强河道及水政巡察力度，及时发现盗采痕迹，拆除下河马道；二是在外江设立监控摄像头，增加取证手段；三是与都江堰市公安局和地方政府加强联系，在主要通道设立限行装置和拦阻墩，控制车辆进出。这些措施有效地控制了沙石盗采，2017年以来，立案6起，结案5起。

在整治沙石盗采中，黄家河心沙石盗采问题最为典型。

黄家河心，位于飞沙堰南端的外江金马河中，鲤鱼沱大桥北方。2021年7月3日下午，我站在飞沙堰的堤岸上看到，这一片河心视野开阔，河床中心水流湍急，两边露出部分沙石。"因为上游没有涨水，现在河水不大，这些沙石，就是盗采者青睐的'猎物'。"王春指着那些沙石说。

"在他们眼里，那些沙石不是沙石，是一张张的钞票。"55岁的水政监管人员李浩是退伍兵出身，从2002年开始就一直战斗在水政执法第一线，对盗采沙石者有着爱憎分明的态度。

周军介绍说，黄家河心河段盗采沙石现象由来已久，违法人员利用夜间无人值守的空当，利用装载机和大型运输车辆，下河盗采沙石。长期以来，因为违法时间不固定，夜间取证较难，对沙石盗采的打击效果不是十分明显。

由于飞沙堰对岸的黄家河心片区融创旅游城的建设进入新高潮，黄家河心片区的地形及交通状况发生了较大变化。原来设立了限行设施的道路被废除，建成了新的道路，无法对盗采沙石人员的进出和运输路线进行有效管控，沙石盗采现象更为严重。

在原都江堰管理局对扫黑除恶工作的统一部署下，在开展详细调研的基础上，及时会同都江堰市政府就都江堰渠首扫黑除恶工作中的重点、难点和热点问题做出安排，由都江堰市政府办召集市水务局、玉堂街道派出所和兴市集团公司，会同原都江堰管理局相关部门形成《关于研究解决黄家河心沙石盗采问题会议纪要》，以及原都江堰管理局、市水务局、市公安局和渠首中心形成《关于完善都江堰渠首工程范围"扫黑除恶"专项斗争联动工作机制工作纪要》。2020年2月，整治黄家河心沙石盗采问题进入刑事立案侦办，初步认定涉案团伙1个，涉案犯罪嫌疑人10多人，极大地打击和遏制了犯罪人员的嚣张气焰。

在黄家河心沙石盗采中，最为典型的是叶某和杨某盗采沙石案。

2018年2月20日凌晨2点左右，飞沙堰工业闸后鲤鱼沱前沿护岸被笼罩在黑色的夜幕中。一辆装载机和一辆四桥大货车开进黄家河心，大肆盗采沙石。大货车司机叶某在装满25立方米的沙石后，驾车驶离现场，被都江堰市金马河枯水期沙石盗采专项整治工作领导小组办公室的执法人员挡获。装载机司机杨某逃逸，不知去向。由于此案发生在都江堰水利工程渠首管护范围内，被移交给渠首中心水利综合监察大队（今水政科前身）处理。

李浩说，叶某在询问中交代，是一个姓张的师傅让他去拉运沙石。然而，被挡获后，叶某说的张师傅再也无法联系上，也不能提供更多详细的信息。所以，只能将盗采沙石的实际运输者叶某认定为责任主体。

案发后，逃逸的杨某杳无音信，无法联系上，他也没有主动到水利综合监察大队接受调查。因水政执法人员不具备公安部门的权限，不能对逃逸的当事人进行追踪和调查，只能等待杨某自行上门接受调查。

"我们并没有因此将此案结案或撤案，只是暂时搁置，通过协调车辆管理部门和车主，多方了解杨某的行踪。"李浩说。一年多以后，终于等来了结果。2019年6月11日，装载机车主王某和杨某一起来到水利综合监察大队接受调查。

对自己的逃逸行为，杨某称，当时他把大货车的沙石装载满后，去上厕所，回来看到大货车被挡获，就撇下装载机跑了，去了外地上班。后来，因脚受伤回家养伤，有人告诉他这件事，他就主动来接受处理了。

"很明显，杨某的说法漏洞很多，无法撇清他盗采沙石的事实。"李浩说。这个一案分两案处理的典型案例，没有更有力的证据证明他们有更多、更大量的盗采行为，所以按相关规定，只能对叶某和杨某分别做出处罚1万元的决定。

周军有些无奈地说："这样的处罚力度，对违法当事人来说，如同隔靴搔痒，起不到严厉打击的效果。"

安装摄像头，创新巡察方式

由于渠首工程外江段一线盗采沙石的点位较多，仅靠水政执法人员人力巡察是远远不够的。而且，执法人员的巡察一般是在晚上，存在着人身安全隐患。李浩说，他就多次遇到盗采者暴力抗法的情况。

在李浩的记忆中，印象最为深刻的一次，是在2018年夏天一个凌晨两点多的执法现场。当时，都江堰市水务局的五六个执法人员在木观音（当地地名）发现一辆双桥大货车载满沙石，立即与原都江堰管理局水利综合监察支队联系，周军和李浩等人一边向当地派出所报案，一边立即赶往现场与都江堰市水务局的执法人员拦截住大货车，派出所3名警察也随即赶到。

认定为盗采沙石后，派出所勒令大货车司机将车开往派出所接受进一步调查。李浩等人驾车在前面开道，警车在大货车后面压阵。经过一条岔道时，大货车司机把方向盘一打，逃进岔道，加快速度准备逃逸。警车立即跟上并超车拦住大货车，然而大货车司机并没有下车。警察站在大货车前，拔出手枪，鸣枪示警，勒令司机下车。"当时的情况非常危急，如果大货车司机强行冲关，后果不堪设想。"李浩说。幸亏警察的高压态势镇住了大货车司机，这事才没有朝恶性的方向发展。

2019 年，原都江堰管理局在外江 6 个盗采沙石高发地段陆续安装了监控摄像头，黄家河心河段就是其中之一。在渠首科监控室里，监控人员将大屏幕打开，点开任意一处监控摄像头，就能清晰地看到当地的实时情况。

与李浩同为退伍兵出身的周杨建，在 2017 年成为水政执法人员，他的工作之一，就是监看摄像头，发现异常情况就立即上报，甚至出现场。

为了更为有效地打击渠首管护范围内的沙石盗采行为，渠首中心与都江堰市公安森林警察大队衔接，从 2021 年 1 月 1 日起，委托都江堰阳光社会工作服务中心协助开展渠首治理沙石盗采夜间专项巡察工作，并成立了治理沙石盗采夜间专项巡察领导小组，建立健全巡察制度，落实各项措施。

王春介绍说，巡察领导小组每天派遣一名带班领导、一名水政巡察人员负责夜间巡察工作，阳光社会工作服务中心派遣人员进行协助，配备巡察车辆、专业工装和夜视仪、录像采集器（执法仪）、车载探照灯、个人单兵装备和通信器材。

带班领导和巡察人员 24 小时保持通信畅通，阳光社会工作服务中心安排 12 名巡察人员，两班倒，每天晚上 10 点到第二天早上 8 点，对都江堰渠首关口到青城桥岷江干流，特别是百丈堤、盐井滩河段及黄家河心河段两岸进行重点巡察。渠首中心采用电话抽查、视频监控、定位检查、协助巡察、查阅巡察日志等方式，对夜间巡察工作进行监督，随时掌握、了解夜间巡察工作的执行情况。

"在巡察初期，有疑似盗采沙石的社会车辆对巡察人员进行跟踪摸探，企图掌握巡察人员和巡察线路情况。不过，持续一段时间后，在巡察人员专业车辆、专业设备及高压态势下，对方最终放弃了跟踪。"周军说。从夜间专项巡察工作开始至今，没出现过一起沙石盗采的情况，这一举措有效地阻止和打击了沙石盗采现象，效果显著。

水政监管工作，除了整治沙石盗采，还有查处涉水违建、整治乱占乱种、追偿涉水生态环境损害案件、健全灌区水利保护监管体系等。

"我们的所有工作，都是为了保证渠首工程安全运行，保护这一方水土的平安。"在采访中，这是我听得最多的一句话。

黑龙滩水库纪事

文 / 张子牛　张莉莎

　　自古以来，水利便是关乎民生之大事。功在当代，利在千秋。仁寿的黑龙滩水库便是如此。作为成都人，自然是对它有所了解的，但也只局限于书本和网络上的文字记载，一直未曾有机会一睹全貌，实在是一大憾事。好在今年夏天受朋友之邀，终于与黑龙滩来了一次短暂而亲密的接触，对我们年轻人而言，第一次看到如此雄伟的工程还是相当震撼！当我们走在55米高，由纯条石垒砌而成的大坝上的时候，眼前仿佛出现了当年数千人搬运石头的繁忙景象。

　　通过这次对黑龙滩深入细致的了解，特别是走到现场，参观黑龙滩陈列馆，翻阅史料，读到《战地快报》，我们对修建黑龙滩水库的先辈们更加敬佩。时光匆匆，跨越了半个世纪，回首再看，恍如隔世。

　　打开这段尘封的历史，走过先辈们曾经走过的路，让他们的故事带领我们去看、去感受那段沉重的旧时光，以先辈的视角，去了解那一代人的心路历程。

一

缺水，千年古县之痛

　　仁寿仁寿，仁者永寿。地势起伏，层峦叠嶂，高低悬殊较大，让仁寿境内热量条件差，小气候变化频繁，具有冬干春旱、夏洪秋涝、间有伏暑的特点。仁寿境内河流稀少，仅有的河流还是小河，水低田高，很难将河水用来灌溉田地。因此，仁寿水资源奇缺，是四川重点干旱县，仁寿百姓苦旱灾久矣。

早在唐乾封二年（公元 667 年），陵州（今仁寿）大旱，百姓断粮；宋绍熙二年（公元 1191 年），陵州连续三年大旱，饿殍满地，民不聊生；明嘉靖二十三年（公元 1544 年）七月至次年六月大旱；清顺治六年（公元 1649 年），大饥凶荒，赤地千里，灾民逃亡殆尽；乾隆四十三年（公元 1778 年），大旱，百姓为了活命，只能将子女卖给别人，实乃百年罕见之事；嘉庆十年（公元 1805 年），夏旱，土地干裂，庄稼枯败，灾民只能到周边地方去找水；民国二十四至二十七年，春夏干旱，禾苗枯萎，农民四处寻水，饥民涌进县城"吃大户"；1937 年，千余人涌进县府，逼迫县长到城隍庙设坛求雨……据《黑龙滩水库志》记载，新中国成立前 40 年，仁寿春旱 23 年，占 57.5%，夏旱 24 年，占 60%。据《仁寿县志》记载，嘉靖元年（公元 1522 年）到 1984 年的 462 年间，大旱灾平均每八年一次，大水灾平均十一年一次；民国时期，大旱和局部大旱甚至高达三年两次，水灾两年一次。如此频繁的水旱灾害，导致仁寿人民苦不堪言，民众中流传着"十年有九旱，用水贵如油"的感叹。

找水，多方探求之行

为了摆脱这种困境，自唐代起，仁寿便修塘筑堰蓄水，简车提水，用以抵抗干旱。清朝，水利事业有所发展；民国时期，水利事业发展较快。据统计，截至 1949 年，仁寿县有山坪塘 7822 口、石河堰 54 座。可即便如此，整个仁寿县的蓄水量还是不够维持全县人的日常生活和农田灌溉，这些水资源只能用来灌溉田地 5.1 万亩。

新中国成立后，这种情况开始有了改善。党和政府非常重视水利建设，不仅建立了水利专管机构，制定了兴修水利的方针和政策，培训水利骨干，而且还投资费用大搞水利工程，水利建设在一段时间内进入了飞速发展阶段。

1951 年至 1952 年，借着土地改革的春风，党留出公田，用来鼓励农民兴修水利。在此期间，全县共修建了山坪塘 3520 口，但由于当时技术落后，山坪塘质量不好，垮塌严重，对发展生产的作用不大。

1954 年至 1957 年，在中央"以蓄为主、小型为主、群众自办为主"的水利方针指导下，仁寿县人民认真执行"谁受益、谁负担"的政策，大力修建山湾塘，县、区、乡层层示范，培训干部和技术人员。仅四年时间，全县就修建山湾塘 2224 口。这是仁寿水利建设史上的一个巨大发展。这批山湾塘数量多、质量好，对抵御自然灾害和发展农业生产都起到了很好的作用。之后，在省的指导下，仁寿县开始修建小水库，到 1957 年全县共修建小水库 13 座。水库的出现将仁寿的水利建设推到了一个新的阶段，整个水利工程由孤立分散的小型水利工程变成了一个乡或几个乡成片治理的水利工程，充分显示了水库蓄水多、占地少、能抵御较大自然灾害的优越性。

1958 年，全县开始修建人民、双马、红岩三座中型水库。不过由于三年困难时期，人力、物力、财力和技术力量不足，三座水库都于 1960 年前下马，仁寿县的水利工程建设开始陷入困局。

1960 年至 1963 年，国民经济开始调整，为了恢复生产，冬水田蓄水被恢复，水稻栽插面积由 1960 年的 46.1 万亩增加到 1964 年的 62.69 万亩，水利建设也因此重启。

1964 年至 1966 年，为贯彻四川省委"以机电灌溉为主"的水利方针，全县开始修建石河堰为机电提灌储备水源。三年时间，共修建石河堰 403 座，安装水输泵 102 台，实行灌溉加工综合利用。但由于出现了水低田高、配套不齐和河床淤积等问题，导致部分机器报废，故而机电提灌无法从根本上解决仁寿的水利问题。

经过漫长而又艰辛的研究和探索，人们终于明白，要从根本上解决仁寿水利问题，就只有从仁寿水资源缺乏的实际入手，走大、中、小、蓄、引、提相结合的道路。因此，在党和政府的关怀下，仁寿在 1966 年初恢复了东风渠四期工程建设，经过五年的艰苦奋斗，终于在 1970 年竣工。

东风渠四期工程的竣工让都江堰的水流入仁寿县，启发了当地干部和群众，为兴修黑龙滩水库创造了机会。仁寿人民对 1961 年后连续三年的大旱仍然记忆犹新，所以他们急切地想要兴修水利抵抗干旱，他们需要粮食来解决温饱问题。1969 年 12 月，仁寿县召开了各区负责人、农民代表和水利干部参加的会议，讨论规划水库方案。地、县领导亲自到现场考察勘测，经过对多种方案的反复对比，大家认识到修建黑龙滩水库方案是解决仁寿水利问题最合理的方案，并将这个方案报送到了省革委，最后黑龙滩水库工程被列为重点基本设施项目。

兴水，修建水库是治本之策

1970年春，在仁寿县革命委员会（简称"县革委"）会议室内，县武装部部长、革委会主任崔二奎，县委副书记杨汝岱等在一起召开会议，商议修建大型水库，即黑龙滩水库事宜。会议议定：现在正是修水库的时候！仁寿的干旱、水涝问题严重，解决这个问题不能再等了。

当时的仁寿确实还很穷，财力、物力薄弱，但是有的是人力，只要有人就能干成事。

有领导说：我们再艰苦，比起当年河南林县修建红旗渠还是好多了。林县在那样艰苦的环境下，经过漫长的9年建设，建成了震撼世界的红旗渠，我们仁寿建一个大型水库，难道还建不成？林县人民"使高山低头、河水让路，引来漳河水"，改变了林县世世代代缺水的面貌，提出"重新安排林县河山"，完成了艰苦卓绝的红旗渠工程。我们仁寿也要有"重新安排仁寿河山"的气概，修建造福子孙后代的黑龙滩水库。

◆黑龙滩库区美景

黑龙滩水库是仁寿历史上最大的一项水利工程，涉及面广，工程量大。在当时的特殊时期，能够顺利开工，是地区、县领导正确决策和果断拍板的结果。为了全县人民的当前利益和长远利益，这些领导敢于作为、敢于担当的品质令人敬仰。工程顺利开工，更与省领导的远见卓识不可分割。时任四川省革委会主任、原成都军区政委的张国华对仁寿县上报的黑龙滩水库工程非常关心。

如此浩大的工程，需要大量人力、物力和财力支撑，而当时的历史条件下，能够做出同意开工修建的决定非常不容易。张国华不但同意仁寿黑龙滩工程开工建设，而且还做出了"一年建成，两年扫尾，明年蓄水，后年受益"的具体指示。

时任省水利厅干部、后任省水利厅副厅长的谢成荣回忆说："要是没有张国华的魄力，没有省革委会的英勇决策，黑龙滩水库工程1970年就不可能开工。说此决策'英勇'，是有着不同寻常意义的。实际上在1970年，四川省同时开工四大水利工程，黑龙滩水库只是其中之一，综合起来，只能排第三位。当时的政治环境和政府的财力状况，要同时开工省级四大工程，困难重重。所以说，省革委会做出同意黑龙滩开工的决策，是英勇的。"

无论是省还是县，搞水利工程都面临着"四无现象"，即：无钱、无物、无设备、无技术。工程要完成，根本出路就是发动群众。黑龙滩水库工程要完成，最终还是要依靠仁寿人民。

一

1970年7月1日，既是我们党的生日，也是黑龙滩水库建设史上值得记住的日子。这一天，黑龙滩水库工程正式开工，还一度被称为"7071工程"。

黑龙滩库区所在地，是一片丛林，重峦叠嶂，沟壑纵横。

来自彰加、富加、文宫、方加、钟祥和北斗六个区（区公所的简称，是当时县政府的派出机构，管辖乡村）的2000名水利战士，胸前佩戴大红花，高举红旗，敲锣打鼓，齐声高唱革命歌曲，雄赳赳气昂昂地奔赴建设工地。工地有两个，一个是高店到大坝的工程公路工地，一个是东方红输水隧洞进出口工程公路工地。

大坝和东方红输水隧洞进出口工程同时开工。工程所在地树木繁茂，遮天蔽日，人烟稀少，简言之，就是蛮荒一片。要在这些地方修建公路，难度相当大。

昨天还是农民，今天已是水利战士，一个个雄心勃勃，大有逢山开路、遇水架桥的气势。有困难，那就迎着困难上。为加快工程进度，早日修通公路，各区、乡又增派了部分水利战士到工地，最后共聚集了 5000 余名水利战士。

僻静的山野因水利战士的到来，一下就热闹起来了，到处是正在搭建的工棚，到处是迎风飘扬的红旗，到处是喧嚣沸腾的人声，到处是来来往往、不停干活的水利战士们的身影。在不足 4 公里的战线上，布满了生龙活虎的水利战士，他们一开始就把争任务、抢重担，讲团结、互支援，搞竞赛、比贡献作为自己在工地上劳动的态度，不需要谁安排，不需要谁督促，都是发自内心的要为黑龙滩水库建设奉献自己的全部力量。积极的竞技状态，也是一股巨大的力量！

每个人琢磨的是怎样才能多干活、多做贡献，而且还不愿意被别人知道，要"偷偷摸摸"，悄无声息地多干活，多助人。这一作风延续到黑龙滩水库工程的全部完成。

黑龙滩水库工程是一个系统工程，整个工程由大坝、输水隧洞、灌区渠系工程三大部分构成。灌区渠系工程从上到下依次为干渠、支渠、斗渠、农渠和毛渠。灌区总计有渠道 1322 条，总长 3693.09 公里，主要建筑物有：渡槽 645 座，总长 52.363 公里；隧洞 807 座，总长 170.392 公里；倒虹管 127 座，总长 14.703 公里。黑龙滩水库大坝修建蓄水后，要把蓄起来的水有效输送到灌区，全靠这些四通八达的渠道系统。

黑龙滩水库的工程量相当大。据不完全统计，截至 1985 年，水库及灌区一共完成的工程量有：土石方 4172.2 万立方米，安砌石方 315.4 万立方米，砼 3.58 万立方米，大坝基础帷幕和固结灌浆 4.04 万立方米。工程总投资 20266.38 万元，其中国家补助 10153.47 万元，群众投劳折合为投资 10112.91 万元。

按照开工时仁寿总人口 1112734 人（含籍田镇，现属成都双流区）和 1985 年基本竣工时总人口 1395815 人（籍田镇除外）的平均数 125.4 万人算，全县人均开（挖）运土石方 33 立方米。安砌的条石按 0.4 米 ×0.4 米 ×1.2 米的规格计算，全县人均贡献条石 13 块。

随着第一批水利大军开赴水库工地，全县各区、乡的动员大会也在紧锣密鼓地进行。县委、县革委领导们非常清楚，要完成黑龙滩水库工程，必须发动全县人民参与，举全县之力。没有全县人民群众的倾力支持，是不可能完成这个伟大工程的。

工程要修建，仁寿作为以粮棉为主的农业大县，全县的农业生产也不能有半点耽误。农业生产、工程建设同时进行，一个都不能落下。这就需要县委、县革委统筹安排，既要兵分两路，又要集中突击。农忙时兵分两路，一路搞农业生产，一路搞工程建设；农闲时，集中突击工程建设。

1970 年 5 月 28、29 日，县革委核心领导小组副组长杨汝岱主持召开东风渠续建工程黑龙滩水库仁寿指挥部第一次会议，会议内容经过讨论、反复修改，于 6 月 23 日形成会议纪要，在第一批水利大军正式开赴工地后不久，也就是 7 月 22 日正式下发各政府部门和公社。下发通知要求各区、乡组织干部群众认真学习，并为黑龙滩水库工程下一步工作开展做好人力、物力、财力准备，目的就是要发动全县为修建黑龙滩水库工程出钱、出力、出物。

先期到达的水利战士，各营连按照水库指挥部事先分配的地段，找好适合暂时居住的山地，用镰刀、斧头砍树木杂草，修简易工棚。山岭间，总是人来人往，战士们扛着钢钎、铁锤、锄头、箢箕，拖着板车，开山劈岭。他们要在这蛮荒之地修建大坝和隧洞开工所需的简易公路。昔日寂静的山岭，从此热闹起来。

大坝工程从 1970 年 9 月开始备料和做清基准备工作，10 月 1 日正式开始清基。1972 年 1 月 25 日，整个大坝工程全部完工，历时 1 年零 3 个月，实现了"一年建成，两年受益，绝不让洪水跑一滴"的宏伟目标。

整个黑龙滩水库工程是仁寿历史上从未有过的浩大工程，前后历时 15 年才完成。这 15 年里，工程建设得到了中央、省、市、县相关部门的大力支持，全体水利战士自力更生、艰苦奋斗，不怕苦，不怕牺牲，一直秉承着实干苦干加巧干的奋斗精神。

截至 1977 年，工程建设因公牺牲 133 人，其中牺牲时年龄不超过 30 岁的有 86 人，未满 20 岁的 20 人，年龄最小的 16 岁，年龄最大的 58 岁；工伤 1205 人。1982 年，仁寿建立东风渠黑龙滩工程伤残领导小组时，有伤残人员 1466 人（包括东风渠伤残人员），有 718 人评残享受定额补贴，748 人未评残，给予一次性慰问补助。

万众一心建水库，众志成城筑工程。1972年1月25日，长271米、高53米的黑龙滩水库大坝宣告建成；1972年3月13日，黑龙滩水库实现了首次开闸放水；1985年，包括干渠、支渠、斗渠、农渠、毛渠和渡槽等设施为一体的灌溉工程宣告基本竣工，水库的最大蓄水量达到3.6亿立方米，灌溉的渠道深入了仁寿、井研、简阳三地的乡村田坎，被黑龙滩水库滋润的土地达到120多万亩，仁寿及周边数百万人正式拥有了属于自己的"大水缸子"。

◆黑龙滩水库库区

三

如何还原历史，最好的方法就是听亲历者们的口述。

年近八旬的吴树科当年是工地上的技术骨干，也是黑龙滩工程的参与者，后来他先后担任了黑龙滩灌区管理处党委书记和仁寿县政协副主席等职务，并撰写出了《黑龙滩记忆》等文献资料，如今回顾黑龙滩水库以及灌溉工程的建设历程，他仍然两眼饱含泪水。

"他们把人生最美好的青壮年时期献给了黑龙滩工程建设。"吴树科回忆道。王子良是仁寿县的一位农民，在修建黑龙滩水库初期，因工程塌方失去了生命。在悲痛之余，他的母亲王翠萍却毅然做出决定，将在家的儿子王光普和只有17岁的女儿王淑先送上了施工一线，她说："黑龙滩是为子孙后代造福的大工程，你们要去完成弟弟（哥哥）未完成的任务。"

1971年4月18日，黑龙滩水库大坝施工现场，指挥部以召开万人大会的形式热烈欢迎了水利新战士王光普和王淑先的加入。

一腔热血报家乡，总工程师立下军令状

80 岁的老人杨渡江在 1975 年 7 月被调到黑龙滩管理处电厂任副站长、工程科副科长、工程公司副经理，退休时是黑龙滩管理处总工程师。

在那一年，他怀着建设家乡的一腔热血，向组织请求到黑龙滩建设工程中工作。在那里他接到的第一个任务是设计水库放水圆塔的事故闸门。当时，他主动请缨，并且立下军令状，表示坚决完成任务。

事故闸门布置在工作闸门前面，当工作闸门出现事故的时候，就启用这个备用闸门，所以把它称作"事故闸门"。在水库正常高水位的情况下，闸门能够靠自身重量关闭，不需要加重，利用水注下力下沉。闸门不能自动关闭时，就需要水位压力及铸铁块加重。在设计资料及图纸上报领导后，获得批准。值得一提的是，这个闸门现在还在正常运行。

继承父亲遗志，投身水库建设

今年 68 岁的胡树安老人，曾经是黑龙滩施工队里的一名抬匠。在他18 岁那年，他的父亲，老抬匠胡万君不幸因意外去世。"一个家庭突然失去了顶梁柱，简直是天都塌了，奶奶年迈，我也只是个刚成年的'大孩子'，父亲来不及嘱托我几句'念想'的话，就撒手人寰，牺牲在了水库工地。他和与他一起牺牲的战友名字被刻在纪念碑上，永远守卫着黑龙滩大坝，与仁寿人的母亲湖中的万顷波涛一起欢笑。"

胡树安的母亲是一位深明大义的慈母，她明白"人死不能复生"的道理，知道活着的人还要活下去。所以当指挥部的人问她还有什么需求的时候，这位坚强的母亲说："家里已没有多的人了，我们的儿子 18 岁，已经是成年人了，让他上工地，接到他老汉（方言，即父亲）的活干，把黑龙滩修成了才回来。家里的事情我忙得过来，儿子去工地，也不要挂念家里。"

多么伟大的母亲，多么伟大的人民。修成黑龙滩的无穷力量，就蕴藏于人民之中。字字千钧，敲击耳鼓。指挥部的人被感动得热泪盈眶，当即决定收下胡树安，让他成为一名水利战士。胡树安下定决心，一定要继承父亲的遗志，完成他未竟的事业，了却他的遗愿——修成黑龙滩！

修水渠，筑大坝，各方共奋战

今年 71 岁的彭联国，于 1968 年参加了修钟祥到谢家的公路。因为他勤奋好学，写得一手好字，所以被调入了宣传队。

在 1969 年 10 月东风渠扩建的时候，钟祥区区长曾述章带他到东风渠扩建工地搞宣传工作。由于他积极肯干，两个星期后就被领导调到东风渠指挥部宣传队。

当时的东风渠扩建工程，就是把东风渠的水流量从 30 立方米 / 秒扩建为 80 立方米 / 秒，要求扩建后在 1 个月时间里灌满黑龙滩水库，设计用量是 3.6 亿立方米，保证容量是 3 亿立方米。当时的原则是，谁受益，谁组织上工地的人力。

民工干劲很大，工程进度很快，仅用了 4 个多月的时间，就完成了40 公里扩建渠道。宣传工作搞得好，广播稿件多，民工的积极性很高，每天干 10 多个小时，普工每天补助 0.25 元，技工每天补助 0.35 元，没有一个人有意见。

当时，彭联国到处采访好人好事，写成稿件在板报、广播上宣传。到处是标语、口号，到处是劳动号子，到处是歌声朗朗，到处是红旗飘飘。凡是写稿表扬过的积极分子，后来都被提拔为国家干部。如《宝马跨龙江》写的是宝马连和龙江连搞劳动竞赛的事情，龙江连连长杨文舟，后来被提拔为农业局局长。

东风渠完工后，1971 年 7 月 1 日前大坝合龙，因边蓄水边施工，大坝渗水严重。7 月 1 日宣布枢纽工程完工后，重新修建了 30 米宽、35 米高的护坝，以确保大坝工程质量。渗水问题没有彻底解决，但不影响整体工程安全。为了解决渗水问题，由省水电厅工程队具体负责灌浆，在大坝打了近 200 个垂直孔，往大坝主体和基础灌浆，时间长达 15 年。灌浆水泥比建黑龙滩的水泥多三分之二，全是峨眉水泥。

黑龙滩第一期工程，从 1970 年 10 月 1 日开始施工，到 1971 年 7 月 1 日前就全部竣工。

参加黑龙滩修建常年施工的约 2 万人，参加每年季明渠突击的约 10 万人。常年参加修建的普工每天补助 0.25 元，技工每天补助 0.35 元。第二年采取计件制，每天一个技工（石匠、抬匠等）可得 0.5 ～ 0.6 元；计件后，普工（土工）补贴也有不同程度的增加。凡参加黑龙滩工程建设的农村居民，出具手续回生产队评工分。水利战士们很满意，热情高涨。

当时的企事业单位人员、街道居民，每人每月供应肉票 1.5 斤，水利战士要高于这个标准，且每人每月有一定额度的酒票。

1971 年 7 月 1 日主体大坝和引水隧洞完工，开庆功会，四川省革委、乐山地革委分别派文艺团体前来慰问演出。演出场地在大坝，到处是红旗、彩旗，一片大山插满了各色大旗，从远处看，就像一片红色的海洋。大家载歌载舞，热闹非凡。据悉，当时参加演出的大约有 1 万多人。

在那时，黑龙滩指挥部下设有工程部，工程部又设有工程处、后勤处等。工程处和两个施工团，施工人员共 200 余名，施工人员工作认真负责，不合要求的石料通通不要，河沙石子要冲洗干净，石头要用竹刷把刷干净，一人一天要用两三把竹刷把，河沙卵石用箩筐装着洗。还有后勤处，下设运输股、机电股、材料股、物资股。开工初期，运输股派遣省运司 59 队和县运司负责运输；物资由机电股联系省内相关企业支援，有电机 30 多台，还有各区社调配的发电机 200 余台；材料股负责保证木材供应，全部用好木材；物资股负责所有物资供应，包括钢钎、铁锤、锅、碗、瓢、盆等。

黑龙滩指挥部下设有政工处，主要负责政治宣传工作，包括宣传队、打印室。其中，负责工地"战报"工作的有 5 人，胡树安负责采访、写稿、刻印，一期印 600 ～ 800 份，送 50 多个连、指挥部各领导、县各机关，省、地区相关单位，以及相关人员。宣传面广，影响很大，政治要求很高。

黑龙滩大坝、隧洞主体工程抢进度期间，工地实行三班倒。光是大坝照明就用了 36 只"典鸟灯"、12 台柴油发电机，晚上整个工地如同白昼，有力地保证了施工进度。那时没有施工机械，全用架车和人工抬运。大坝顶端到坝基 54 米高，全用人工抬石砌筑。白天晚上广播声不断，表扬好人好事，报告工程进度。广播员工作认真负责，宣传效果极好，受到广大员工的好评。

当时，没有机械，全用人工。后来蓄上水了，就用水泥船运石头到大坝工地。黑龙滩主体工程完工后，临水面一幅用仿宋体写的标语"高峡出平湖，当惊世界殊"，是电影院美工龚朝陆写的；正面一幅仿宋体标语"水利是农业的命脉",是文化馆美工曾万源写的;两旁护栏行书标语"江山如此多娇",是川剧团美工刘加仪写的。

1973年,黑龙滩指挥部决定在大坝右端修建一座纪念碑。纪念碑上的"黑龙滩水库"五个字,是当代作大家郭沫若先生题的。当时,郭沫若先生虽然卧病在床,却依旧强撑病体,在文稿纸上手书"黑龙滩水库",后来,领导们希望郭老能够在纪念碑上题字。可惜郭老病逝,这个愿望最终未能实现。

黑龙滩水利工程1975年全部完工,干、支、农、毛渠共1万余公里。其中魏家河倒虹管与桥儿河渡槽都是高难度的工程。魏家河倒虹管300多米(双管),连接渡槽120多米。在倒虹管进口沉沙池边,"倒虹管渡槽"五个字是胡树安亲自手写的。当时不能突出个人、不宜落个人姓名,所以落款是"来凤连"。倒虹管渡槽上一幅大标语"鼓足干劲,力争上游,多快好省地建设社会主义",是他用仿宋体写的。

桥儿河渡槽是清水营和文公营负责修建的,工地实行三班倒,歇人不歇工地。在晚上10点30分至12点,50米高的厢架崩塌,造成27人死亡。在桥儿河渡槽前面有4个隧洞,先后死亡12人。八角田渡槽厢架垮塌,也有伤亡。

"我曾经是一名建设者,我曾经挖掘过这里的一块沙土,曾经背负过这里的一块岩石。"黑龙滩水库建设者罗翠容老人说,每当她看到那片水库的时候,心里总会涌起一股热流,双眼总会泛起泪光。几十年的记忆,几十年的奋斗,她可以骄傲地对所有来看这片水库的人说:我曾经是一名建设者,我曾经挖掘过这里的一块沙土,曾经背负过这里的一块岩石。

最美好的青春都在这里度过,每当回忆起当时的情景,她都热泪盈眶。"当年,我是黑龙滩水库建设工地上仅有的两个女焊工之一,还参与了黑龙滩风景区第一条客船的焊接作业。黑龙滩水库,满是我激昂的青春记忆!"50年前,她风华正茂,义无反顾地将青春奉献给了黑龙滩水库建设;50年后,她用粗糙的指尖,轻抚当年的照片,看着自己略显模糊的青涩面容,无比自豪。

她是成千上万名黑龙滩水库建设者中的普通一分子,也是用智慧和双手实现"高峡出平湖"的特殊一分子。

一张旧照，勾起难忘回忆

家住眉山天府新区视高街道新明村 2 组的罗翠容老人手脚麻利地给来访的亲友安排了饭菜。饭后，在晚辈收拾碗筷时，她提起篮子去菜地里砍莲白。"自家种的菜好吃，等会儿，让他们都带点回去。"她的言谈举止并不像一位 70 岁的老人。

看母亲忙个不停，小女儿刘华容笑着说："找到当年拍的照片，我妈这两天特别高兴，干啥都特别有劲。"

刘华容说的照片，是一张保留在黑龙滩风景区管委会档案室的历史照片。早年，罗翠容家里曾遭遇火灾，她建设水库时的照片和获得的劳动模范奖状都被烧毁了。

几天前，在黑龙滩风景区管委会上班的亲戚在档案室看见罗翠容年轻时候的照片，拍照发在了家族微信群里。在外地游玩的罗翠容见了，很快赶回来，确认照片里的正是自己。

照片里，一头短发的罗翠容左手执电焊面罩，右手紧握电焊钳，望向前方，带着一脸灿烂的笑容。

照片拍摄于 1972 年 4 月。那年，黑龙滩水库建设正热，《四川日报》的记者到工地拍摄巾帼建设者风采，罗翠容作为工地仅有的两名女电焊工之一，站在水库渡槽头接受了采访。当年接受采访的内容，罗翠容已记不清了，但周围热火朝天的场景和大伙儿十足的干劲让她记忆犹新，也成为往后数十年里支撑她努力拼搏的动力。

一段经历，致敬美好青春

"以前，没修黑龙滩水库的时候，周边农民都是靠天吃饭。天不下雨，周边十年九旱；天下大雨，水四处横流，淹没庄稼。"在罗翠容的记忆里，当时政府提出修建黑龙滩水库，宣传语"通过东风渠连通都江堰水利工程，以岷江之水补给水库库容，形成'长藤结瓜'的灌溉渠系与格局"，大多数人都不怎么懂，只听明白了水库修好后，可以用岷江之水补给水库库容，以后就再也不用愁干旱、水灾的问题了。参与的人积极性十足，晨起而作、日落而息，争分夺秒，抢抓工期。

工程建设启动于 1970 年 7 月。彼时，黑龙滩库区所在地是一片长满树木、灌木之地，重峦叠嶂，沟壑纵横。19 岁的罗翠容和 5000 余名来自仁寿各地的建设者一起，扛着钢钎、铁锤、锄头，拖着板车，开山劈岭，加紧修建适合大坝和隧洞开工所需的简易公路。

几个月后，公路修通了，"勤劳肯干、脑瓜灵活"的罗翠容被组织安排去学习电焊技术，回来后很快投入新的建设工作中。

那时，工地条件简陋，数十米高的渡槽周围以楠竹搭设脚手架，没有高空作业安全带。瘦小的罗翠容背着电焊设备，像一只壁虎一样，将自己挂在高高的脚手架上，全神贯注于一次次的火花绽放和一块块模型的分割拼合。

"累的时候，我就和工友互相喊几句打气。看着水库一步步成型，大家仿佛都有用不完的劲儿。"罗翠容说，年轻时不知道害怕，只觉得每一分付出都很有意义。

1972 年，黑龙滩水库开始蓄水。1974 年，昔日人迹罕至的深山茂林蜕变为景区。刚生下大女儿的罗翠容被邀请回去，为黑龙滩景区焊接了第一条客船。

一种精神，成为宝贵财富

"那几年的奋斗，值得我一辈子回味。那个年代的拼搏精神让我们这代人终身受益！"此后的数十年，罗翠容当过企业工人、炊事员，回家种过地，也经营过餐馆……不管遇到多少困难，她始终乐观面对。她总对两个女儿说："不经历难事，怎能叫过日子？"

"那时候条件很苦，也有许多人牺牲，但我们为后人造了福，水库记得，人民更会记得。"在罗翠容的心里，那些工棚和迎风飘扬的红旗，那些喧嚣沸腾的人声，那些来来往往建设者的身影，和水库永远地牵系在一起。

这样的感动不止于此，吴树科的《黑龙滩记忆》中充满了仁寿儿女为工程建设不计个人得失的奉献内容：在修建水库的过程中，全县人民积极支援黑龙滩水库建设。送上工地的大小工具和机具 20 多种 4 万多件；猪 84 头，猪肉 5000 多斤；蔬菜 61 万余斤，粮食 4 万余斤；双目失明的老人吴兴国把仅有的 0.75 公斤干辣椒送到了工地；龙正小学的学生把自己拾的鹅卵石用书包背着，在山区小路上步行 10 余公里，为大坝工程送去了 2500

斤鹅卵石。为了修好黑龙滩水库，因工死亡者的家属前赴后继，有哥哥牺牲了妹妹来接班的，有哥哥牺牲了弟弟来顶替的，有丈夫牺牲了妻子来继承遗志的，还有儿子牺牲了父亲来接续工作的，有一人牺牲了，兄妹一齐上工地的……他们可歌可泣的动人事迹，激励着全县人民、全体水利指战员，谱写了一章全县人民永远怀念的壮丽诗篇。

"敢教日月换新天"，昔日豪言壮语如今已成现实

黑龙滩水库被誉为"成都的后花园"，被仁寿人尊称为"母亲湖"。在新时期，她在仁寿的经济建设、社会发展中依然发挥着不可替代的作用。

2010年，县委、县政府响亮提出"引黑济民，让全县人民都喝上黑龙滩的优质水"的口号，决定在全省丘区县中率先启动统筹城乡全域安全饮水工程，确保2013年年底，基本解决全县群众的饮水安全问题。

"让全县人民都喝上黑龙滩水"，说这句话不容易，做出这个决定更艰难。

2011年，《中共中央　国务院关于加快水利改革发展的决定》正式出台。文件指出：水是生命之源、生产之要、生态之基。兴水利、除水害，事关人类生存、经济发展、社会进步，历来是治国安邦的大事。这一文件的出台，为仁寿提出的统筹城乡全域安全饮水工程的决定提供了政策支撑，坚定了县委、县政府实施全域安全饮水工程的信心和决心。

"必须切实维护群众的根本利益，下最大决心解决水这一事关群众生产生计的民生问题，才能赢得群众的拥护，激发发展的动力。"时任县委书记铿锵有力地说。

结合仁寿县地形和人口分布实际，结合新农村建设需要，通过科学规划，最后县委、县政府大手笔规划出全县统筹城乡全域安全饮水工程——"一洞五厂六线"骨干工程及与之配套的"长藤结瓜"和"进村入户"供水工程，总投资10.6亿元。

"黑龙滩灌溉工程是国家补助、群众投劳、民办公助建成的，工程于1985年基本建成，国家共补助了资金1.0153亿元，但群众投劳折算便达到1.3688亿元，按照当时全县125.4万人计算，全县人平均投劳109个，每人挖运土石方33立方米，每人为工程献石13块，仅仅是砌石工程一项，

便相当于从仁寿县砌了一条宽 4 米、厚 0.4 米的条石路到北京。"在四川省都江堰黑龙滩灌区管理处处长肖伟胜看来，黑龙滩水库是仁寿人一锤一锤敲出来的，一锄一锄挖出来的，一箩筐一箩筐挑出来的，水库以及整个灌溉工程的建设不仅体现了仁寿人的勇气和毅力，更彰显了仁寿儿女为改变命运而勇于"自力更生、艰苦奋斗、无私奉献、开拓进取"的拼搏精神。

50 余年前的秋天，面对十年九旱的窘困条件，仁寿人喊出了"重新安排仁寿山河"的豪言壮语，数十万仁寿人奔赴黑龙滩水库建设现场，用锤子、锄头和箩筐，在丘陵之地开凿出了新中国成立以来四川省首个引蓄灌溉工程，让都江堰之水翻越了龙泉山脉，滋润川东南的广大丘陵地区。

50 余年来，仁寿人继承了"自力更生、艰苦奋斗、无私奉献、开拓进取"的黑龙滩精神，团结一心，顾全大局，在推动黑龙滩事业发展壮大的同时更推动了县域经济的蓄势腾飞。

新时期，黑龙滩风景区管委会将对黑龙滩进行新一轮的综合开发，发挥黑龙滩的多功能作用，更好地造福全县人民。管委会坚持黑龙滩水库环境保护是不可碰触的底线，提出通过"一保一潭清水、二保一片青山、三保政策红线"，实现灌溉用水、生活用水、生态用水共治，保护好黑龙滩一潭清水。

如今，黑龙滩水库作为饮用水源地，除仁寿外，还保障了眉山市、资阳市、乐山市部分区县共计 400 万人的用水需求。新时期对城市生态用水又提出了更高的要求，仁寿兴修的湿地公园也从这里取水，生产、生活、生态，三位一体，生生不息。

依托黑龙滩水库，仁寿建起了黑龙滩风景区，并围绕库区大力实施生态环境建设。1986 年，黑龙滩风景区被审定为四川省第一批省级风景名胜区；2003 年，黑龙滩水库被列为眉山市饮用水源地，2011 年被列为全国重要饮用水源地，2019 年被国家林业和草原局评为国家湿地公园；2020 年 12 月，黑龙滩水库水质达到湖库 I 类水质标准，创造了有水质监测记录以来的历史最好水平。

发扬黑龙滩精神，仁寿全县的经济社会发展也迎来了一次重构：为了解决数十万农村居民的饮水安全问题，仁寿县十年接力，推动全域安全饮水工程，让城市自来水"上山下乡"，让仁寿的农民和城里人一样，喝上了优质的自来水；为推动县域经济蓄势腾飞，仁寿迈出产业转型升级步伐，摆脱大县光环，掀起轰轰烈烈的产业重构运动，近年来，不仅引进了眉山建区设市以来最大的工业项目信利（眉山）项目，高位起步谋划起了电子信息产业版图，还引进世界生猪屠宰巨头德国通内斯集团和国内生猪养殖巨头德康集团，构建起了规模化的生猪养殖加工新业态，更引进了世界文旅巨头英国默林集团，启动了全国首个乐高乐园项目建设。

勤劳的仁寿人民用双手开辟出了属于仁寿人自己的经济山河，曾经的农业大县如今已形成了电子信息、新型建材、机械及高端装备制造、食品及农副产品加工四大支柱产业。

2020 年，仁寿全社会固定资产投资总量、社会消费品零售总额和金融机构人民币存款余额等均继续稳居全省第一方阵。

鲁班湖风光旖旎的背后

文 / 杨俊富　杨　攀

鲁班湖，美丽的水利景区

走进鲁班湖景区，不禁被它的旖旎风光震撼了。

宽阔得望不到边际的水面，波光粼粼。干净清澈的湖面，漂浮着无数个精美的绿色"葫芦瓢"，那是被从千里之外引来的岷江水淹没的一座座山包，现在成为湖中的小岛或半岛。黑的、白的、麻灰的水鸟，成群结队，翩翩飞舞，在水面、在小岛，起起落落，自由自在，让本来宁静的湖面生趣盎然。湖中，游艇载着游客的欢声笑语，优雅而自豪地穿行于湖光山色中，让广阔的湖面充满诗情画意，又风情万种。

有喜欢刺激的年轻人，驾驶冲锋舟，在明镜一样的湖面，犁出一道道水浪，浪花高飞，伴随着欢乐和尖叫，他们尽情地享受着速度和激情。工作中的紧张和压力，生活中的烦恼和郁闷，甚至失恋的痛苦，瞬间被浪花冲洗得一干二净。

目睹此情此景，我一路奔波的疲惫顿然消失，心旷神怡。

同行的当地水利部门朋友介绍，湖区内有6沟12湾89座山头，形成数十个半岛和孤岛。站立水库大坝，放眼望去，岛上层林叠翠，清幽秀美，山水相连，美不胜收。若有兴致，还可驱车沿着42公里的环湖水泥公路和蜿蜒曲折的82公里库岸线看看，定会感受到这是个气势恢宏、雄伟壮观的水工建筑群，会被它烟波浩渺、广阔无垠的水景震撼。饿了，湖中小岛和岸边农家乐、酒店、休闲山庄比比皆是，随便进一家，都能享受到湖中的生态湖鱼和周边村民种养出的绿色食材，这是在繁华都市难以享受到的口福，让人真切体会到"平湖劝君多举杯，一捧湖水也会醉"的惬意和美好。

◆鲁班湖

倘若喜欢安静，可以选择一处岛湾垂钓，钓鱼竿、遮阳伞、鱼饵鱼料，店家都会准备好。垂钓，可以享受无尽的闲情逸致。中午，还可到农家亲手操作，烹饪自己的收获。

鲁班湖还有一处特别的景观。顺着大坝往前走，上步梯，就能看到石头码砌的纪念碑高高耸立，庄严而肃穆，象征着当年水库建设者的工匠精神。碑高18米，用汉白玉石材镶嵌而成，正面镌刻着张爱萍将军亲笔题写的"向鲁班水库建设者致敬"10个大字，字体遒劲有力。碑座正面，铭刻着当年兴建水库艰苦历程的简介；左右两侧，分别有"艰苦创业"和"喜庆丰收"的浮雕，这是对建设者们当年战天斗地的付出和美好愿望的铭记。站在这座凝聚着三台人民敢于奋斗、不向命运低头的精神的历史丰碑面前，我肃然起敬。围着纪念碑走一圈，我似乎又听到了当年10万三台儿女战天斗地的号角声，似乎又看到了吼着号子抬石筑坝的劳动场景。

鲁班湖，原名鲁班水库，是四川省第三大引水人工湖，修建的初衷是解决三台及周边的蓬溪、中江、射洪等地的农业灌溉遇到的难题。当水库蓄满千里引来的岷江之水后，竟然出现"千岛之湖，蜀中泽国"的胜景，这是建设者们没有想到的，也是三台县人民群众几年艰辛付出后的一大意外收获。因为鲁班水库建成蓄水，这里形成了让外地人羡慕无比的优美景观。

鲁班水库是国内赫赫有名的引水工程。1983年12月，被四川省水电厅验收组评为"优良工程"；1985年，获四川省优秀设计奖，同年获国家水电部优质工程奖；1994年10月，获"省级湖泊型风景名胜区"称号；1995年5月，三台县委、县人民政府命名鲁班水库为"爱国主义教育基地"；1996年，国务院命名鲁班水库为"'九五'全国节水增产重点示范区"；2005年8月，鲁班湖被水利部公布为国家水利风景区。

一个个荣誉接踵而来，但它的美还没被更多的人发现。2015年7月，三台县政府在鲁班湖举办了集文艺表演、水上运动、摄影绘画、千人健身、球类比赛等活动于一体的鲁班湖首届旅游文化节，让鲁班湖这位深藏闺阁的仙子一举惊艳四方，扬名于天下。鲁班湖从此游人如织，成为热门的景点。随着旅游的不断开发、升级，鲁班湖周边的度假、休闲、疗养、娱乐、购物、水上运动、猎奇、探秘、观光、休闲垂钓等项目应运而生，形成四川省内独具特色的水利旅游景区。

以后每年，鲁班湖旅游文化节都如期举行，不断地把鲁班湖的美推向世人，让先辈们用血汗和鲁班精神修筑的鲁班湖，在发挥灌溉功能的同时，也为三台的旅游产业做出巨大的贡献。

鲁班湖坐落在紫色岩层构成的一片丘陵地貌之中，无高山大川，它的美是通过波光粼粼的水面、错落的岛屿、蔚蓝色的天空和碧绿的原野呈现给游人的。水库让游客震撼的还有气势恢宏、雄伟壮观的水工建筑群，尤其是主坝，被西方人誉为"东方金字塔"。

"巍巍大坝起山间，浑似长虹绕玉盘。"这诗句，是对大坝巍峨气势恰如其分的抒写。

在水库大坝，还有一条蜿蜒起伏的石阶，虽是用于使大坝安全运行，也有不少游人去漫步感受。

一个年长的水库管理员说，水库放空底孔，井深70余米。每当底锥阀打开，喷涌出一根巨大的水柱，如腾起一条巨大的水龙，织出一道百多米高、奇妙无比的巨大扇形白色水帘，在阳光的照射下，一条五彩斑斓的彩虹横挂于出口，仿佛天堂落人间，美妙无比。只是要看到这样美妙的景观，需要机缘巧合，正好赶上水库放水才能一饱眼福。

老管理员的话，说得我真想一睹为快。

他还说，水库进水时也是一道美丽的风景。当都江堰分流出来的岷江水，流经彭州、什邡、绵竹、旌阳、罗江、中江等地，千里迢迢来到水库的进水口，然后纵身一跃，犹如黄河水跳下壶口一样，因水流量大、落差大，形成一道罕见的巨幅人工瀑布，吸引着游客的目光和相机，惊呼声和咔嚓声不断。

鲁班水库位于三台县绿豆河上游，库区集雨面积21平方公里，多年平均径流476万立方米。水库是都江堰人民渠七期工程末端的一个大型囤蓄水库，主要依靠七期干渠引岷江丰季水量充库囤蓄，总库容2.94亿立方米，正常库容2.78亿立方米，有效库容2.1亿立方米，灌溉三台、射洪、蓬溪3个县的耕地62.69万亩，其中三台县38.30万亩。1977年1月2日，水库主坝工程动工修建，1980年10月胜利竣工，配套干支渠24条长550.58公里，电力提灌工程12处，装机2130千瓦。这座以条石围砌的巨大人工湖不仅雄伟壮丽，而且创造出了一个秀美如画的生态区域。

筑一个兴水梦

"问渠那得清如许，为有源头活水来。"

鲁班湖的源头在哪里？人民渠灌区沿线的年轻人不会去追溯，三台县的年轻人也不会去追溯，因为他们大多去了城里，不再种地。是的，他们生活在幸福之中，为什么要去追溯？但"70后""60后""50后"一定很明了。因为他们大多亲眼见到，或亲身参与了这场轰轰烈烈、自力更生的改天换地的战斗。鲁班湖在他们心目中，是有分量的。因为，他们的青春年华大都奉献给百里渠、人民渠、鲁班水库的修建了。

鲁班湖的源头自然是岷江，是经过人民渠，从都江堰宝瓶口分流出来，流经彭州和德阳的什邡、旌阳、罗江、中江，再到三台鲁班镇的鲁班湖。人民渠就如一根滋润万物的神藤，沿途施爱，从川西坝子灌溉到川中丘陵地区，继光水库、黄鹿水库、团结水库等都是它沿途结的瓜，而鲁班湖是这根藤蔓上结的最后一个瓜，也是最壮实、最秀美的一个大果。

因而，我们可以这样说，要是没有都江堰水利工程，没有人民渠，就没有今天这个享誉国内外的鲁班湖。

众所周知，都江堰位于成都平原西部的岷江之上，始建于秦昭王末年，是蜀郡太守李冰父子为治岷江水患、造福成都平原，组织万千民工修建而成。李冰父子巧妙、科学地处理鱼嘴分水堤、飞沙堰泄洪道、宝瓶口引水口等主体工程的关系，使其相互依赖、功能互补、浑然一体，形成布局合理的系统工程，科学地解决了江水自动分流、自动排沙、控制进水量等难题，也消除了祸害多年的岷江水患。都江堰水利工程集防洪、灌溉、航运为一体，是我国历史上最著名的大型水利工程。因为它，成都平原才成为沃野千里的"天府之国"，让外地人羡慕。至今历经 2000 余年，都江堰水利枢纽依然发挥着它的重要功能。新中国成立后，四川省水利厅及川中各县市干部群众，齐心协力，艰苦奋斗，新修引水渠、水库，增强了都江堰水利工程的灌溉能力，让它的功效发挥到了极致。

水，来自大自然，是生命之源。有俗语："一方水土，养活一方人民。"同样，一个国家，水资源丰沛就会强盛，水资源匮乏就会走向衰竭。

当然，水能载舟，亦能覆舟。治理得好，它就造福于民，治理不好，就是水患。

在古代，三皇五帝都把治水当作国家头等大事来抓。曾经，黄河泛滥，危害沿途百姓。鲧、禹父子受命于尧、舜二帝，负责治水。鲧治水采用"堵"的办法，违背了水的自然规律，所以失败了。大禹从父亲治水的失败中汲取教训，变"堵"为"疏"，为止水患，曾"三过家门而不入"，持之以恒，终于完成治水大业，名垂千古。

人民渠，最初被称为"官渠堰"，是新中国成立后四川省水利厅组织实施的一个大型水利工程，当时被誉为"巴蜀新春第一渠"。工程从1953 年开始修建第一期，然后陆陆续续地修建第二期、第三期……越修越远，超越成都平原，延伸至德阳的龙泉山脉起伏的丘陵地区，直到1974 年，共修建完成水渠工程七期。在没有机械化施工的艰苦条件下，沿途动用民工近百万人次，工程之浩大，开创历史先河。

三台人民直接参与了六期、七期工程的修建，主干渠长 183 公里，经德阳的罗江、中江入三台，渠道线路蜿蜒于凯江、沱江的群山之间，穿山隧道多，渠道开挖也多在岩石之上，工程异常艰难。但是，三台人民秉承先贤的治水精神，以高昂的激情、排除万难的精神，完成了人民渠的开凿任务。

那么，三台是一个怎样的地方？

三台地处四川中部偏北，是典型的丘陵山区，四川的农业大县。域内虽有涪江、凯江、郪江、梓潼江及百余条溪流小河，但水资源仍明显不足，"十年九旱"让这方百姓饱受干旱之苦。尤其是1964年，这里发生了历史上少见的秋旱，直接影响着秋收和秋种。仅隔两年，又发生春季大旱。1968年，春旱、伏旱连着冬旱，当时人们面临的不只是旱情，而是前所未有的水危机。庄稼没收成，人畜饮水严重缺乏，三台县人民这一年经历了一场最严重的旱灾。靠天吃饭的窘境，让这方百姓吃尽了苦头，也生出对人民渠水利工程修到家门口的渴望。

从20世纪50年代起，三台人民在党和政府的带领下，开启了筑梦水利的艰难征程，先陆续兴修了一批小塘小堰，后又建起了一批小型水库。到20世纪60年代，兴修了红旗堰中型水库和大旗山电灌站、新胜电灌站。尽管当时明知道还享受不到都江堰的水，三台人民还是参与了人民渠六期引水工程百里渠的修建，到20世纪70年代初才开始修建了一个团结水库，一小部分土地能够享受到岷江水。

每一步艰辛的付出，都是在筑一个兴水梦。尽管付出的代价巨大，他们也无怨无悔。由于水利设施落后，小型水塘水库蓄水量少，满足不了三台人民农业生产及生活用水需要，更谈不上抗旱了。在三台，水的问题始终未能得到根本解决。

从相关资料查到，当年，三台县委、县政府根据实情，多次组织专业技术人员实地踏勘、规划，构筑三台的兴水之策，曾经构筑设计了三套方案。

方案一：南水北调，从绵阳铁路桥引涪江水到三台，但工程涉及不少军工单位搬迁，且控灌面积小，因而无法实施。

方案二：在慕禹乡修建水轮泵站满提满灌，但从涪江取水，水位很低，尤其是用水高峰期水源不足，而且几级提灌困难很大，得不偿失。

方案三：参加四川省水利建设总体布局，修建人民渠引岷江水，解决三台西北路片区、南路片区用水问题，修建武引工程引涪江上游武都水库的水，解决东北路片区用水问题。

经反复论证、比较，三台县领导层形成了以"长藤结瓜，引蓄结合"为核心的第三方案，作为全县兴水的根本之策。

因而，在20世纪六七十年代，三台县组织近10万民工，主动参与人民渠六、七期工程修建，历经二三十年，至20世纪80年代，才完全享受到几代人付出的成果。

三台县没有地下矿产资源，也没有强势工业基础，是一个典型的农业大县，修建水利工程，财政上自然十分困难。然而，三台人民发扬"自力更生、艰苦奋斗"的精神，上"百里渠"——人民渠六期工程；修"德阳"——人民渠七期工程德阳段；战"中江"——修人民渠七期工程中江段；建"团结"——修团结水库；建"鲁班"——修建鲁班水库及其配套工程。三台县的数万建渠大军、修库大军，转战德阳、中江、安县及县内多处工地，苦战二十余个春秋，终于把岷江水引到了梓州大地，其中所经历的辛酸，他们没有谁喊出来，但天地日月可鉴。

我采访到一位当年的参与者黄大爷。老人已经80岁了，他说："我们都是自带口粮和劳动工具，背起铺盖卷儿，步行到工地，当地农户有空房屋的，就租住下来，就是牛棚猪舍，只要有，都能住。实在没有，就搭人字棚安营扎寨。我们吃的啥？主粮是玉米、红苕，菜就是盐巴、豆豉、咸菜。冬冒严寒雪霜，手掌上都迸裂着一道道'娃娃口'。夏斗酷暑风雨，夜里遭蚊虫叮咬得满身的疙瘩。机械？哪有啥机械哦，我们每个人都是一台机器，撮箕、扁担、钢钎、铁锤……都靠这些土器械，打錾子，抬石头，拉架车，钻隧洞。手脚打起泡，肩臂磨破皮，腰酸背痛，累得脚耙手软，但轻伤都不下火线，病了睡一觉，缓过气来又上。那是真正的战天斗地。悲壮的劳动号子，开山放炮的声响，整天声震山谷，连绵不断。这样的场面，你们今天的年轻人，恐怕永远也看不到了。"

是的，在三台这片有着悠久历史、厚重文化的土地上，孕育了无数勇往直前的仁人志士、英雄豪杰。尤其在人民渠六期、七期和团结水库、鲁班水库建设过程中，遇到一桩桩急难险重的事故和一个个惊心动魄的瞬间，三台儿女都挺身而出，义无反顾，舍生忘死地夺取了最后胜利。

◆鲁班湖湖面掠影

鲁班水库的"孕育"过程

任何一个重大项目都不会是一蹴而就，它需要天时、地利、人和。如一个婴儿，需要经历受孕、怀胎、临产。鲁班水库也是，只有亲身经历者，才知道其中的酸甜苦辣、艰难困苦。

鲁班水库修建总指挥长董晓恩，是鲁班水库修建的谋划者、亲历者、参与者。他的一生，几乎都奉献给了三台的水利建设，三台所有水利工程的谋划和修建，都有他的参与和指挥，特别是被世人誉为"千岛之湖、蜀中泽国"的鲁班湖，更是他和当年所有参与者创造出的一部惊世杰作。

当问及鲁班水库修建的艰辛历程时，90岁的董晓恩目光深邃地望向窗外，仿佛又看到了手拿施工图、头戴黄草帽的自己，在上万人的工地上四处奔波、指挥；仿佛又看到了上万民工挥着铁锤、钢钎，抬着大条石，喊着劳动号子，吃着粗茶淡饭，睡着简易工棚，战斗在鲁班水库各个工地一线的场景；耳畔，仿佛又传来震撼山谷的劳动号子声，又听到了高音喇叭里"引来岷江千里水，灌溉家乡万顷田"的宣传口号……

董晓恩已经退休多年，但鲁班水库修建的记忆让他刻骨铭心。他当时是三台县主抓农业的副县长，三台县的全部水利工程建设都是经他一手抓起来的。

董晓恩说："我虽然不是三台县人，但我是三台人民的女婿，至今已经在三台工作、生活了70年，比我在故乡生活的时间长好几倍。在三台解放后，党组织决定把我留在三台，带领三台县人民群众参加新中国建设时，我就把三台当作我的家乡来建设了，把三台人民当作我的兄弟姐妹来爱护了。"

董晓恩老人老家在山西沁源，他1949年随刘邓大军挺进大西南，新中国成立后要组建新人民政府，他接受组织安排留了下来。三台在新中国成立之前几乎没有水利工程，几十万三台人民都是靠天吃饭，过着水深火热的日子。三台县十年九旱是出了名的。尤其是20世纪60年代中后期连续的干旱，让三台人民的生活陷入吃水都困难的窘境。新中国成立后，每当董晓恩看到干旱给人民群众带来深重的灾难时，就食不知味，睡不成眠。

在其位，就要谋其事。意气风发的青年董晓恩下定决心要彻底解决三台县的干旱问题。他亲自下乡考察、规划，靠自己的力量，组织各乡镇修建小型塘堰、小型水库。1966年干旱，他下乡检查旱情，看到干死的玉米苗、龟裂的稻田，他心痛不已、焦急不已。

尽快解决三台缺水的难题，成为摆在董晓恩案头的重要日程，他夜里做的梦几乎都与水有关。

机会终于来了。1969年的一天，董晓恩得到一个消息，让他看到了解决三台缺水问题的希望，内心激动不已。

邻县中江县是抗美援朝特级战斗英雄黄继光的故乡，也是十年九旱的一个农业大县。水利厅要启动人民渠七期水利工程，为英雄的家乡人民引来都江堰的岷江水，解决中江县的干旱问题。

董晓恩进一步打听到，人民渠七期工程就是从德阳略坪镇的黑牛湾接续，穿过白马关山区修往中江。德阳境内50公里，中江县县境内35公里。其中，有一公里要途经三台南边地段。

可怜巴巴的一公里啊！

尽管七期工程只有一公里与三台擦肩而过，但也让董晓恩看到了解决三台旱情的希望。他心里想：何不抓住这次机遇，利用擦边本县的七期工程，在三台南边也修一个水利工程？

机会可遇而不可求。既然遇到了，就不能放过，得奋力抓住。于是，一个大胆的设想在三台县委班子酝酿出来：抓住人民渠七期工程机遇，在三台修一个大型水库，把途经三台的岷江水囤积起来，解决三台十年九旱的困境。但这个囤积岷江水的地点得科学选择，这个任务很自然地落到董晓恩身上。他在人民渠七期工程动工之前，迅速组建了一个规划小组，把县里仅有的几个地勘技术人才和水利技术人员召集起来，开始测量水位的高程，然后根据水位高低，再寻找修大型水库的地点。他带领七八个工作人员，自带干粮，从中江龙台乡（现为龙台镇）一直测到射洪陈谷，再测到鲁班镇老街。这时，测绘人员告诉董晓恩，这里的高程比三台县城地面要高出约 60 米，还不在地震带上，最适合修建水库。

董晓恩一听，特别高兴，一拍大腿，军人作风让他当机立断，说："好，很好，水库就修建在这里。"

鲁班镇是三台县一个古老的场镇，但并不是鲁班的故乡，是因为这里一条河流上的一座鲁班桥而得名。在三台县，有很多有关鲁班的传说和遗迹。因而，鲁班的工匠精神在这里代代相传。在鲁班镇，尤为多。

鲁班镇，在很久很久以前只是一个无名小村落，有十几户人家。旁边一条小河，清悠悠地流淌。小河上有一座小木桥，在一次洪水中被冲毁。大家决定集资建造一座冲不垮的石桥。于是，两岸居民有钱出钱，有力出力，石桥开工修建。一天，来了一个外地老石匠，自愿加入修桥队伍，但他忙活一天，只打出了一块背宽肚窄的刀背石，一点也不方正，还难看。建桥工头一看，心想：这石匠技艺这么差，饭都白浪费了，于是当天便把老石匠辞退了。

老石匠一言不发，收拾起自己的錾子、手锤，背起丑石头往小村走去。走到村口，他看见大榕树下一个衣衫破烂的老太婆在卖凉茶，正是盛夏，天热，他走过去端起老太婆的凉茶就喝，一连喝了三碗，然后放下丑陋的刀背石说，用这块石头抵凉水钱，还叮嘱太婆说："若有人来买，你让他给你 500 铜钱才卖。"

老太婆不屑地看了一眼丑石，心想，没钱就没钱嘛，还故弄玄虚。

石拱桥很快就要完工了，但各路石匠高手打出的石头，不是大了就是小了，换来换去就是不合适。工头路过太婆的凉水摊时，看见那块刀背石，觉得很合适，要搬走。太婆原以为老石匠说的是戏言，现在果真有人看中这块石头，便按照老石匠的叮嘱，要工头留下 500 铜钱再搬走。工头留下钱，亲自背去卡最后一个拱缝，出人意料，石头不大不小，放下去严丝合缝，再问太婆石头的来历，才得知是他赶走的老石匠留下的。那个老石匠，就是云游至此的鲁班。于是，在新桥踩桥仪式上，这座桥被当地百姓命名为"鲁班桥"。渐渐地，桥通了，小村人气越来越旺，成为一个场，被人们叫作鲁班场。

在离鲁班镇一里多远的云台观，正殿中有一根中梁，传说也是鲁班亲手打制而成，是鲁班留下的遗迹。

董晓恩决定把水库定在鲁班镇，不仅因为这里的地理位置适合，还因为鲁班精神。在当时的中国，要建他心目中的大型水库，肯定会遇到诸多难题，但只要全县人民充分发挥鲁班精神，就没有破解不了的难题。这也是把水库命名为"鲁班水库"的缘由。

◆鲁班水库大坝侧面

大战白马关

一颗为民心，全为水操劳。就在董晓恩带领技术小组测量，谋划修建鲁班水库的这一年（1969年），县城西边30公里处的团结水库正在修建，也归董晓恩指挥，但这个水库设计库容只有2210万立方米，只能解决本县金石镇周边小面积的农田灌溉问题，更多的三台土地只得眼巴巴干看着。

团结水库是享受人民渠六期工程"福利"的结果。六期工程在1962年左右完成，修建时，绵阳地委书记、老红军李林枝亲自坐镇德阳的罗江指挥。渠道修好后，每年一到栽秧季节，上游当然是近水楼台先得月，水越走越少，流到绵阳，已经细得很了，尤其是到了三台西边地界，根本见不到水。于是，通过申请、报告得到省水利厅支持，才有了团结水库的动工修建。修团结水库的目的，就是为错过用水紧张的插秧时节，对岷江水进行囤积。

董晓恩在得知七期工程马上就要上马的消息后，为了全面解决三台干旱问题，把团结水库修建任务交给另一位同志负责后，全身心扑在七期工程和鲁班水库的勘测选址、人才招募和谋划上。

1970年，七期引水工程开工。

三台县接到的任务是从德阳略平公社黑牛湾至中江建设公社肖家沟楼云寺隧洞口50公里的主干渠。这一段刚好错过平坝地区，正是龙门山脉起伏的山区地带，隧道多，任务十分艰巨。

三台县人没有畏惧，数万名民工前往任务段工地。他们以区、乡、社、工厂、学校、医院为单位，以团、营、连、排为编制，靠绵阳方向的，就从绵阳走路到德阳，靠中江方向的，就从中江走路到德阳。他们都自带口粮和工具，穿着破旧衣服和草鞋，在各自的工段附近的农户家租下猪圈、牛圈、晒场坝安营扎寨。夏天蚊虫叮咬，冬天冻得瑟瑟发抖，都是很正常的事。

这一段主渠是绕山梁行走，开山凿渠、打穿山隧洞都需要大量炸药。偏偏炸药是最紧缺的，水利厅有专人负责调拨，还是供应不上。但工程要赶进度，那些坚硬的岩石，靠錾子、铁锤打犹如蚂蚁啃骨头。

最难啃的是罗江的白马关那一段。白马关是从北方入蜀的最后一道关隘，也是成都出蜀的第一道关口。山上不仅保存有完好的古驿道，还有庞统祠、庞统坟。宝成铁路、108 国道都经白马关穿过。而人民渠也要经过白马关山脉，还要横穿宝成铁路、108 国道，前面不远处还有一道数百米跨度的四号高架渡槽。铁路涵洞、公路桥、四号渡槽三处工程都是人民渠七期的重点工程，技术性强，施工难度大。

1971 年 1 月 12 日，三台县观桥乡（现为观桥镇）1000 余名民工组成一支施工队伍，开赴白马关。正是数九寒冬，天空纷纷扬扬地飘着雪花，整个白马关山区用银装素裹的景致来迎接这支远道而来的民工队伍。他们在风雪中化整为零，以排为单位分别驻扎在工段沿线。

第一个要完成的任务，就是拆卸在铁路上临时铺设的军工桥梁。为确保火车运行安全，省水利厅向国务院请示中断宝成铁路行车 3 小时并得到批准。3 小时，要拆卸一座军工桥梁，还要铺好铁轨、枕木和碎石，几乎是不可能的事。但在全体指挥员及民工的共同努力下，宝成铁路提前半小时通车。当重启的火车长鸣着汽笛通过时，车上的机务人员都在窗口向参建人员行礼致敬。那场面，感动着所有在场人员。

这次提前完成任务，给了这支队伍极大的信心。接下来是让人民渠穿过宝成铁路、108 国道的涵洞以及四号特大渡槽的抢修，都是与时间赛跑。他们为不拖整个工程的后腿，风雨不停地干。但是，在 1971 年初春，石安团新德营承担的白马关工区明渠改线工程中，却发生了一个大的伤亡事故。

新德营承担的工程段虽然是明渠，不用打隧洞，但时间紧，挖方量大，且多是坚硬岩石，需要的炸药多，而炸药又最紧缺，分配到的炸药根本不够用。为解决炸药不够问题，工程总指挥部开办了炒制土炸药培训班，新德营派出 23 岁的青年民工陈天仁参加了土法制硝铵炸药的培训。当时，土法制作硝铵炸药，为许多工段解决了大难题。

短暂的学习归来，陈天仁就成为新德营的土炸药制作专业人员，每天兢兢业业地炒制硝铵炸药，上午炒两锅，下午炒两锅。2 月 29 日这天，因硝铵头天用完，上午运到已经 10 点过了，陈天仁就只炒了一锅，为了把上午耽误的补上，他下午连炒了 3 锅。

新德营的营部在白马关一个叫罗家湾的生产队的保管室，炒炸药的灶就码在保管室外面的晒坝边上。陈天仁把炒好的炸药都铺在三合土晒坝上摊开降温。晚上 7 点，挖渠的民工都陆陆续续回来了，陈天仁也开始收拢炸药，装进箩筐，挑进一间专门存放爆破物品的保管室。但最后炒的一锅还没全部降下温来，他也没在意，急着收拾完去吃晚饭。

陈天仁没读多少书，只是经过了短暂培训，会炒制炸药而已，对于炸药相关知识了解不深，他知道炒好的炸药必须降到常温才能收存，培训老师是重点强调过的。但他没放在心上，不知道将没降下温的炸药收拢一起的危险有多大。

晚上8点左右，营部教导员李学超嗅到一股炸药烟味，转身一看，营部保管室已冒浓烟。李学超是新德营教导员，抽调来之前是乡小学校长，也是共产党员。

营地住着上百民工，周边还有10多户当地农户。李学超大喊一声"不好"，马上让连、排干部组织疏散民工和当地住户，他则带领何金利、赵子良等16名党员、团员、民兵冲进保管室，往外搬运炸药。

自从陈天仁学会炒制硝铵炸药后，保管室里已囤积上吨的炸药和分配下来的数百根雷管，一旦爆炸，后果不堪设想。

推开保管室门发现，保管室冒烟是因为炸药堆积在一起，温度升高引起箩筐自燃起火，已经非常危险。李学超没考虑自己的安危，带领大家冲了进去。就在他们冲进库房往外搬炸药雷管的时候，库房发出一声巨响，火光和烟雾蹿起10多层楼房高。

白马关周边的居民后来回忆说，那晚感受到了大地的抖动，最初还以为发生地震了。

董晓恩是三台县七期工程前线总指挥。爆炸事故发生后，他赶到现场，看到那个生产队的保管室和周边民房都炸平了，三合土晒坝炸出数丈宽的大坑，10多个抢险勇士都不见了。董晓恩带领民工流着眼泪满山遍野寻找尸体。有的手在一处，脚在一处，有的挂在树枝上，有的落在麦地、油菜田里，惨不忍睹。

尸体找齐全后，没地方放，就在附近农户家借来晒席，铺在晒场上，再把尸体放在晒席上。在现场清点人员时，发现还少了一名库房保管员，大家又四处寻找，却没找到。两天后，罗家湾一个放牛娃在山上放牛，看见一棵大柏树梢上挂着一个面目焦煳的人，弄回晒场，经过辨认，正是失踪的保管员。

这次白马关大爆炸造成了 18 人遇难，还有数十名民工和罗家湾本地村民受伤。新德营指导员李学超组织疏散民工和当地群众，带领勇士扑火抢险沉着勇敢，后被省上评为烈士。

鲁班水库的筹建和立项

白马关大爆炸导致的伤亡事故，没有削弱三台人民修建人民渠七期主渠道的信心和决心。1973 年年底，主干渠德阳段按期完成。1974 年年底，从龙台到鲁班镇的上干渠下段完成。

但是，关于鲁班水库的几次规划上报都还没得到落实，水利厅也组织了几次理论研讨论证会，但迟迟没有结果。主要原因是水库工程规模太大，三台县是一个农业县，没有多少财政收入，对于能否完成这样一个宏大的水利工程没有多少把握。

当时四川的水利方针是：自力更生，发展小型水利和机电提灌为主。董晓恩认为，这个方针对于其他地区有用，对于三台，解决不了缺水的根本问题。

作为军人，董晓恩有股子倔强脾气，内心认定修建鲁班水库是为三台人民造福，在上级没有立项时，就下定决心，在下段主干渠完成之时，组织民工进山开石场备石料，成立指挥部，带领自己招募的水利、地质专业人员组建了地质勘察队，先埋锅造饭，做出样子，用行动向上级表明决心。1973 年始，三台县革委会组织动员新生、安居、建设三地 10 余个公社 6000 余名民工上山采石备料，同时组织修建施工道路，规划移民搬迁，着手前期准备工作。

当时"文革"还没结束，他们的"草率"行动自然遭到了绵阳地委革委相关领导的严厉批评，还专门组织三台、中江、射洪等主管农业的领导开会，讨论如何让三台的盲目行动停下来。

在会上，董晓恩据理力争："我们修鲁班水库完全是为了让三台和三台周边的人民不受干旱之苦。我们三台几十万民工，从修人民渠六期工程开始，自带口粮苦干七八年，至今没有用到一滴岷江水。现在，我们只是想修个水库，把从三台过的水囤积起来，这有错吗？我们付出那么多，这不该吗？"

会上，三台修建鲁班水库的提议，得到射洪、中江参会人员的支持，因为射洪、中江的部分乡镇也能够享受到水库的水。地委把意见反映到省委，省委领导和省水电厅副厅长为此事专门来到三台现场考察。水电厅副厅长是个穷苦人家出生的老红军，他深知人民生活的疾苦，在听了董晓恩的汇报后，亲临现场，看到采石场民工们干得热火朝天，忙而不乱，布局科学合理。到场的领导们被他们这种自力更生的精神感动了，没有一人表态让停工，也没一人发表任何意见。

不表态就是默认。三台县领导班子对修鲁班水库更有信心了。他们放开手脚，加大水库修建的筹备力度。至 1975 年年底，已准备 600 号石料 18 万立方米，新建鲁班公路 6 公里，扩建一号桥至燎原公社公路 13 公里，代培训工地赤脚医生 112 人，完成对淹没地区的全面调查登记测算，草拟了移民安置、迁建淹没区 3 个公社机关场镇的报告。

1976 年，时任四川省副省长的李林枝带领水利专业人员来到三台，对鲁班水库大坝地址等做了全面考察。这次考察后，水电厅、水利设计院的负责人和工程技术人员被安排参与到鲁班水库的勘察、论证和设计中来，原来三台县自己组建的勘察设计小组一下子提升到了省级层面。

1973 年，三台县自己搞地质勘探。为搞清楚鲁班水库主坝选址的地质状况，提供选址决策的科学依据，他们想方设法从水电部成都勘测设计院、四川省水利设计院、成都地质学院（现为成都理工大学）、四川省地理研究所等专业机构请来了一批专业技术人员帮忙，如修俊风、冯锦华、谭杞西、任天培、赵泽兰、王兰生、张作之、唐家洪等，都是地质方面的权威专家，还从德阳罗江"挖"来了毕业于成都地质学院的兰景鑫，甚至大胆启用毕业于云南大学地质专业、当时下放到老家三台县接受监管的吴德勋。

请来的专家毕竟不是自己的，为壮大自己的水利人才队伍，三台县先后分期选派了具有高中文化程度的青年（如张延均、江连如、陈善之、吴礼明、李胜海、刘斌、张玉华、李菊红、邹鲜茂等）到成都地质学院学习培训，后来这些人成了修建鲁班水库的技术骨干。

地质勘测需要钻井设备，三台县是没有实力去购买的，他们打听到三台有一位女子嫁给了一个在成都水利部门工作的人员，便找到这位女子，让她动员丈夫援助家乡建设。这位丈夫对妻子家乡的干旱情况早就有所耳闻，于是向单位申请，为三台人民捐赠了两台钻机，一台一百型，一台三百型。这两台钻机对于水库地质勘测，犹如雪中送炭。现在一提到这个人，90岁的董晓恩还感叹不已，说可惜一直不知道这位同志的姓名。

钻井取出来的样品要做检测实验，又找谁？又一名群众提供消息，他的一个亲戚是成都地质学院的教授。董晓恩亲自前去拜访邀请。见了面，一叙谈才知，原来，这位教授是苏联培养出来的博士，是一个乐于奉献的知识分子，他立马答应了三台县鲁班水库指挥部的请求，鲁班水库的钢材、石材、土质的检测实验，都是他义务做的。三台县选送的学员，他也帮忙培训。

地勘分析发现，选定的主坝地基上有3条软弱带，无法承重，如处理不好，大坝就会不均匀沉陷，很容易造成日后大坝开裂和渗漏，直至溃坝，后果十分严重。于是，在对鲁班水库大坝进行设计时，不仅请教了多方专家，还请教了葛洲坝的专家。最后综合各方意见，决定采取挖取软弱带土质，用干砌条石填充的施工方式。砌条石又采取竹筏形式，将条石进行错缝安砌，从而达到软弱带处理的最佳效果。在设计中，技术组的技术人员对土质、岩层纹理走向都进行分析了解，对钢筋进行反复拉伸抗折实验，对石头硬度、混凝土的配合比、水泥砂浆配合比进行调试和检测，为鲁班水库修建提供最科学的依据。

根据地勘和现场实情，鲁班水库设计组先后设计了7种坝型方案，最终选中干砌条石重力坝，迎水面为钢筋混凝土斜墙面板的设计方案。

鲁班水库从1969年开始初步谋划，到勘测设计规划、审批、动工修建，历经了8年时间，这期间有很多人在默默努力和付出。尤其是从三台本地成长起来的水利工程技术负责人易德风，他担任三台县水工队队长、鲁班水库工程指挥部副指挥长，负责鲁班水库坝址选择勘测及配套干支渠总体规划勘察。他有肝病，依然带领一支队伍，夜以继日坚持工作，最后因延误治疗，发展成肝癌，因医治无效而献出了宝贵生命，年仅32岁，大家遵从他的遗愿，将他安葬在鲁班水库旁。

董晓恩至今还清楚记得，鲁班水库设计方案定下来后，他找到时任四川省委书记的李子元的秘书，是他第一时间将鲁班水库建设方案送给时任省委书记李子元签批，又是他及时上报中央。1976年10月28日，设计方案获国家水电部批准、立项。

董晓恩说，正是有了这些办事、踏实认真的好同志，正是他们的无私奉献，才有了今天碧波潋滟的鲁班湖国家水利风景区。

鲁班水库的修建

鲁班水库得到国家批准立项的消息一传开，整个三台县就沸腾了，田边地角、街头巷尾，说的都是"我们这里要修鲁班水库了"。那神情、那笑容、那声音，无不透露出内心的期盼和激动。

◆鲁班水库建设纪念碑

在水电厅的统一部署下，工程由绵阳承建，三台县负责施工。绵阳地委、三台县委迅速建立了工地党委，成立了工程总指挥部，董晓恩为总指挥长。

1977年1月2日，水库主坝工程动工修建。

三台新生、安居、向阳、塔山、石安、富顺、建设共抽派2.5万余名青壮民工，组成 7 个团，下面设营、连、排编制，组成常年专业施工队。

水库工地，到处挂着、立着横幅、标语，如"引来岷江千里水，灌溉三台万顷田""兴修水利惠子孙，一穷二白靠精神""兴修鲁班号角响，十万民工赴前方""团营连队定编制，衣被口粮自己扛"等。

工地上，红旗招展，号子喧天。

1977 年 1 月 29 日，时任四川省委第一书记的赵紫阳来到水库视察，看到民工用架子车拉条石上坡很费劲，便对身边陪同的负责人指示：要搞些技术革新，要搞些机械化、半机械化施工，设备用过后别的工程还可以用嘛。并当即批示：省水电厅苗逢澍同志，我看了鲁班水库，施工用电、运输工具及灌浆机具等急需解决，请给予帮助支持。

很快，省水电厅工程处从资阳、灌县等处调集车辆、机具运来水库工地；省建十二、十四公司先后调来了推土机、发电机；绵阳地区水电局车队、省运司 39 队、成都市运输公司等，为水库建设送来大量物资；县农机局日夜为工程加工赶制机具零配件；县航运公司派出技术人员到水库帮助造船；县邮电局派出技术人员到工地架设通信线路；县广播局帮助建起工地广播站；县卫生局、县医院、防疫站先后派出医护人员，常住工地，防病治病，抢救伤病员；县粮食局在工地所在的太安公社修建了仓库，增设粮点；新生供销社在工地办起了招待所、服务部、饮食店……

在各方的支援下，1977 年 4 月 21 日施工围堰及导流相继完成，5 月31 日完成大坝清基，5 月 24 日举行水库大坝主体工程奠基仪式，并进行分工，由新生团负责大坝安砌，安居、向阳、建设、富顺、塔山、石安负责备料运石。省水电厅派来钻孔灌浆队，1977 年 10 月至 1979 年 11 月，共完成钻孔 406个，进尺 1.54 万米，注入砂浆 872 吨。水电部第七工程局化学灌浆队进行了丙凝帷幕补强灌浆，1980 年 5 月至 1981 年 4 月，共完成钻孔 221 个，总进尺 3692.1 米，用丙凝材料 18.4 吨。

1978 年 9 月底，主坝安砌高程已达 428.0 米；1979 年 9 月底，主坝安砌达 451.5 米高程；1980 年 4 月，大坝安砌达到设计高程 462 米。大坝横跨两山之间，高约 68 米、长 315 米，历经四个春夏秋冬，开挖和填筑土石近 20 万立方米，砌条石、块石 65 万立方米，全是 16000 多名石工，一锤一錾敲打出来，14000 多名民工运到施工现场的。

鲁班水库需要的那么多石料，是怎样运送到位的？

今年60岁的鲁班镇太林办事处书记李再林是当年石料运送的亲历者。他是土生土长的鲁班镇人，一直生活、工作在鲁班镇。1978年，李再林高中毕业，是当时村里高学历的人，村上买回一台手扶拖拉机，培养他当了一名拖拉机手。当时主坝修建正如火如荼，石料运输是最大的困难，因为大都是用架子车从10多公里外的石料场转运到大坝工地，遇到下雨，运送石料就困难重重。李再林家周围的山，是石头山。几年前，县上就安排有数千名石匠到山上开采石料。村上买回拖拉机后，水库指挥部就把他连同拖拉机一起征用到水库石料运输队伍中转运石头。

当时机动车很少，李再林开的手扶拖拉机是最先进的运输工具。整个运石车队仅有20多辆手扶拖拉机，完全供不上万人石匠大军的码砌。所以，专门开辟的20条运石土路上，还有上万人推拉架子车，一辆车4个人，一辆接一辆，来回穿梭，像一条条游龙，从四面八方向水库工地涌来。要是现在的人看到当时的照片，会惊讶得不敢相信，但运石队伍却在那土路上来来回回运送石头达4年之久。

这些转运石头的路，窄、坡陡、弯急，翻车、撞车、垮架、伤亡事故时有发生。安居团观桥营民工羊衍见拉架车为主坝运石料，在四号桥转弯处翻车，条石从他腹部滚过，当场死亡，就是其中一例。

今年77岁的王庆国老人，最先参加人民渠七期德阳段修建，是当年金星营负责人。他说，修人民渠七期德阳段，每人自带一根扁担、两只撮箕，步行前往。修中江段，打隧洞时，遇到连绵雨，为赶工期，每人披一件蓑衣、戴一顶斗篷，冒雨干。连续降雨造成塌方，与他搭档的一个本村吴姓年轻人，就在他身边被滚下的大石头砸死，而他幸免于难。人民渠修通到鲁班镇后，接着就是修鲁班水库。这时，王庆国已经成长为一名现场施工员了。他说，三台县由于连年抽调70%的青壮劳动力参与水利工程修建，家里的田地都交给老弱妇女耕种，收成少，粮食不够吃，老百姓的日子很艰苦。参与水利工程建设的人，口粮由粮站统一配给，每个月可以吃到45斤供应粮，很让没去的人羡慕。

66岁的吴祖友，因为修鲁班水库而学会了石匠手艺，水库完工后，成为名副其实的石匠。

　　吴祖友参加的是向阳团金星营石匠组。1977 年，他虽然已经 22 岁，但体弱多病，人瘦如麻秆，在集合开赴鲁班水库工地时被乡党委书记看见，说：那样瘦弱的个子，搬得动石头？让换人。他们村的领队求情，说没有男人可换了。这样，作为凑名额的一分子，吴祖友加入了石匠组，吃到了每月 45 斤的粮站供应粮。

　　他说，工地工棚很紧，每个人只分到 70 厘米左右宽的床铺，睡通铺，翻身都不好翻。"我一到水库工地，生产队就不分口粮了，口粮由粮站供应。一天快晌午了，我们村带队的队长被通知去公社，我们都不知啥原因。晚上睡觉，发现住我们工棚的一个人没回来，早上还一起走出工棚出工呢。他是放炮工，原来上午放炮时被飞来的一块大石砸中，听说皮带都砸断了，人当场死亡。队长被通知到公社去，是为解决死者后事的。"

　　鲁班水库的三个放水隧洞——鲁联放水隧洞、鲁香放水隧洞、鲁西放水隧洞，也是当时水利工程中的大工程。鲁联放水隧洞，洞身长 118 米，内径 4.2 米，设计流量 15 立方米 / 秒，单层钢筋混凝土衬砌，由安居团永丰营负责修建，1977 年 7 月 1 日动工，1978 年 4 月 2 日完工。鲁香放水隧洞，洞身长 125 米，内径 3 米，设计流量 10 立方米 / 秒，素混凝土衬砌，由安居团石亭营负责修建，1977 年 8 月 15 日正式动工，1978 年 1 月 4 日完工。鲁西放水隧洞，洞身长 268.5 米，内径 3 米，设计流量 8 立方米 / 秒，素混凝土衬砌，由西平团建林营负责修建。1977 年 8 月 1 日动工，1979 年 3 月 1 日完工。这 3 个放水隧洞的进口平面定轮钢闸门由三台县农机厂制造，省电力安装处指导安装，出口锥形阀由省水利工程修配厂制造，指挥部负责组织安装。

　　鲁班水库除主坝外，还有采购站副坝、铧厂垭副坝、倒湾垭副坝、大碑垭副坝、油房垭副坝、太林寺副坝等多个副坝，都分给各个团修建。

　　鲁班水库灌区内还有 24 条 550.58 公里配套干、支渠修建任务，按鲁联、鲁香、鲁西三大片，切块给古井、西平、安居、新生、向阳、城郊 6 个区包干完成。承建单位按民兵建制，共组织动员民工 10 余万人，于 1978 年 1 月动工修建，1986 年全面受益，真正实现了"引来岷江千里水、灌溉三台万顷田"的愿望。

◆鲁班水库三个副坝同在一个画面全貌

1978 年水库开始蓄水，1982 年蓄水达到设计水位。1983 年 12 月，省水电厅在三台县人民旅社主持召开水库工程竣工验收会议，验收委员会一致同意水库工程竣工交付使用，移交人民渠二处管理。

1980 年 9 月 3 日，时任四川省委第一书记的谭启龙来到工地视察，他站在水库主坝上赞扬道：鲁班水库建设者完成了一项伟大事业。1981 年 7 月，纪念碑完成，原国防部部长张爱萍为鲁班水库纪念碑题写"向鲁班水库建设者致敬"，刻在水库大坝山头高高耸立的纪念碑上。1985 年，鲁班水库获水利部颁发的优秀设计、优质工程两块金牌和证书。

董晓恩称赞鲁班水库在修建过程中创造了几个先例：上报水利部，直接电报审批了这么大的水利工程，这在中国是前所未有的；采用干砌条石换土，钢筋混凝土面板隔水，这也是在中国前所未有的；修鲁班水库时遇上了前所未有的技术难题，都是自行解决。

守护一方绿

鲁班水库成为三台县的"人造天湖"，景区内碧水蓝天，美不胜收。水库的修建者们没想到，初心是解决家乡干旱问题，却意外收获了一个"人间瑶池"，成为人民群众休闲游乐的好去处。

俗话说，靠山吃山，靠水吃水。20世纪90年代，网箱养鱼在各地兴起，鲁班水库也不例外，农户觉得守着这么大一汪水域，不利用太浪费了。于是，一家带头养，周边居民看到赚钱了，也跟着养。当地政府部门当时也没意识到会造成后来的严重水污染，没有加以制止。到2007年，鲁班水库已经发展到3000多个养鱼网箱，密布在13平方公里的水面。一个网箱一年可以给养鱼户带来近两万元收入，3000个网箱，一年可以给水库周边群众带来5000多万可观的经济效益。

但是，随着网箱的增多，水库及周边也产生了严重污染。周边居民发现，放出的水可以烧死秧苗，空气里携带的腥臭味越来越重，很难闻。而且不断有居民发现，自己家水井里的水，也有一股鱼腥味和腐臭味。他们开始意识到，是随着网箱增多，鱼类的饲料与排泄物不断进入水中，大大超出了库区水源自身净化能力，导致库区水质被破坏。水库的污染问题也引起了当地政府部门的重视，鲁班镇政府工作人员介绍，2009年的测量数据显示，库区水质最差时曾达到劣质水V类标准，无法再为周边群众提供生活用水。

库区水质的恶化、空气的异味，给当时已经兴盛起来的鲁班水库度假旅游产业带来极大打击，造成周边的银杏山庄酒店及农家乐等大量停业。

鲁班水库边的吴塘村依山傍水，全村共有网箱400余个，是网箱养殖大村。鲁班水库的网箱养殖一度兴盛，富了当地渔民，黑了鲁班水库。村民唐大爷说，他家当年有4个网箱，每年可以带来7万元左右的收入，比外出打工强多了，后来发现空气不对了，井水也变味了。

2013年，三台县鲁班水库管理局、三台县政府开始动员养殖户自觉拆除养鱼网箱。

水库水质恶化，吴塘村村民已经深受其害，深刻认识到拆除网箱的重要性。村党支部书记吴能在动员渔民时说："不能养鱼了，也不代表我们就断了生计，我们可以因地制宜发展其他产业。"从2013年3月到4月，仅一个月时间，吴塘村就拆除了村民安装在鲁班水库中的全部网箱。在吴塘村的带动下，整个鲁班水库3000余个网箱陆续拆除。

渐渐地，水库水清了，水生态得到恢复，水质也从曾经的劣V类水成为现在的II类水质，从能烧死秧苗的黑水、臭水，渐渐成为每年吸引游客

100 多万的碧水。

吴塘村村民韩永成说："现在我们不养鱼了，鲁班湖水变得很清澈了，村上带领我们搞产业转型，种莲藕、栽桑养蚕、种果树、办农家乐、办民宿……我们的钱不比养鱼挣得少。"

我们看到，现在的吴塘村已经是一个乡村旅游示范村，山上是果树，农户家里是民宿、农家乐，门口水域是休闲、垂钓中心，水面是游船、快艇……他们原来以破坏生态换取利润，现在要保护生态挣生态旅游钱。

脱贫攻坚战中，鲁班镇依托鲁班湖的旖旎风光、近山邻水的资源优势，着力发展环湖旅游经济，走"旅游兴镇"之路，让环湖旅游产业为全镇人民脱贫立下汗马功劳。

洞湾村是一个半岛村，坐落在鲁班湖畔，碧波与田园相连，一幢幢粉白洋楼点缀在湖光山色之中，别致、优雅，宽阔干净的水泥道蜿蜒其间。

20 世纪 80 年代，洞湾村也同湖边其他村一样，大力发展网箱养鱼，村民摇身一变，从农民变为库中渔民，并且很快摆脱贫穷。他们从湖中受益，也深受恶劣的水环境之害。他们同吴塘村一样，纷纷从湖中上岸，又从渔民回到农民。

上岸后的渔民怎么办？他们开始爱惜鲁班湖，组建保洁队伍，常年打捞水面漂浮物，粪肥还田、废水就近利用，实行种养循环，开始走生态产业发展之路。不仅对聚居点的污水进行集中整治，还对全村进行生态绿化规划，栽了上万株绿化苗木和风景树。

他们拆除了 285 座危旧土坯房，建起了 2 处新村聚居点，并配套了停车场、健身设施和路灯。村道有风景，庭院有花香。洞湾村一下子像一首诗一样，耐读，又像一幅画，耐看。

现在，洞湾村吸引回一大批外出务工农民在家创业，发展藤椒产业1260 亩，沿湖旅游带发展经济果林 200 余亩，产值百万以上。随着湖区旅游不断升温，村里的星级农家乐打出了新品牌，如露营、野钓、亲水、美食、游船横渡观景、湖中看鸟寻花、岛上采摘体验、村里漫步休闲、林下户外拓展等，洞湾村的旅游生态逐渐成形，周末度假游、节庆观光游、组团游纷至沓来，特别是每年的鲁班水文化节，村里更是人气旺盛，让村里的农家乐、民宿应接不暇，两家大型酒店一天接待客人一万多人次。

现在，鲁班湖水利风景区随着潼川古城、郪江古国、云台观等景区的开发建设、卧龙山庄、银杏山庄、福鑫酒店、固通酒店和乡村农家乐、民宿等配套的完善，正以其生态美吸引着世人眼球。

"引来岷江水，灌溉万顷田"的鲁班水库，不仅被西方誉为中国的"东方金字塔"，还被中国人誉为"水上瑶池"，她继续忠于初心，灌溉三台、射洪、蓬溪的 60 多万亩耕地，更成为当地一大旅游支柱。

不平凡的坚守

文 / 王 砅 杨 攀

威远河发源于四川省威远县境内的连界场清风寨俩母山麓，为沱江一级支流，古又名清水溪、清溪河。威远河经过秀美的方山台地、幽深峡谷，接纳新场河、龙会河、达木河三条较大支流后，曲折流经威远县、自贡市大安区，在大安区凤凰乡双河口，与旭水河交汇后合二为一，称为釜溪河，最终在富顺县邓关汇入沱江。河流分水岭最高处海拔825米，全长131公里，流域面积956平方公里。

20世纪六七十年代，为了生产生活的需要，威远河上先后建成了长沙坝、葫芦口两座中型水库，团结、联合两条干渠和自贡市引水管道，形成了如今长葫灌区的基本格局。1981年，由水电厅直管的四川省长沙坝葫芦口水库管理局（后更名为四川省长葫芦灌区管理局，简称"省长葫局"）成立，主要负责长沙坝、葫芦口两座中型水库及团结干渠一期工程的管理、维护、兴利和防洪调度，并协助地方政府开展两库的水资源保护工作，承担着自贡市、威远县80余万城镇人口、500多家企业和32.45万亩农田的供水任务。

平凡的岗位，不平凡的坚守

在去采访2014年四川省五一劳动奖章获得者刘金权的路上，带队的省长葫局党群工作科副主任、工程师官慧敏说："刘金权没有惊天动人的感人事迹，也没有做出影响深远的贡献，他只是在平凡岗位上默默坚守的众多水利人的一个缩影。"

汽车载着我们自长葫灌区管理局所在地的威远县杉树坳街出城，一路前行，最开始依山上坡，到达山王镇以后，驾驶员刘应建对我说："现在开始下坡了，等下就会到踏水桥。在那里，你会对长沙坝工作的艰辛有更直观的了解。"

"长沙坝位于踏水桥吗？"

"不是，踏水桥是长沙坝人（对工作在长沙坝的水利人的简称）到山王镇采购生活物资的必经之路。"

我于是警惕起来，开始东张西望。汽车又向山下开了十多分钟，一个拐弯，右手边的青山绿水立即被一片荒凉取代了：面前的一整片山坡倾泻直下，大大小小的石子和泥沙摇摇欲坠，露出随时可以逼近公路的恐怖气势。如果不是看见整个山体已经被钢筋围栏固定，真不敢经过。

"这是去年'7·31'和'8·16'洪灾后形成的。"刘应建说，"路面随后就被清理了。但在清理以前，他们（长沙坝人）只能被困在里面。"

"困在里面？"

"是啊，长沙坝在山里，必经之路堵塞了，就出不来了。我记得他们被困最长的一次，有50多天。"

"那采办不到生活物资怎么办？"

"只能想办法克服了。威远的人采购物资到踏水桥，水库里的人在踏水桥交接物资。"

长沙坝位于威远县观英滩镇与黄荆沟镇交界的山王镇唐家山村河谷中，距县城29公里。因为山路崎岖，我们用了整整一个小时才到达库区，见到了刘金权。

刘金权是长沙坝水库管理所工程管理股股长，中等身材，圆圆的脸上架着一副方框眼镜，说话不紧不慢。他自1993年由甘孜天保工程调到长沙坝从事工程管理工作，迄今已在这个岗位上工作了28年。

"水利人嘛，就是要守得了清苦。"谈起这些年的工作经历，刘金权淡淡地说。说这话的时候，一股乐观豁达的神采从他的脸上显露出来。

乐观，是水利人枯燥工作中最有味道的营养品。

在2008年以前，长沙坝工作人员全都住在瓦房里，全管理所仅一台电视机，电视信号从山上拉的一根有线天线而来。遇到风吹雨打，信号杆错位，大家还得重新架设才能收到信号。

长沙坝目前共有工作人员 7 名，实行轮班工作制，有 5 名工作人员参与轮班。每天 8 点、14 点、20 点、2 点（5—9 月）都需要轮班人员采集、上传观测数据，如水位、库容、气象、温度，以及渗漏情况、降雨量、水质保护等。此外，每个月的 5 日、13 日、21 日、29 日，还需要对大坝进行内部观测和绕坝渗漏观测，并对大坝使用的所有机电设备进行详细查看和维护，并记录相关数据。

由于坝上工作一刻也不能离开人，所以轮班的 5 人实行工作 20 天休息 10 天的作息制度，工作期间不回家。

"上 20 天休息 10 天，家里人能理解吗？"

"能理解，就是辛苦他们了。其实，休息 10 天是最好的情况，通常休息期间也会因为工作回到坝上。至于 5 月到 9 月的汛期，那真没办法静下心来休息，尤其是七八月洪水多发季节，不可能休息那么久。"刘金权说。

"坝上值班工作，到底需要做些什么呢？"

"日常观测，记录水情、雨情、汛情、气象状况（观测）、地质灾害等，是我们的基础工作。"长沙坝水库管理所所长李方毅介绍说，防汛是主要工作，此外，工作人员还承担着调度蓄水等工作。

长沙坝于 20 世纪 60 年代开建，70 年代初建成。大坝为浆砌条石单曲拱坝，坝高 52.8 米，总库容 4717 万立方米，正常库容 3623 万立方米，是葫芦口水库的囤蓄水库。

葫芦口水库位于长沙坝水库下游 15 公里处，1972 年动工，1979 年 12 月竣工。大坝为浆砌条石重力坝，坝高 71 米，总库容 7580 万立方米，正常库容 6200 万立方米。

"90 后"小伙子许成，是葫芦口水库库区近几天的新闻人物。

2021 年 6 月 30 日 18 时许，正在值班的许成和往常一样，正准备对大坝进行巡察，突然听到有人高声大喊："救命啊，救命啊，有人跳水了！"是一个女子轻生。

许成赶紧拿上救生衣和救生圈，飞快跑向落水地点，毫不犹豫跃入水中，奋力向轻生女子靠近。

女子情绪低落，被救时极力反抗，忍着被女子挣扎抓打的痛苦，许成始终没有松开女子的手，带着她奋力往岸边游。慢慢地，女子开始体力不支，神志也有些模糊，许成不敢大意，用尽全身力气继续向前，大约过了10分钟，他终于把女子救上了岸。

"没有求生意愿的人比一般落水的人更难救，甚至有可能将施救者一起拖进深水区，你当时不怕吗？"

面对这个问题，许成不好意思地摸了摸脑袋，憨笑着说："当时，真的是什么都没想，就想先救人。这是一条生命呀！而且我是年轻人，这个时候更不能退缩。"

原省长葫局党委书记、局长周宗剑对此这样评价："许成同志见义勇为的行为，充分体现了当代青年的精神风貌和优秀品质。"

如果说长沙坝的刘金权等老一代水利人具有强烈的时代特征，比如特别能吃苦，特别节约，对物质生活要求不高，能数十年如一日坚守大坝，那么，葫芦口水库这个以年轻人为主体（现有的9名工作人员中，除水库管理所所长黄斌不是"90后"外，其余8人都是"90后"）的队伍，是怎样耐住水库工作的单调和清苦的呢？

◆葫芦口水库全景

葫芦口水库管理所副主任工程师，同为"90后"的廖艳告诉我，水库基层的工作单调重复，年轻人要想在工作上做出成绩，在技术等方面有大的突破，确实很难。但是，大家既然选择了水利工作，就意味着认可和热爱水利行业。"坚守，是我们的基本职责。"她说。

省长葫局团结渠管理所所长毛华对水利工作有更为感性的认识。他说，每当看到老百姓粮食丰收，露出笑容的时候，他会发自内心地感到光荣。"大春时节，我们加班加点为庄稼地提供春灌用水，老百姓全都看在眼里，因此对我们的工作十分尊重。"

团结干渠灌区东接龙会和东联镇，北连山干镇长岭村，西与镇西镇接壤，南与富顺镇相邻，灌区面积550平方公里。作为长葫灌区骨干工程之一，团结干渠渠首在葫芦口水库总干渠末端分水，沿威远河左岸斜坡绕行至黑大湾后向北东前行至西堰隧洞，后折向南经龙会至指路碑暗涵为一期工程，二期工程继续南行经王家坡隧洞，过楼房沟至自贡大安区团结镇莲花寺渡槽出口止，渠道全长59公里。

团结干渠渠首设计流量为6.0立方米/秒，工程级别为4级，相应永久主要建筑物按4级设计，次要建筑物及临时建筑物按5级设计。渠道设计防洪标准为10年一遇，地震基本烈度为Ⅵ度区和Ⅶ度区。

作为农灌渠，团结干渠设计灌溉面积为32.45万亩，有效灌溉面积31.09万亩，受益的有团结、爱和、新胜、新民、胜利、和平、群乐7个乡镇50个村479个组。自修建启用至今，团结干渠坚定地履行着春灌的职责，保证了沿线粮食生产的顺利进行。

团结干渠近5年来的春灌详情如下。

2017年，全年向灌区提供农业灌溉用水1398万立方米，灌溉农田31.61万亩。

2018年，全年向灌区提供农业灌溉用水1145万立方米，灌溉农田31万亩。

2019年，全面完成春灌用水工作，春灌期间采取集中供水策略，极大地减少了用水矛盾，完成水稻栽插14.25万亩，实现农田灌面30.58万亩。

2020年，克服新冠肺炎疫情影响，及时复工复产，完成水稻栽插14.25万亩，实现农田灌面31万亩，满栽满插，确保了粮食生产安全。

2021 年，春灌工作于 5 月 23 日全面完成，历时 46 天，实现水稻满栽满插 14 万亩，实现农田灌面 31 万亩。

优服务，应急、防汛两手抓

团结渠位于威远河左岸，于 1960 年初步建成，1971 年 4 月建成渠道 8 公里，1978 年，全渠（包括自贡市大安区）建成。

1958 年，自贡与内江商定在威远河中游合建三级蓄水工程，以解决自贡和威远工农业用水问题，这就是位于威远县山王镇唐家山村的长沙坝。工程于 1967 年 10 月动工，1971 年 10 月竣工。

1972 年 3 月，自贡市和威远县合建葫芦口水库的申请得到批准，当年即开工，并于 1979 年建成。葫芦口水库位于威远县新场镇、山王镇和观英滩镇境内，长沙坝水库下游，是长江三级支流威远河梯级开发的第二级水库（上游 15 公里即第一级水库长沙坝）。

至此，长葫灌区的格局形成。1981 年，省长葫局成立，直属四川省水电厅，主要负责长沙坝、葫芦口两座中型水库及团结干渠的管理、维护、兴利和防洪调度，任务以农业灌溉和城市供水为主，兼顾防洪、发电等。

1987 年，经过 3 年建设，自葫芦口水库通往自贡市第二、第三水厂的饮水管道完成竣工验收并马上投入使用。目前，该管道已全年满负荷运行，每天输送水量高达 120 万吨。

然而，这样大的输送量依然是不够的。随着自贡城区不断扩大，主城区缺水问题越发严重，尤其是 5 月至 9 月的用水高峰期，居民用水供需矛盾十分尖锐。

为解决这一民生问题，保一方安定，3 年前，经过各方的审慎研究，团结干渠在每年春灌完成以后的 5 月至 9 月开始承担另一项重要任务——为自贡城区应急补水。

"其实，开展对自贡城区的应急补水后，应急补水和防洪防汛的矛盾一下就凸显了。"省长葫局党委委员、供水科科长邹方元介绍说，省长葫局对自贡城区开展的应急补水时间在自贡城区市民的用水高峰期，即 5—9 月，汛期恰恰也是 5—9 月，时间上的重叠，说明应急供水确实困难较大。

"只有迎难而上呗。两者都要做，两者都要做好，这确实考验我们的服务能力。"邹方元说，为最大限度地控制风险，汛期每天实行日常全渠段巡察，每日上午和下午各巡察一次，发现异常情况，巡渠人员第一时间向段长报告，段长及时报告防汛办公室并到现场确认，然后逐级上报。

由于编制内人手不够，为切实推动巡渠工作，省长葫局出台了《四川省长葫灌区管理局劳务费管理办法》，允许合理外请供水协防、泄洪闸值守等辅助人员，各管理段辅助人员由管理所负责选用，各管理段段长负责使用和管理。

"这笔费用由管理局承担，并不纳入应急补水成本。按照外聘10人计算，外聘时间4个月，每人每月工资3000～4000元，额外产生的费用在12万元到16万元间。"邹方元说。

"我们必须优服务，提高服务质量，将服务细化到灌区市、县、镇、村，要急群众之所急，想群众之所想。今年春灌前夕，我们专门成立了春灌服务队，成员深入老百姓家中，充分和他们沟通，了解他们的需求，并采取了先远后近的方式给水，老百姓非常满意。城市供水服务涉及城市稳定，在对威远城区及自贡城区常规供水的基础上，为了把自贡主城区的应急补水工作做好，我们加强了对沿渠排污的跟踪、治理及与县政府相关部门的配合，保证了自贡城区市民用水的安全和质量。我们认为，局上能够用这笔费用很好地应对应急补水和汛期防洪的双重考验，这是好事，是我们持续开展优质服务的结果。"周宗剑说。

据了解，就汛期应急供水事宜，省长葫局出台了《团结干渠汛期应急供水调度管理办法（试行）》，对日常调度管理、降雨期间调度管理、应急处置管理等情况做了详细的规范。

比如，日常调度中，葫芦口渠首闸门调度命令由局防办（省长葫局防汛办公室）下达，葫芦口水库执行操作，每次重启或调整闸门后24小时内，葫芦口管理所开展测流，数据及时报告供水科；调度执行由各管理段段长负责，执行局防办调度指令，泄洪闸关闭并堵漏，节制闸距离水面20～40厘米，本段内交水/接水流量原则上不得小于90%。

降雨期间调度由团结渠值班所长负责，泄洪闸开启指令由带班局领导负责，原则上泄洪闸闸前水位达到警戒水位，或段上降雨达50毫米及以上时，逐步开启相关泄洪闸；泄洪闸闸前水位达到保证水位时，泄洪闸全开，并调整节制闸；紧急情况时由值班所长决定先开泄洪闸，可执行后再报告。降雨结束后，供水科科长联系自贡水务投资集团有限公司、釜溪水务投资开发有限公司协商重启应急供水时间和流量，确定后报带班局领导，局防办通知葫芦口和团结渠执行，执行后30分钟内报局防办。

此外，巡渠人员发现渠道及建筑物发生裂缝、管涌、滑坡、位移、漫渠、垮塌等险情时，报告段长，段长第一时间上报。可能危及当地人民群众生命财产安全时，段长第一时间报告当地镇、村、社组织人员避险转移。灾后是否继续开展应急供水，由科学分析得出结论。

巡渠分段进行，一般10公里一段，按照成人步速来看，步行时间在2个小时左右。但是，10公里的巡渠路则需要走4个小时。

"只能步行吗？"

"团结干渠属于丘陵渠道，渠道外围大多数地方都能骑车，但是贴近渠道的地方路况却不好，有些地方可以骑摩托车、电瓶车，有些地方却无路可走。这种情况下，巡渠人员宁可全程走路。因为，首先，沿渠能够骑车的路程并不长；其次，当骑到不能再骑车的地方的时候，巡渠人员必须得把车停在一边，巡完一段路后，再倒回来取车，然后在渠道外侧骑一段，骑到刚才巡过的渠道外侧，再把车停下来，贴近渠道查看，再回来取车……这样反而花费的时间更多。"毛华补充解释说。

经过一个春天的疯长，许多渠道边上常常长满了高高的荒草，加上树枝藤蔓的纠缠，要贴近渠道看清渠内的情况很不容易，巡渠人员真的是高一脚低一脚地走，常常找不到下脚的地方。有时候走着走着，突然就从脚下蹿出一条蛇来。

"巡渠工作很艰苦，但意义重大。团结干渠不是全封闭的渠道，沿线有不少农户居住，他们习惯于将生产生活产生的各种垃圾随意抛撒，如秸秆、杂物、废品、病死的畜禽等。这些随意丢弃的物品一旦进入渠道，就会对水资源造成污染。对自贡城区应急补水后，巡渠人员一方面要防范水资源被污染，另一方面，还要重点查看渠道的安全问题。长葫水库灌区渠系修建于20世纪70年代初期，属于'边设计、边施工、边修改'的'三边'工程，渠道设计及建设标准低，在近40年的运行期间，渠道存在老化、垮塌、渗漏、水毁等情况。严格坚持巡渠制度，不放过任何可能的风险，防患于未然。"毛华总结说。

团结干渠地处威远县西北侧山区与丘陵区交界地带，夏季降水受大气环流的影响，常有大雨或暴雨发生。根据南侧威远气象站实测暴雨资料统计，该区最大暴雨多发生在5—9月，尤以7月、8月居多，分别占统计年份的43.9%和26.8%。该区域内暴雨频繁且量级较大，威远站实测最大暴雨24小时降雨量213.5毫米（1983年9月7日），自贡站24小时最大降雨量302.0毫米（1997年6月27日），一次暴雨主要集中在24小时以内，一次暴雨当中的最大雨量多集中在6小时内，占24小时雨量的71.5%，且有峰量集中的特点。

笔者查询资料发现，最近3年，团结渠就经历了3次大洪水的袭击，分别是2019年"7·22"洪水、2020年"7·31"洪水和2020年"8·16"洪水。

以2019年"7·22"洪水为例，当日8点到23日8点，威远县发生了一次强对流天气，实测最大1小时降雨量为60.5毫米（观音滩站），最大24小时降雨量为111.7毫米（观音滩站），降水量在50毫米（暴雨量级）以上的乡镇有12个。

团结干渠处于该次强降雨范围内。22日中午，团结干渠中段所经高石镇及上游铺子湾镇、严陵镇1小时降雨量介于34.8（铺子湾站）～41.3毫米（山王站）之间，沿渠坡面洪水集中入渠。暴雨又造成渠道上坡面铺子湾镇王家村6处堰塘溃决，暴雨形成的洪水与堰塘溃决的瞬时洪水同时进入渠道，导致入渠洪水量过大，造成渠内洪水超过渠道设计标准，最大洪水流量达5.9立方米/秒。

当天14点左右，团结干渠高石镇大湾村渠段洪水满渠，外侧边墙出现漫水，随后垮塌。垮塌段长约12米，最大垮塌深度约1.2米。垮渠后洪水外泄，冲向下游，致使渠道下方农田、作物、鱼塘被冲毁，给当地居民和养殖户造成了经济损失。

"人民至上，生命至上，我们必须全力以赴保汛期平安。综合来看，省长葫局的工作重点在水库，难点在渠道，我们重责在肩，唯有更加努力。"周宗剑说。

那些美丽的抗洪身影

如果说平凡岗位的坚守特别难得的话，那么，奋斗在抗洪战线上的身影则显得格外美丽。

"雨太大了，5米外的路面都看不见，我们走路吧。"

"两个水库的水位现在分别多高？"

"渠道现在垮了几处？"

"所有衣服全部湿透，衣柜里没一件干的了。"

"干了个通宵。"

"又干了一个通宵。"

"帮我扯一下背上起的皮，暴雨过后的太阳好毒啊，才几天就晒脱了皮。"

"那家养殖户的工作终于做通了，抢修没被耽误。"

"施工方基础不过关，我们继续守在工地上，督促他们返工。"

……

如果暴雨期间你正好身在省长葫局，或者在长沙坝、葫芦口水库，或者在团结渠沿线，类似上面这样的对话随时可以听见。话里话外所彰显的责任与担当，令人不得不为他们点赞。

以2020年为例。当年夏季，威远雨水多，大雨、暴雨不断，使得长葫灌区连续遭遇强降雨侵袭，其中"7·31"和"8·16"大暴雨更是使团结干渠受损严重。

身处一线的团结渠管理所干部职工们不知道经历了多少个不眠之夜。"7·31"之前的十多次强降雨主要集中在团结干渠区域。为了保证干渠安全运行，他们舍弃了周末和节假日，始终坚守防汛一线，测水位、查隐患、疏沟渠、巡堤坝，扎实做好长葫灌区水旱灾害防御工作。

7月30日晚，威远县龙会镇突遭大暴雨侵袭，几小时的降雨量就达上百毫米。汹涌的洪水直接灌入团结干渠，干渠工程出现水毁现象。

灾情就是命令，时间就是生命。

在收到值班人员报告后，省长葫局第一时间启动团结干渠防汛抢险Ⅰ

级应急响应，同时，局领导立即组织人员奔赴一线进行泄洪调度。在长葫干部赶赴现场的过程中，雨势加大，路上不时有塌方和洪水，但他们没有畏惧，一边和地方政府抢险人员劝导渠道周边群众疏散，一边组织值守人员全开泄洪闸疏泄洪水。

在单位的统一部署和指挥调度下，省长葫局干部坚持冲锋在前、扛责在肩，严格落实水库安全度汛"三个责任人"（防汛行政责任人、防汛技术责任人和防汛巡察责任人）和"三个重点环节"（水雨情测报、水库调度运用方案、水库大坝安全管理应急预案），严格执行汛期局领导在岗带班，带班领导、值班主任、值班人员三级值班制。

省长葫局工程管理科工程师丁于竣回忆起一年前惊心动魄的一幕幕，笑着说自己十分"有幸"，"7·31"和"8·16"两次大暴雨都在局里值守。他非常清楚地记得，当时收到渠道返回来的渠道垮塌、山体滑坡的消息时，心都"拧成了一团"。他说："当时担心两个事情：一是渠道周边群众的生命财产安全；二是威远和自贡城区的生活用水。"

长葫灌区作为威远县和自贡城区的主要供水来源，稳供水直接关系到群众生产生活的切身利益。为此，长葫局干部职工一方面加强水利工程巡护，保证供水设施正常运行；另一方面，开展长葫水利工程拉网式检查，检查工程运行情况和水毁损失情况，并加强与地方政府部门沟通协调，全力恢复应急供水。

紧接着，渠道修复和财产赔偿工作立即展开。作为被抽调到团结干渠高石渠道监督抢修工程质量安全的代表，刘金权回忆起当时长达一个多月的监督工作，许多细节依然记忆犹新。

暴雨后就是连续的大太阳，天气非常热，那时候抢修分秒必争，全天时间都必须奔波在外，沿渠道来回巡察。不到一个星期，他的身上就晒脱了皮。一开始他戴草帽，后来发现草帽遮挡的面积太小，于是赶紧改戴大斗篷。

"其实有比热更难受的。"

"累？"

"不是，累倒是习惯了。"

"那是……"

"蚊子，咬得人痒得简直受不了。

"被吸点血都没什么，关键奇痒，被叮了的地方会长出一团一团的红疙瘩，跟过敏了一样，越挠越痒，难受得很。"

和自然条件的艰苦相比，意料之外的障碍更令他感到棘手。

当时有一家农户鱼塘被冲毁，鱼塘主人喊上兄弟姐妹一大群人，堵在垮塌的渠道旁，不准施工方动工。"赔付谈不好，抢修就得停。"对方很明确地说。可那是抢修啊，不是随时可以停下来边做边施工的普通工程。

但鱼塘业主方就是不罢休，怎么办？"只能耐着性子讲政策。心里再急，也不能发火，一定要耐心做好解释工作，尽快推动抢修工作。"说起当时与鱼塘主人沟通时的状况，刘金权笑着说。

"说实话，我们分布在每一段抢修渠道上的水利人，几乎都会遇到类似难题。但我们扛责在肩，就要迎难而上，全力化解各种矛盾，这样才能无愧于党和人民的期望。"毛华总结说。

依托河长制，治疗多项顽疾

"我们没有执法权。这些年，依托河长制，加强巡视和管理力度，发现问题及时上报，县河长、镇河长、村河长依法督查。保护水资源、打击不法行为的力度增大，工作越来越顺了。"省长葫管理局水政科副科长王雪彬说。

河长制是指由各级党政主要负责人担任河长，负责组织领导相应河湖的管理和保护工作的一项制度。2016年12月13日，水利部、环境保护部（现为生态环境部）、发展改革委、财政部、国土资源部（现为自然资源部）、住建部、交通运输部、农业部（现为农业农村部）、卫计委（现为卫健委）、林业局（现为林业和草原局）等十部委在北京召开视频会议，部署全面推行河长制各项工作。河长制的实施，使突击式治水向制度化治水转变。

"河长制工作自2017年开始，葫芦口水库、长沙坝水库和团结干渠河长制办公室就设在我们长葫管理局水政科。"王雪彬介绍说。

各级河长的工作有：组织领导相应河湖的管理和保护工作，包括水资源保护、水域岸线管理、水污染防治、水环境治理等，牵头组织对侵占河道、围垦湖泊、超标排污、非法采砂、破坏航道、电毒炸鱼等突出问题依法进行清理整治，协调解决重大问题；对跨行政区域的河湖明晰管理责任，协调上下游、左右岸实行联防联控；对相关部门和下一级河长履职情况进行督导，对目标任务完成情况进行考核，强化激励问责。

威远山区盛产一种白泥，质地洁白细腻，黏性好，具有良好的可塑性和耐火性等理化性质，可以用于造纸涂料、烧制陶瓷、填料等。采白泥的经济利益，扰乱了许多人的心。

很长一段时间，白泥的滥采现象十分突出，使得山体植被被破坏，水库水质被污染。2016年后，省长葫局依托河长制，联合县政府，开展专项清理整治行动，对于乱占、乱采、乱堆、乱建等河湖管理保护突出问题进行整治。目前，白泥滥采现象杜绝了。

"就以对自贡主城区的应急补水来说，河长制有力地促进了水资源的保护。"邹方元说，"应急补水依赖的是团结干渠，但团结干渠毕竟是农灌渠道，没有全封闭。整整59公里（威远辖区内近46公里，自贡辖区内13公里）长的渠道上，有不少农户居住。以前，他们习惯于将生产生活产生的各种垃圾随意抛撒，很容易造成水资源污染。"

实施河长制以后，巡渠人员及时将发现的问题上报河长，河长再以行政力量加以规范，效果明显。

根据统计数据，2019年，省长葫局协助长沙坝、葫芦口水库和团结干渠县级河长开展巡察22次，协助召开专题会议6次，督促县级河长交办问题整改项目4项，有力推动了水资源保护、水污染防治、水环境治理、水生态修复等工作。

2020年，省长葫局全年协助县级河长开展巡察10次，召开专题会议4次，督促县级河长交办问题整改6项；持续开展扫黑除恶专项斗争，依法打击各类涉库涉水涉渠的水事违法行为，开展打击非法捕鱼联合执法3次，对饮用水源地进行专项检查4次，对库区采砂监管监察3次，取缔非法采砂场1处，形成打击涉水违法行为的高压态势。

周宗剑介绍说，目前，河长制已经成为常态化抓好长葫两库库区、渠道保护、扫黑除恶专项斗争的工作平台。

为了切实推动河长制工作的进行，省长葫局出台了河长制、湖长制工作清单。在《2021年葫芦口水库河长制湖长制工作清单》中，清单分为目标清单、问题清单、任务清单、责任清单，每一项都十分具体。比如，目标清单中"水资源保护"项下，就有水功能区监管和水质监测、信息共享两项，下面分别对应有实行饮用水源区严格监管、确保水库水质达标、持续开展水质监测、相关单位信息共享等子项，并明确给出了目标值为Ⅱ～Ⅲ类。

同样，在目标清单中"水污染整治"项下也有明确的具体要求，如推进农业农村面源污染防治宣传，实施化肥农药零增长行动，对畜禽养殖进行监管，禁止葫芦口水库饮用水源一级保护区内从事畜禽养殖活动，依法打击在一级保护区内游泳、垂钓或者可能污染饮用水水体的其他活动。

靠天吃饭，亦能积极作为

在采访过程中，几乎每一个接受采访的省长葫局人都会提到"靠天吃饭"。是啊，天上下多少雨，决定了可以囤积和利用多少水资源。据统计，威远县年平均降水量为906.8毫米。相对于日益增长的用水量来说，可利用的水资源十分有限。

长葫水库为长葫灌区的主要水源工程，位于长江三级支流威远河上游，为梯级开发、联合调度，总库容1.23亿立方米，其中长沙坝水库总库容4750万立方米，葫芦口水库总库容7580万立方米。正常库容，长沙坝水库为3623万立方米，葫芦口水库为6200万立方米。

这些水资源用于四个方面：自贡和威远城区的城市工业和生活用水、春灌、自贡主城区居民5—9月用水高峰期的应急补水、威远河的生态补水。

据统计，2013—2017年，长葫水库共向灌区提供有效水量36798万立方米，其中农业供水6159万立方米，工业、生活供水26434万立方米，生态供水4205万立方米。

2019年，按照"保障生活用水，提供工农业生产用水，支持生态环境用水"的原则，科学调度，优化服务，长葫水库全年向灌区供水8541万立方米，其中城市工业和生活供水5949万立方米，应急供水503万立方米，农业灌溉供水1101万立方米，向威远县提供环境用水988万立方米。

2020 年长葫水库继续科学配置水量，优化调度计划，全年向灌区供水 9362 万立方米，其中城市工业和生活供水 6034 万立方米，向自贡应急供水 271 万立方米，向灌区提供农业灌溉用水 1459 万立方米，向威远县提供环境用水 1598 万立方米。

此外，省长葫局拓展的新的用水市场初见成效，成渝钒钛公司在象鼻咀水库取水 840 万立方米，在长沙坝水库试运行取水 382 万立方米。

2021 年上半年，长葫水库已向灌区供水 5729 万立方米。其中，城市工业和生活供水 3519 万立方米，向威远县提供环境用水 1102 万立方米、春灌用水 1108 万立方米，并已向自贡市主城区开展应急供水 107 万立方米。同时，还向威远县东联镇应急补水 50 万立方米，解决了当地人畜饮水和环境整治用水困难，全力促进乡村振兴。

比较近几年的供水数据可以发现，相关单位的用水需求量增加很快，近三年几乎以 10% 的速度在增长。这个靠天吃饭的灌区，遇上极端干旱年份，两库年末蓄水总量甚至只有 4700 多万立方米。

省长葫局是怎样解决靠天吃饭和用水量持续增长这一矛盾的呢？

首先是节水。

长葫灌区续建配套与节水改造的总体规划于 2000 年由四川省水利水电勘测设计研究院编制完成。工程于 2001 年正式实施，2008 年基本结束。截至 2010 年，累计完成渠道整治 182.35 公里，改造建筑物 321 座，占规划的 100%；整治滑坡 4 处，硬化防洪专用公路 6.8 公里，完成长葫灌区信息化工程建设。该节灌工程有力地改善了灌区工程运行状况，提高了灌区输水能力，减少了输水损失，更好地满足了灌区其他用水部门的用水要求。

2019 年，省长葫局按水利厅下达的投资计划完成长葫灌区续建配套与节水改造剩余项目，整治团结干渠 27 段，共计 7212 米明渠，在总干渠、干渠及支渠建设 17 个监测站进行流量、水位监测。目前，该项目已经完工。

2020 年，省长葫局在全局启动了节水机关建设，更新了用水终端器具，实施了卫生洁具、食堂用水设施、老旧供水管网等节水改造和设施建设，加强了用水计量设施、绿化节水喷灌等硬件建设，人均用水量低于四川省地方用水定额标准，用水总量低于地方下达的用水计划，用水单位水计量率达到 100%，次级用水计量率达到 95.91%，节水器具普及率达到 100%，用水器具漏失率 0%。强化节水爱水，严格落实节水制度，建立了四川省长葫灌区管理局节水目标责任制和考核制度、节水巡回检查制度、节水管理岗位责任制度、设备维护制度、用水计量制度等 5 项制度，制订了 2020 年节水工作方案并予以落实。

2021 年，省长葫局抓好管养项目、水毁项目、安全隐患整改项目的实施，完成团结干渠水毁修复、掏淤补漏和大田口渡槽验收准备工作；积极开展节水型灌区建设，加大工程整治力度和防渗处理，减少渠系渗漏，从工程措施上节约水资源；不断完善计量用水设施，提升在线监测运行保证率，精确计量，加强水费征收，防止人为浪费水资源。

其次是增加来水量，进行人工降雨。邹方元介绍，人工降雨效率较高。气象局的数据显示，一次人工降雨可以增加 15% 的来水量。以 2019 年为例，省长葫局抓住汛期降雨机会，主动作为，多次与内江市气象局、威远县气象局合作，开展人工降雨作业，有效地增加了来水，长葫两库年末蓄水 8340 万立方米，成为自 2017 年以来蓄水情况最好的年份。

最后是严格执行用水计划。科学制订水量分配计划，加强用水计划管理，动态管理计划，防止超计划用水发生，从计划上节约水资源。严格管理春灌供水时间，保障大春适时栽插，精细化调度，2021 年春灌时间进一步缩短，在时间上减少输水损失。

脱贫攻坚：助力农村饮水安全

从 2017 年起，围绕水利厅脱贫攻坚工作要求，省长葫局派遣多名扶贫干部到彝区、藏区帮扶，助力农村饮水安全。因勇于担当、攻坚克难、甘于奉献，省长葫局干部罗宁先后于 2019 年、2021 年被盐源县委、县政府评为脱贫攻坚先进个人、脱贫攻坚综合帮扶行业标兵。

"决战深度贫困、决胜全面小康，我们义无反顾。"作为省水利厅第二批援助彝族地区的技术干部中的一员，王雪彬谈到自己对当地所做的贡献时说。他于 2017 年挂职德昌县水利局开始，脱贫攻坚帮扶工作一干就是 4 年，在脱贫帮扶路上充分发挥自己的技术特长，在水利扶贫路上贡献自己的力量。

◆ 俯瞰葫芦口水库

这 4 年，王雪彬负责德州、王所两镇农村贫困户安全饮水工程验收，保证安全饮水工程合格率达 100%；参与了德昌县河长办的组建，河长制工作的开展、推进，得到省、州河长制督查及暗访组的肯定，并顺利通过了省、州河长制的考核检查；负责全县所有水库、山坪塘的防汛安全检查，严格按照《中华人民共和国防洪法》《水库大坝安全管理条例》、德昌县防洪预案等的要求开展工作；负责深化水利体制改革，参与了方案的制订及执行；负责 1 个小（Ⅰ）型、7 个小（Ⅱ）水库大坝及全县山坪塘的安全检查，参与了蚂蟥沟水库底孔放水闸的应急整改；配合水利股的工作人员，编制了小型水库及塘坝突发事件应急处理方案；参与了安宁河堤防工程检查、第三方工程检测及 2016 年应急抢险工程的验收；参与了省厅、州局对和平水库工程建设的安全检查工作。此外，他还被抽调参与了全县各乡镇涉农资金检查、环保督查问题的整改工作、德昌县城市扩建改造征地拆迁工作等。

除派出常驻干部精准帮扶外，省长葫局还组建了农村饮水安全脱贫攻坚挂牌督战服务队（简称"督战队"），对雷波县、美姑县进行督战指导。

在雷波县，督战队共走访 45 个乡镇 225 个村（其中贫困村 170 个已全覆盖），入户 2074 户 10063 人（其中贫困户 1555 户 7378 人），核查贫困户占雷波县总贫困户的 9.1%。对入户发现的问题进行梳理和汇总，形成问题清单 6 份，全部反馈给雷波县水利局，要求聚焦问题短板，细化工作措施，抓好整改落实，并在后续复核工作中跟踪检查整改落实情况。

督战队还推进农村供水工程规范化管理，协助雷波县水利部门完成《雷波县农村供水工程水费收缴工作方案》《雷波县农村供水工程运行管理经费使用制度（试行）》《农村饮水安全应急管理制度》《雷波县农村饮水安全工程运营管理制度》《供水管理制度》等制度的制定；督促雷波县加快推进各乡村的水费收取工作，以达到以水养水的管理体制；协助雷波县水利局于 2020 年 6 月中旬针对全县水管员开展业务技能培训工作，从而解决管理型缺水问题，促进农村饮水工程良性运行。

截至采访时，督战队已对雷波县 108 处农村饮水工程运行管理情况进行逐处检查，全县 14 处千人以上农村饮水工程及千人以下农村饮水工程均成立了供水站，落实了乡（镇）、村两级供水站管理人员及职责，制定了制度并张贴了制度牌。水表安装和水费收取工作正在进行中，第一批水表安装已完成 94%，第二批水表安装项目由中标公司进行安装，安装率达45%；14 处千人以上集中供水工程已全面实现水费收缴，千人以下集中供水工程已有 55% 以上的村社开展水费收取。因撤乡并镇等原因导致工作推进较为缓慢，督战队已多次督促水利局加快推进水费收取，确保到 2021 年12 月底农村集中供水工程收费处数占 85% 以上，水费收缴率达 80% 以上。

在美姑县，督战队负责 12 个乡镇 61 个村的农村饮水安全督战工作，包括开展入户复核，查找农村饮水安全存在的问题，找准短板与弱点；推动在建工程质量及进度的监督工作，督促县水利局完成水利部暗访发现的农村饮水安全隐患整改工作；督导各乡镇村社加强农村饮水工程后期管护工作，开展饮水安全"传帮带"专题培训；参加县农村饮水安全协商会，及时将复核情况及工程进度等情况反馈给县水利局，对工程建设中出现的问题，积极出谋划策。

2021 年 6 月，省长葫局又增派 15 位水利干部前往美姑县，开展为期一个月的农村饮水安全"管理补短"驻村帮扶工作。"管理补短"驻村队员通过依托乡、村、施工方、水管员及农户形成"五位一体"的帮扶力量，摸清了所驻村的水源点、工程建设点、安置点、用水点等信息，形成了饮水工程详细台账 8 份。同时，结合所在村的实际情况，有序地开展了水管员的培训工作。为所驻村建立健全了水源巡察保护制度、饮水净化消毒制度、饮水工程管护制度、应急供水预案、水管员管理制度，查找并跟进整改制度落实不到位、管网裸露等问题19个。

省长葫局还落实扶贫专项资金19.4万元，通过爱心捐款、教育帮扶、以购代捐、卫生设施建设等做细做实帮扶工作；班子成员多次带队深入德格县、盐源县、雷波县做好扶贫调研和精准帮扶，开展深度贫困地区农村饮水安全调研和帮扶工作。

省长葫局坚持统筹推进，提升帮扶成效，2018年3月至2021年5月共投入帮扶资金35万余元，用于开展定点帮扶工作，着力帮助档木村脱贫攻坚。一是抓项目帮扶。支持档木村以集体入股的方式参与竹庆镇温泉酒店的建设，促进档木村集体经济的发展。2020年7月，温泉酒店以每年60万元的价格承包给第三方经营，形成村集体经济的长期收入，增强档木村脱贫致富的造血功能。二是抓基础设施建设。帮助档木村修建2个15平方米的公共厕所，极大地改善了环境卫生，有效引导牧民朝着产业兴旺、生态宜居、乡风文明、治理有效、生活富裕的目标迈进。三是开展助学帮扶。在竹庆镇扶贫产业中设立助学基金、公益岗位等，资助贫困大学生，为档木村建档立卡贫困户义务教育学生落实助学金1.68万元，并开展以购代捐活动，购买贫困户牦牛肉共计2.87万元。四是开展走访慰问。2018年以来，局领导先后7次前往档木村，慰问档木村建档立卡的贫困户，实现了帮扶工作全覆盖，结对帮扶取得实效。2019年，档木村实现脱贫摘帽，为德格县打赢脱贫攻坚战做出了积极贡献。

风清气正，队伍建设真抓实干

"平凡岗位的坚守，防汛抗洪的冲锋，突破瓶颈的钻研，扶贫攻坚的奉献，都源于'队伍建设真抓实干，干部职工思想统一，单位风清气正'。"周宗剑总结说。

省长葫局高度重视党建工作，2021年7月1日，荣获省直工委"先进基层党组织"荣誉称号，这是省水利厅唯一一家获此殊荣的基层党组织。

具体做法上，省长葫局党委把工作重点向支部聚焦，以组织体系建设、工作保障落实、组织生活开展、党员教育管理、履职能力发挥、支部工作创新为重点，突出"六个提升"：提升自觉看齐的向心力，提升服务发展的源动力，提升理论武装的引领力，提升党员队伍的凝聚力，提升支部堡垒的战斗力，提升基层工作的创造力。

为切实加强党风廉政建设，一体化推进"不敢腐、不能腐、不想腐"，确保风清气正，廉洁从政，杜绝违纪和腐败发生，纪委对此做了许多工作。省长葫局党委委员、纪委书记李红兵说，纪委严格开展半年一次的党务廉政工作会议，加大重大事项事前、事中、事后的监督，介入干部选拔任用全过程，定期和不定期地对党员干部进行警示教育等。其中，纪委花了近半年的时间，在党政领导班子成员、处级领导干部和科室负责人、科室岗位均做了详细的调查、梳理和细化，经过反复调查和修改，于2021年4月发布了相关人员的廉政风险点、防控点及相应措施。

以"三公经费"（指因公出国出境经费、公务车购置及运行费、公务招待费）控制不严，违规开支或超预算这一廉政风险点为例，风险等级为二级，对应的风险岗位为分管财务的副局长，防控措施包括五点：严格"三公经费"预算管理，没有纳入预算的项目，一律不允许开支；严格执行"三公经费"开支范围和标准，超过范围和标准的一律不得报销；严格把控"三公经费"报销手续的审核，报销凭据齐全，签字手续完备；每季度向局纪委报送"三公经费"的开支情况；局审计科每年不定期对"三公经费"的开支情况进行检查。监督机制为局党委纪委分管部门。

分岗位来看，比如工程管理科科长，其风险点包括：基本建设管理中不按程序办事，不坚持制度、规定，违规使用资金，安全检查及安全管理不坚持制度、规定，对外签订经济合同、选择施工队伍不按规定等。

此外，省长葫局还十分重视职工队伍的专业素质培养，通过培训交流活动，调动了专业技术人员主动学技术、学业务、出成果的积极性，也解决了管理中的实际问题，促进了省长葫局各项工作的开展，为未来发展提供后劲。同时，安排中青年技术人员参加上级部门举办的各类技术培训，购买现代办公设施和管理设备，组织开展工程观测、气象水情观测、财务管理、安全生产、管理制度及操作规程、公文处理等业务培训，鼓励职工自学并参加各类资格认证考试，组织技术人员走出去开展学习交流活动等。

守成发展，面向未来

"强管理，优服务，保平安，促发展"。2020 年年初，周宗剑出任省长葫局局长后，从灌区实际出发，对灌区管理工作提出了以上 12 字工作思路。

为什么首先提"强管理"？

周宗剑解释说，这是根据灌区的基本情况决定的。首先，水资源先天不足，要用有限的资源办好供水大事，就得从科学合理的调度、基础设施的安全、管理水平的提高等方面着手。

"优服务当然要重点提，毕竟我们的工作涉及城市稳定、农业生产以及子孙后代赖以生存的环境生态，稍有不慎，影响就极其深远。"周宗剑严肃地说，"省长葫局工作的重点在水库，难点在水渠，尤其汛期风险高发，我们必须遵循人民至上、生命至上的原则，全力以赴防洪防汛，把人民群众的生命财产安全放在首位。"

正是因为存在靠天吃饭、工程老化、管理手段相对落后等诸多先天不足的因素，省长葫局求发展的规划显得格外激动人心。周宗剑特别解释说："我们不好高骛远，在守成的基础上脚踏实地，把每件事做实。"

近来，省长葫局正全力贯彻落实水利厅党组"3226"工作思路，积极推动以下两件大事。

一是组建工作专班，密切跟进长征渠引水工程的规划、可研、设计和施工全过程。2021 年 6 月，省长葫局党委委员、副局长杨桓带领工程科、供水科有关人员从省规划院获得喜讯：长葫灌区被纳入长征渠补水规划，规划中的葫石充水渠将是长征渠为长葫灌区补水的输水通道，自长沙坝下游石坝儿注入威远河，为葫芦口水库补水。

二是全力抓住国家"十四五"大型灌区续建配套及现代化改造机遇，解决工程短板和提升管理水平，将在 2021 年 9 月完成《"十四五"长葫灌区续建配套与现代化改造项目可行性研究报告》的编制工作。

遥想未来，周宗剑笑容满面地说："加入长征渠工程后，葫芦口水库有望得到 8 立方米／秒的补水，制约我们发展的水资源问题将得到彻底解决。与此同时，随着相关现代化改造工程的推进，长葫灌区将逐步建设成为现代化灌区。哪怕那时我已经退休了，这样的结果也让我感到相当的荣耀啊！"

新时代以水治
为城市的生态建设赋能

——三岔湖水库的前世今生

文 / 秦博尧　张菁菁

天府之国的繁荣发展，与水密切联系在一起。四川省的水利建设，最早可以追溯到大禹时代，由李冰兴建的都江堰早已驰名中外。事实上，天府之国水利设施众多，这里我们要说的是三岔湖水库。

结缘：初见三岔湖

建党百年之际，我有幸应四川省水利厅之邀，为四川省大型水利工程撰写报告文学。在众多的水利工程中，我选择了三岔湖作为写作对象。第一次看到三岔湖的名字，是在成都规划馆的地图上。初入蜀的我，在天府新区的规划图上看到三岔湖水系，便很快记住了这个名字。那时的我，并不知道这微薄的记忆给我带来了一份缘分。

打开手机地图 APP，看到三岔湖就位于龙泉山之东南，与成都市隔山相辉映。如今成都市的城市格局，已由"两山夹一城"变为"一山连两翼"，三岔湖的规划建设势必会被纳入成都市乃至四川省的战略规划发展之中。事实的确如此，三岔湖的不远处，就是今年6月底刚刚投入使用的天府国际机场。就此而言，其发展格局和未来前景是值得探索和期待的。

◆三岔湖水库

于是，带着这一份期待，我和张强前辈一起前往了三岔湖。在三岔湖水库管理局局长牟成勇的热情接待和妥当安排下，我们乘船前往主坝进行了实地考察。行进路上，牟局长及随行人员向我们介绍了三岔湖的基本情况以及当年修建时的情景。"采写三岔湖，'东灌'工程无论如何绕不过去。没有打通龙泉山的'东灌'工程，就没有三岔湖的诞生。三岔湖作为整个'东灌'工程的关键实施节点，是'东灌'工程不可分割的一部分。它们的修建是一段波澜壮阔的历史，当地民众为此付出了巨大的努力和大量的心血。"牟局长说。

站在厚厚的大坝之上，抚摸着栏栅，思绪仿佛就回到了当年人民群众艰苦奋斗的岁月……

启幕：旱灾频生

20世纪的四川简阳，民间广为流传着一首民谣：

天府之国仅西川，
四川中东不沾边。
西泽东旱数千年，
穷富分明两重天。

龙泉山高大险隘，为成都东面天然屏障，简阳位于龙泉山中部东麓丘陵区。古时，简阳是出成都越龙泉山后，川东水陆交通要道上的第一重镇。除此之外，由于简阳地处川西平原与川中丘陵的干旱地带，年降雨量少，且分布不均，历史上旱灾频发，故有民谣中的"东旱"一说。

其实，简阳地区的旱情从其千年之前的名字"乾封镇"中，就可见一斑。据《史记·孝武本纪》记载："夏，旱。公孙卿曰：'黄帝时封则天旱，乾封三年。'上乃下诏曰：'天旱，意乾封乎？其令天下尊祠灵星焉。'"《汉书·沟洫志》："上既封禅，巡祭山川，其明年，乾封少雨。"是故"乾封"一词，后来就泛指干旱。

按照当时简阳县（现为简阳市）气象站的干旱标准，可分为春旱（3—4月）、夏旱（5—6月）和伏旱（7—8月）。据1953—1983年气象资料分析，夏旱出现频率为61%，1968年最为严重，持续50天以上；伏旱出现频率超过50%，1957—1967年均持续近50天。在统计的31年中，有旱情的年份达29年，旱灾发生率为93.5%，其中多数年份春、夏连旱，因而简阳地区素有"十年一大旱，三年两头旱，冬干夏旱年年见"的说法。

为了抵抗干旱，简阳人民也曾在当地政府的领导和支持下大兴水利。仅1958年11月，就一次性动工修建中、小型水库48座，但由于动工匆忙、缺乏全面规划和科学论证，很多小型水库建成后出现了一系列问题，如集雨面窄、库容小、蓄水少、病害多、渗漏大等。旱情肆虐，机械抽水、靠天蓄水和电力提灌等一系列措施都收效甚微，并未使当地群众摆脱干旱的威胁。

据老一辈人回忆，干旱严重时，堰、塘干涸，库、河水枯，小溪断流，田地龟裂，豌豆死苗，胡豆枯叶，麦不出穗，很多地方无水灌秧田、插苕种，甚至人畜用水也十分困难。这不仅严重影响了农业生产和群众生活，而且制约着当地的经济社会发展。吃尽了旱灾苦头的简阳人民，不甘于大自然的压迫，迫切想要改变靠天吃饭的命运。

度地："东灌"引水

1965年，都江堰东风渠一至三期工程建成后，开始动工修建四期工程。

当时，部分施工渠道与简阳贾家镇（现为贾家街道）、三岔坝（现为三岔街道）仅有一座龙泉山之隔，山上和当地的群众并不了解工程全貌，但看到渠道规模很大，谓之"挖河"。大家由此提出一个问题：山那边正在挖河，那我们这边可不可以挖？起初仅是个别群众闲谈议论，后来当地民众开始自发向上级反映，并主动踏勘选点向有关部门报告。

1966年9月，县水电局副局长庞征按地区水利工作会议要求，主持召开区水利干部会，研究全县水利规划时，黎成福汇报说："在老君山上看见山那边在挖河，我们区的群众反映，能不能打洞引水过山。"随后，三岔坝也提出在柏树坳打隧洞引水的要求。

1967年2月，贾家镇干部张文德去龙泉驿柏合寺赶场，路过新南干渠，联想到本镇旱情和年年贷款抗旱的情况，立即产生集中抗旱贷款打洞引水的想法。他当月在研究新建扇子山水库方案的会上将想法提出，得到赞同，次日即安排4人组成勘测小组，住柏合寺勘测3天，探明地形适合引水。

1967年3月，县水电局会同三岔坝领导踏勘双流黎江沟渡槽，选择引水地点。6月12日，贾家镇委副书记李升扬带领8人（实到6人）规划小组，经过5天勘测选点，于21日向县水电局报送了《东山灌溉渠初步规划》，正式提出在龙泉山鸡公嘴山脚打隧洞引水。当月，由内江地区水利电力勘测设计队和县水电局组织实地勘测，对引水方案进行了规划比较。8月13日，简阳县计划委员会和县水电局向地、省计委及水电部门报送了《关于都江堰东风渠简阳灌区引水工程设计任务书》，但因水源问题和"文革"开始而未批复。

1969年春，四川普遍干旱，简阳遭受严重春旱。4月6日，简阳县革命委员会又分别向地、省革委和水利部门呈文，争取基建项目和催批工程设计。6月13日，鉴于旱情持续发展，简阳县革委在报告未批复的情况下，决定勘测和联合资阳县（现为资阳市）、资中县修建龙泉山引水工程，并与省水利设计院第七规划队、内江地勘队组成勘测设计小组，经实地查勘和方案比较，上报了《关于都江堰东风灌渠扩灌简阳地区引水方案查勘报告》，征得省革委农业组同意，并得到省革委主任、原成都军区政委张国华的坚决支持。

1970年2月20日，龙泉山隧洞在无正式批文的情况下破土动工。4月，省计委同意将东风渠扩灌工程项目纳入1970年地方基本建设计划。8月1日，省革委正式将龙泉山灌区工程列入国家重点水利建设项目，定为东风渠简阳扩灌工程。由于仁寿县黑龙滩水库灌区已先期列为东风渠五期扩灌工程，故将龙泉山灌区列为东风渠六期扩灌工程。

1971年6月，简阳县革委在《关于东山灌渠南干渠建设规模的请示报告》中首次使用"东灌工程"一词。8月又以《关于加快东灌工程建设，力争明年通水受益的意见》为题发文，并广泛宣传，使"东灌"深入人心。

勠力：人定胜天

有了期盼，就有动力。有了动力，就有信心。

工程建设初期，筹建组8人上山，向贾家镇借20元人民币开始办公，靠抽调民工和借钱完成了施工前期准备。但是龙泉山隧洞动工后，因无资金、材料等问题曾一度处于停工状态。按照简阳县委、县革委要求，1970年冬一期工程全面开工，3万余人自带食宿用品和劳动工具到工地，由生产队评工记分，机关单位人员回原单位领工资。所有工程人员住工棚、睡大铺、吃工地食堂，粮油副食品凭票供应，生活条件非常艰苦。

由于工程施工全是野外露天作业，除了大坝碾压、混凝土浇筑有大型机械外，其余大部分工程均靠人力完成，劳动强度特别大。龙泉山隧洞施工初期缺乏电钻、斗车、卷扬机等设备，全靠锄头挖、钢钎大锤打、筐装肩挑出碴、桶提盆端排水等最原始的方式施工。

在水库主、副坝和干、支渠工地，数万民工肩挑背驮、挑沙运土、拉滚抬夯，日晒雨淋，昼夜施工，保证了工程进度。南、北干渠修建隧洞、渡槽，全凭人工挖，用钢钎、锤子硬打，无木料做拱架和支撑木，土法筑土墙，用条石砌"梅花洞"，洞内施工缺电，就用火把、油灯甚至理发镜反光照明，缺氧用风车手摇送风，竹篾筒糊纸代替通风管排烟，自制木卷扬机、手动绞车起吊条石、水泥等。就在这样的艰苦条件下，涌现出了煤油马灯照明打隧洞、土墙拱上架渡槽等一大批自力更生、艰苦奋斗的典型。

三岔水库主坝河床清基遇上19天连绵雨，为不影响工期，一万多民工在1500多名解放军官兵的协助下，顶风冒雨苦干7天，提前8天完成任务。主坝石碴料回填主要靠人力架车装运，每人每天跑10多趟，行程三四十公里，一年多时间挖运回填土石方 208 万立方米，更有人称"架车王"的赵紫伯、余长明等人，创下日拉车 18 ～ 20 趟、行程六七十公里，运土料 30 ～ 40 立方米的新纪录。

由于隧洞横穿龙泉山，洞轴线所经地段地质构造复杂，施工环境恶劣，施工中先后出现数次塌方冒顶、瓦斯爆炸和缺氧、高温"水帘洞"、泥石流等，数千名工程人员以大无畏的精神和早日打通龙泉山的坚定信念，坚持轮班掘进，昼夜施工，以牺牲 21 人、缺氧昏倒 6000 余人次、伤残数十人的代价，历时两年零两个月打通了 6274 米的龙泉山隧洞，并创造了人力分段掘进、全线贯通无误差的施工奇迹。

治水：敢教日月换新天

当年那一代人为建设水库不怕牺牲的精神，不输战争年代的革命精神。他们肩负着使命与担当，用生命书写了一段激情燃烧的岁月。没有战争，却同样有流血，有受伤，有牺牲。

从工程开始至结束，仅登记在册的工程伤残人员就有 2100 余人，因工牺牲 118 人，特别是中铁二局支援小分队的李文德、姚仲伯和省水利工程处二队的张芯明为支援工程而英勇献身，值得灌区人民永远怀念。

1970 年 8 月，李文德被派到龙泉山引水工程工地，在负责现场施工技术指导工作中，发扬"一不怕苦，二不怕死"的革命精神和铁路工人吃苦耐劳的优良作风，经常吃苦在前，见困难就上，认真传授施工技术，关心别人比关心自己多。1971 年 2 月 23 日 19 时，在张家岩水库导流放空洞施工放炮后，李文德率先进洞检查危岩，叫民工退后，在撬洞顶松动的岩石时，被一块突然塌下的岩石击中头部，当场壮烈牺牲，时年 48 岁。

姚仲伯是一位爆破工，也是李文德的战友，同被派来支援龙泉山引水工程施工。李文德牺牲后，姚仲伯协助处理后事，亲自为战友找墓地下葬。他化悲痛为力量，在龙泉山隧洞施工中，动脑筋想办法，不断改进爆破技术，把每排炮的效力由 0.3 米提高到 1.3 米，既大大加快了工程进度，又节约了炸药材料。但不幸的是，在龙泉山隧洞新 3 号斜井点炮时，一排炮还没点完，已点燃的炮提前爆炸，姚仲伯身受重伤，送医院抢救无效光荣牺牲，牺牲时还不到 40 岁，如今与李文德同葬在一处。

1971 年 1 月，张志明随队支援龙泉山隧洞工程。在龙泉山隧洞接近完工时，由该队承担的隧洞灯杆堡段因洞内突然断电，待井下工人撤出后，张志明带领 3 人下井接线，因岩石坍塌，当场光荣牺牲，年仅 35 岁。另外两人，一人重伤送成都救治，一人轻伤。3 月 25 日，省水利工程处二队为张志明举行了追悼会，将其安葬于灯杆堡斜井附近。

除了李文德、姚仲伯、张志明，还有 115 人在"东灌"工程建设施工过程中壮烈牺牲。他们以披荆斩棘、战天斗地的大无畏精神"打通龙泉山"，让都江堰的汩汩清泉流向简阳的田地，百万余亩农田缺水的历史从此一去不复返。他们将会永远被历史铭记！

运思：三岔水库的形成

三岔湖将都江堰灌区灌溉面积从 280 万亩扩大到 1200 万亩。作为"东灌"工程中的重要一环，三岔水库的兴建从根本上改变了灌区原总体规划，使灌区工程布局更加合理。水库建成后发挥了良好的综合利用价值，并被评为国家优秀设计项目和部级优质工程。

三岔水库的修建标志着"东灌"工程的实施进入了第三阶段，它是经省水电厅改变灌区原分散蓄水方案，经规划选点并报水利部批准修建的大（二）型囤蓄工程。说起这些，看似一切平淡无奇、顺理成章，但三岔水库的规划建设，可谓一波三折。

这还要从它最初的修建构想开始说起。

1973 年 2 月 25 日，重返水利厅工作的金鉴副厅长随省委领导到工地参加龙泉山隧洞竣工通水典礼，听取张家岩水库修建及淹没、搬迁、蓄水、受益情况汇报。当工程指挥部介绍下一步工程规划，说还要修 7～8 座中型水库才能解决根本问题时，金鉴说道："你们修一个工程都花了这么大的劲，还是一个病害工程，再修 7～8 个要花多长时间？要占多少耕地？这样不合算。都江堰水一过龙泉山就进入丘陵区，用水不能像平原那样随用随放，丘陵地区要以蓄为主，引蓄结合，到需要水的时候就靠水库放水解决，初步建议修 1～2 个大水库代替原规划的若干中小型水库。"又说：

"譬如一户人家的厨房，不能尽是些杯盘盆碗，还是要有一口水缸调节用水。也就是说蓄水不要太分散，要研究集中圈蓄方案。"

随后，他立即指示水利厅规划处在原分散蓄水方案之外研究集中圈水方案。规划处先在五万分之一航测图上研究、测算，比较方案，然后到实地查勘，最后选定在绛溪河上游三岔坝两条小河（即已被淹没的三岔河、永胜河）汇合处附近筑坝，总库容可达 2.3 亿立方米，不仅可充囤大量都江堰来水，还可拦蓄径流 4000 多万立方米。这样，正待施工的中、小型水库可不再修建，并可减少淹没良田万余亩。

但世上之事，凡兴一利，必生一弊。三岔水库修建亦是如此。伴随三岔水库修建而来的是淹没 2 万余亩良田和三岔坝。考虑到三岔水库虽淹没损失稍多一点，但蓄水量多，工程集中，工期短，受益提前，调度便利，用水方便，仍是最为合适的方案。

因此，初步方案确定后，水利局规划处立即与简阳派来的工程指挥部副指挥长庞征等研究，庞征转达简阳县委意见："县委同意以集中圈蓄大水库代替部分中、小型水库方案，但对三岔水库淹没三岔坝有不同意见，提出在三岔坝上游兴建涌泉寺水库方案。"并列举了兴建这一水库的若干好处，如库容大，位置高，能有效解决简阳绛溪河左岸大片农田的用水问题；工程量小，兴建快；不仅能节约大量器材和现金投资，还相应地少占用灌区社队的耕地……

水利局规划处对这一报告认真研究后认为，几点好处都是事实，但布局上仍不够合理，比如北干集上骨干工程不能因修涌泉寺水库而取消，同时，库容仍不足，因此还要修雷通堰、燃灯寺两座中型水库，涌泉寺水库主要淹没仁寿县土地，涉及两个地区、两个县的问题不好解决。如果修建三岔水库，容量大、工程量小、工期短的优点将更为突出。虽然淹没面积、搬迁工作稍大，但在简阳境内问题容易解决。另外，建成后的三岔水库可以代替 4 座中型水库和若干小型水库。这样不仅布局合理，而且还为下游扩灌创造了条件。

水利局规划处将上述情况和各方案优缺点向金鉴做了详细汇报，金鉴随即指示要下决心修建三岔水库，他说"有所失才有所得"。为使规划工作做得扎实，省水利厅将此项工作全部交省水利勘测设计院列入计划进行工程规划和勘测设计。

◆三岔湖全貌

1973 年，省规划队会同地、县有关部门，经实地查勘提出三岔水库工程规划报告，1974 年报省计委、省建委审批同意。1974 年 8 月，省水利勘测设计院开展初设并于次年 8 月完成，报水电部审查后获批准。工程即于 1975 年 3 月正式动工修建，1976 年完成近期主体工程，正常蓄水 1.85 亿立方米（规划设计为 2.24 亿立方米），1977 年 2 月投入运行。

多年运行实践证明，工程布局合理，项目设计优秀，施工质量优良。三岔水库不仅灌溉、综合经营效益显著，而且已成为成都市近郊的旅游胜地。

善行：诗意栖居的背后

如今三岔湖，其影响力辐射整个资阳、眉山、内江水系。山、水、岛交相辉映，风光旖旎。如今，当年轰轰烈烈的引水工程已不太被人们提及，但当赞叹三岔湖这颗"天府明珠"的美丽时，也应当铭记当年库区人民做出的贡献。

据《简阳县志》记载，整个工程工期 10 年，几乎动用了全县所有青壮劳力，20 余万人参战，年龄最大的 58 岁，最小的仅 17 岁，其中还有不少从战场回到家乡的志愿军。

听严治武讲述龙泉山引水工程，老人家一脸兴奋，仿佛看到了他们那个与天斗和地斗其乐无穷的激情岁月！严治武 1933 年出生，1952 年参军奔赴朝鲜，1958 年回到祖国。

今年 88 岁高寿的严老爷子，当年参加过龙泉山引水工程、三岔水库的建设，是工程建设中简阳唯一的一支石工连某排排长，当时石工连连部就驻扎在龙泉山引水工程出口。他是江源、红旗、永宁 3 个公社的石工负责人，经常深入工地积极参与施工，不管分内分外工作都抢着干。他身体力行，与大家一起劳动，既是指挥员，又是战斗员。当年他率领石工排排除了许多艰难险阻，他的右眼就是当年修建三岔水库时被飞石砸伤的。

当地作家巫昌友的父母也参与了当年三岔水库的建设。据他回忆，当年 30 多岁的父亲就是打着铺盖卷、怀揣炒过的盐，和生产队的其他青壮年一样，奔赴工地，披星戴月参与建设。那个年代是物质贫乏的年代，饭不够用汤凑，菜不够就用炒过的盐下饭，冷了，几个人聚在一起点一堆枯枝取暖，苦中作乐成了那个年代最强的音符。

辞赋家冷林熙亦是当年三岔水库的建设者。他认为，修建这样的水利工程在当时的四川乃至全国都堪称壮举。他提笔向当年的每一个建设者致敬："'东灌'水利打基础，湖山美景作陪衬。百万先民志高远，千秋伟业惠子孙。"

半个多世纪过去，这些人见证了简阳的发展。时间向前，当年的建设者正在老去或已经离开。饮水思源，心怀感恩，今天的人们不会忘记这段历史，后辈们自会将三岔湖打扮得更加迷人，不负每一位建设者的艰苦付出。

文化升格：湖底的历史情缘

三岔湖位于沱江一级支流绛溪河上游的简阳市三岔街道。三岔湖其实并不是个真正意义上的湖，而是一座水库，名为三岔水库。其所在地是历史上的三岔镇的旧址，20 世纪 70 年代为了解决当地缺水问题，人们开始动工修建三岔湖，当年的三岔镇则随之被淹没在湖底。

西魏恭帝二年（555 年），设阳安县，距离今天的简阳市大约九十里。

当时的乾封镇作为婆闰县县治辖区，在今简阳市西南八十里同福场，是区域内主要商贸及物资集散地。此地人杰地灵，不仅经贸繁荣，而且文人辈出，南宋大臣许奕（1170—1219 年）就出生在乾封镇。因此，当地至今还流传有许多关于许奕的传说故事。

开禧二年（1206 年），四川大将吴曦叛宋降金，开禧三年（1207 年）自称蜀王。吴曦被击溃后，许奕以起居舍人的身份宣抚四川。许奕又上书说："使从中遣，必淹时乃至，既又徒云犒师，而不以旌别淑慝为指，无以尉蜀父老之望。"他认为，四川吴曦反叛已平，而当朝只是犒赏军队，不表彰奋勇的将士，不惩治慝法之徒，无法慰藉四川父老的期望。许奕不仅心系家乡百姓，而且最钟情于家乡的山水风景。他曾骑马经过芦葭桥，看桥下水清，非要用一匹马换芦葭桥的一担清水，否则不愿归去。这也从侧面反映出此地风景如画，自古而然。

明朝初期，四川移民突然增多，加之政区变化，乾封镇的区位优势逐渐弱化，地位也随之下降，距离乾封镇十多公里外的三岔镇开始替代乾封镇，成为新的贸易集散中心。

清雍正元年（1723 年），三岔镇正式建镇设治，取代乾封镇而取名"永鑫场"。但由于永鑫场北上成都、东下简阳、西通仁寿，所以通常会被人们称为"三岔坝"，"永鑫"之名则渐渐被人淡忘。

明末清初，农民起义爆发，彼时的三岔坝，移民大量涌入，堪称"文化熔炉"。两湖地区商人在此建立真武馆，贵州人建立贵州馆，江西人建立万寿宫，广东人建立南华宫，再加上本地人建立的文武宫，三岔镇当时共有五处会馆。

当时的三岔镇不仅会馆林立，而且外商云集，因此商业非常繁荣。1926 年至 1930 年，仁寿、资阳等地收集铜钱的商贩，将铜钱运到三岔镇，化铸成数十斤一个的大铜板再运到成都。到了成都，再由当时的军政府将铜板铸造成二百文的通用铜圆。当时的三岔镇，火光彻天，化铜促进了三岔镇的繁荣，因此三岔镇素有"小成都"之称。

如今，古镇已不在，风景却依然。历史遗迹和传说故事耐人寻味。站在堤岸上，鸟瞰湖光山色，三岔湖美景尽收眼底。丹景山、张飞营、乾封庙、三峨眉、牛角寨、石洞沟和古老的摩崖石刻等景观，于山水交融中，将三岔湖装扮得格外迷人。不远处，天府国际机场这只"太阳神鸟"就栖息在湖旁。历史上三岔坝的热闹景象将在今天延续，未来的三岔湖将更加让人期待。

水润天府：人与自然的共生

正如开篇所说，古代城市治理与水密切相关。这种关联留存在文化典籍中，为不同时代的人们提供源源不断的资源。在众多典籍中值得一提的是《管子》，它作为中国先秦时期政治家治国、平天下的大经大法，在《水地》《势》《度地》等篇目中，论证了治水与治国之间的关系，直到今天对我们仍有启发。

《管子·度地》中桓公问管仲曰："寡人请问度地形而为国者，其何如而可？"管仲对曰："故圣人之处国者，必于不倾之地，而择地形之肥饶者。乡山左右，经水若泽。内为落渠之写，因大川而注焉。乃以其天材地利之所生，利养其人以育六畜。"意思是，圣人建设都城，一定会选在平稳可靠的地方，肥饶的土地，靠着山，左右有河流或湖泽，城内修砌完备的沟渠排水，随地流入大河。这样就可以利用自然资源和农业产品，既供养国人，又繁育六畜。由此看来，先秦理论已经系统总结了水利建设对治国的作用。

2020 年，为全力推动成渝地区双城经济圈建设，成都提出四大发展理念，其中特别讲到"坚持生态赋能，构建圈层思维引领的创新生态体系"。这种理念既是对中华民族优秀传统文化的传承，也是在新时代对传统文化的创造性转化与创新性发展。

以三岔湖为例，一方面，它作为一个人工修建的湖，是水利建设成果，服务于城市工业发展，为人民生活提供了便利；另一方面，三岔水库有广阔的水域，湖面烟波浩渺，岛屿罗布，水鸟众多，在繁华的城市中，为人们带来自然的气息。而今，三岔水库已成为成都市旅游资源的一张名片，被誉为"天府明珠"，2001 年评为国家 AA 级旅游区，是成都市区外 50公里内难得的旅游胜地。

在三岔湖身上，建设者很好地诠释了人与自然的和谐共生。面对天府之国的贫富差距，古人问度地形，问过之后并非无所作为，问度的目的是治理，是为人们谋福祉，而且，大家勠力同心并不是蛮干，而是因地制宜，化弊为利。在这个过程中，既有人定胜天的决心，也有在人与自然的较量中不断学习的态度。高水平的治理不是单方面地改造自然，而是实现人与自然和谐共生。

2021年2月9日至5月19日，成都博物馆大型原创展览"列备五都——秦汉时期的中国都市"在成都博物馆一层特展厅向公众免费开放。本次展览从秦汉社会发展的大背景入手，援引《管子》等文化典籍，聚焦具有城市特质的历史文化资源，为人们理解成都等城市的发展与国家兴盛的关系提供了绝佳的注解。

新时代城市规划的理念背后是优秀传统文化的支撑。成都市最新的发展理念背后，是先秦文化中"水润天府"的现代流传。三岔水库的建设，彻底改变了"十年九旱，民多饥寒"的历史。水文治理使人们告别了昔日的旱灾水患，它带给人们的不仅是润泽的生活，更是一湾碧泉点缀的生态新区。

◆三岔湖周边

利国利民的"人工天河"

文/曾　洁　李佳俊

　　宜宾，一座因水而生的城市。金沙江自唐古拉山奔涌而来，汇聚于酒都宜宾。向家坝灌区工程，将见证川南经济腾飞。

　　自李冰治理岷江水道以后，成都得舟楫之利，可直下宜宾，泛舟长江。然而，发源于四川西北的岷江，每遇下雨，山洪暴发，泥沙俱下，河床淤积，河水常常泛滥成灾，地势较高的地区又易干旱。西汉时期的蜀郡守文翁，兴修水利，发展农业，主持开挖灌江口，灌溉成都以北一片农田。

　　文翁是历史上第一个大规模扩大都江堰灌区的官员，也是继李冰之后在蜀中大兴水利，将蜀中水利工程体系拓展至沱江流域，弘扬了大禹、李冰以来蜀地治水文化的优秀水利专家，促进了天府之国的形成。

　　蜀地治水的历史可以追溯到2000多年前。相传鳖灵因在蜀中治水有功，受到蜀中民众拥戴，建立开明王朝，一直到清代的丁宝桢还在治理水患。2019年，中国水利部公布第一批历史治水名人，12人名单之中有3位四川人，分别是大禹、李冰和苏轼。他们或出生于四川，或在蜀地任职，都因治水名载史册，万古流芳。

　　在四川宜宾，一批批水利人前赴后继，参与向家坝灌区重大水利工程的建设。他们学习古蜀先辈的治水精神，在这片热土上挥洒青春，只为解决四川省宜宾市、自贡市、内江市、泸州市和云南省昭通市等地的农业灌溉、生活生产用水问题。民生为上，治水为要。党的十八大以来，以习近平同志为核心的党中央高度重视水利工作。习近平总书记多次就治水发表重要讲话，明确提出"节水优先、空间均衡、系统治理、两手发力"的治水思路，一句句铿锵话语为推进新时代治水提供了科学指南。

2021 年 7 月 9 日至 10 日，小暑刚过，作为四川主要大型水利工程报告文学采访团成员，笔者一行在四川省向家坝灌区建设开发有限责任公司的有关同志陪同下，对向家坝灌区一期一步工程 4 个标段的建设工地进行实地采访。头戴安全帽，双脚沾满泥，烈日与细雨交替出现，我们深切感受到向家坝水利工作者们为了推进项目建设付出的努力，以及为了让灌区百姓喝到干净的水、用上放心的水而忍受的艰辛。

蜀地治水数千年

据西汉扬雄在《蜀王本纪》中记载：时玉山出水，若尧之洪水，望帝不能治，使鳖灵决玉山，民得安处。鳖灵受命后，在都江堰开凿玉垒山，让涌出玉垒山的岷江水开始分流，沿着事先挖好的柏条河和蒲阳河，浩浩荡荡地由西向东流进沱江。

◆ 向家坝水电站航拍

鳖灵治水之后，蜀郡守李冰父子率民众修建了举世闻名的都江堰水利工程，打造了一个"水旱从人，不知饥馑"的"天府之国"。今天，四川省描绘了"再造一个都江堰灌区"的宏伟蓝图，踏上了水资源大省向水利强省转变的征程。

新中国成立以来，在党中央的坚强领导下，历届四川省委、省政府坚持"治水兴蜀"，带领全省人民自强不息，顽强拼搏，展开了气壮山河的水利建设，描绘了艰苦奋进的画卷。

然而，随着人口增长、经济社会发展、城镇化进程推进，可持续发展和水资源之间的矛盾日益显现。川东北洪灾，川南大旱，河流干涸，水库污染……四川每年交替经历着不同形式的水危机。

四川水资源总量相对丰富，但时空分布不均，区域性、季节性缺水成为制约四川省经济社会可持续发展的短板。

早在2009年，水利部批复了《金沙江向家坝水电站灌区工程规划报告》，其中有两段这样的文字，确认了向家坝水电站灌区工程建设的必要性：

向家坝水电站灌区工程是国家批准建设的向家坝水电站工程综合开发利用任务确定的配套工程。规划灌区地处四川省西南部和云南省东北部的低山丘陵，涉及四川省宜宾市、泸州市、自贡市及云南省昭通市，是两省重要的粮食和经济作物产地，在当地国民经济发展中占有十分重要的地位。

由于该地区年内年际降雨分布不均，春、夏、伏旱灾害频繁，城镇供水及农田灌溉保证率低，农村饮水安全问题严重。2006年特大干旱，该区域农作物大面积减产、绝收，城镇供水及农村饮水十分困难，水资源供需矛盾已严重制约了当地经济社会的可持续发展。为尽早发挥向家坝水电站的灌溉与供水效益，保障城镇供水及农村饮水安全，满足部分城市供水需求，改善灌区内的城镇生产、生活和农业生产条件，增强粮食生产能力，加快推进当地社会主义新农村建设，促进区域经济社会协调发展，建设向家坝水电站灌区工程是十分必要的。

野田禾稻半枯焦

在宜宾、自贡、内江采访期间，我采访了多位群众、基层工作人员。正值酷暑，骄阳似火，他们有人在房前屋后栽了柑橘树，有人曾经承包过鱼塘，有人在镇上从事木材运输的生意，更多的人一边带孙子，一边面朝黄土背朝天地劳作。

陪我们一起去采访报道的一位水利工作者回忆，他曾经在全国大江南北参加过多个水利工程项目，亲眼看见老百姓从水井里打出水之后，要将井水里头的青蛙、蝌蚪等生物过滤掉，再作为生活用水来使用。

缺水，或者说缺乏优质、方便的水资源，成为亟须解决的问题。

宜宾市翠屏区思坡镇心宁村曾家湾，因向家坝灌区北总干渠一标段施工征地，十几户村民出让了 90 亩土地。让人惊讶的是，九成村民对项目建设"相当支持"，不到一个月的时间就签订了征地补偿协议书，没有发生一起阻工事件。

◆工作人员正在向家坝灌区北总干渠一期工程龙洞岩隧洞工程内检查电缆

村民们深明大义的背后，是长期缺水的困境。八队的队长曾延明谈起缺水的问题就叹气不止："缺水得很，从我小时候记事起就缺水了，每年到了干旱的季节都会发生因争水而打架的事件。"

他家以种植柑橘为生，房前屋后都是大片的柑橘园，早在 1994 年的时候，就靠卖柑橘成了万元户，修建起了二层小楼。他曾经测算过柑橘的耗水量：一亩柑橘园，需要十几吨水才能浇透。但是遇上天旱，他们只能眼睁睁地看着柑橘园发愁。

他说自己是靠天吃饭的人，在家门口打了一口水井用于生活，同时需要引水灌溉。然而，上游的岷江水电站开闸放水3天之后水才能流淌至曾家湾，5天后才能惠及心宁村，真到了灌溉的季节，往往是"远水解不了近渴"。

曾延明印象中最干旱的年份是2013年，当时，缺水太厉害了，田里干透了，种子栽不下去，农民束手无策，主管部门派消防车来送水，也仅仅是满足村民生活用水，无多余的水用于农业灌溉。

这样的旱情也曾经在内江市市中区凌家镇上演。53岁的温金华从事木材运输行业，家里布置得井井有条，客厅里的一个饮水机和几桶纯净水显得格外醒目。原以为买饮水机是为了方便给孙儿冲泡奶粉，温金华笑言，生活条件得到改善之后，为了吃上干净的水，他家的饮水机已经安装了很多年了。

他曾经算过一笔账，一桶18升的纯净水，价格在12～18元不等，他家只要10天就能见底，也就是说，每个月购买纯净水就要开支四五十元，一年则是五六百元。

尽管村子里通了自来水，一打开水龙头，水就能哗啦啦地流出来。但是，自来水管道经常停水不说，他也有自己的经济算盘：丰水期挑井水洗衣做饭，枯水期就用自来水，而大多数情况下，他们习惯用饮水机接上一杯纯净水，咕咚咕咚喝下肚。

二三十年前，因为干旱，他们去河里抽水，那场景至今历历在目。现在，附近的村民，家家户户都会安装饮水机，桶装水运送也很及时。生活与三十年前相比已经发生了翻天覆地的变化，但他们对水资源的渴求是不变的。

他们深深地明白，水资源比粮食还金贵。曾延明坐在橘子树下乘凉，眺望着远方正在施工的向家坝灌区北总干渠一标段工程说："不管干啥，养鱼、种庄稼、包橘园都离不开水，甚至好不容易引来了一个招商引资的项目，一听说我们这儿缺水，开发商扭头就走了。什么时候，有水了就好了。"

战略兴邦溯水源

水从何处来？如何惠泽数以百万计的人口？这就是向家坝灌区工程项目要解决的问题。

2009年3月，水利部对向家坝水电站灌区工程的规划报告进行了批复。四川省政府专门成立了向家坝水电站灌区前期工程协调领导小组，由时任四川省委常委、副省长的钟勉任组长。时任省长蒋巨峰强调要把向家坝灌区建设成"都江堰"式的现代化灌区。可研报告委托四川省水利水电勘测设计院编制。

向家坝灌区工程项目是四川省水资源战略配置的重要骨干工程，也是造福一方的民生工程。2010年6月28日，四川省政府新闻办召开新闻发布会，通报"再造一个都江堰灌区"战略规划全面实施情况。次日，《四川日报》对这次新闻发布会予以报道，至今还能查到当时的战略规划："再造一个都江堰灌区"是省委、省政府立足四川省情提出的战略规划，其核心目标是力争从2009年到2016年，新增和恢复蓄水引提水能力86亿立方米；新增有效灌面1069亩，相当于再造一个都江堰灌区。项目实施后，将新增粮食生产能力约100亿斤，超过目前全省粮食产量的10%，从根本上解决四川人"靠天吃饭"的问题。

2010年12月23日至25日，时任水利部水利水电规划设计总院副院长的董安建，四川省水利厅、国土资源厅（现为自然资源厅）、扶贫移民局以及长江水利委员会、三峡集团公司等有关领导和专家齐聚宜宾，到北总干渠取水口、猫儿沱过江隧洞、碾子滩水库三地进行了实地勘察。四川省金沙江向家坝水电站灌区北总干渠一期工程项目建议书通过了水利部水利水电规划设计总院预审。

向家坝灌区工程是向家坝水电站综合开发利用任务确定的配套工程，也是四川省"五横六纵"引水补水生态水网工程的重要组成部分，是国家172项重大水利工程之一，是川南崛起的战略性建设，是保持基础设施领域补短板的重点项目，也是川南经济腾飞的源泉。

向家坝灌区工程规划以长江为界，分为北总干渠和南总干渠。北总干渠渠首设计流量为98立方米每秒，修建猫儿沱江底隧洞穿越岷江，穿越翠屏区邱场乡后进入富顺县境内，最后跨沱江进入泸州市末端结束，新建干、支渠总长398公里，供水管道81.66公里，整治支渠26公里。南总干渠渠首设计流量为38立方米每秒，从金沙江右岸取水后向东穿过云南省水富，跨越关河后进入四川境内，经宜宾县（现为宜宾市叙州区）、高县、长宁县、珙县和兴文县后，进入泸州市合江县末端，全长107.341公里。灌区开发任务以灌溉为主，兼顾城乡生活、工业供水。

向家坝灌区工程建设范围涉及四川省宜宾市、自贡市、内江市、泸州市和云南省水富市22个区（县）。灌区工程多年平均取水量为17.82亿立方米，规划灌面530万亩，同时向宜宾、自贡、内江、隆昌、泸州等城市供水，可补充解决灌区内143个城镇（包括8座县城）和400余万农村人口的用水问题。

◆ 向家坝水电站

工程分三期实施，即北总干渠一期、北总干渠二期和南总干渠，其中一期工程分为一期一步和一期二步两步实施。整个灌区工程2009年规划阶段估算总投资约305亿元，计划工期15年。

在国家发改委要求成立企业性质项目法人的背景之下，为确保向家坝灌区工程优质、高效、快速推进，一个川南4市共同组建的灌区开发建设公司挂牌成立几乎是水到渠成的事情。2013年9月，经省政府批准，由宜宾、自贡、内江、泸州四市共同出资设立，时任副省长的曲木史哈授牌，四川省向家坝灌区建设开发有限责任公司成立了，专门负责向家坝灌区工程开发、建设、运营等活动，此举在我国水利建设史上当属前沿。

在四川省向家坝灌区建设开发有限责任公司的发展大事记上，有这些时间节点值得铭记。

2015年4月16日，一期工程项目建议书获得了国家发改委的批复。2018年7月31日，国家发改委在批复一期工程可行性研究报告时提出"综合考虑投资需求与可能，以及用水增长过程和规律等情况，一期工程分两步实施，先期实施一期一步工程"。2019年5月21日，一期一步工程初步设计报告获得省发改委和水利厅的联合批复。

2015年3月6日，成功召开了公司首次股东会、董事会和监事会，履行了相关法定程序，确定了公司班子。2015年7月12日，公开面向社会招聘的首批工作人员到岗。2015年8月，公司经营管理层高管人员全部到位。当年党委成立了公司第一支部，同步成立了工会、共青团等群团组织，公司运转步入正轨。

2016年，公司始终围绕加快推进北总干渠一期工程前期工作和建设现代企业两大核心任务，获得90余件政府批文，做好了工作经费申报相关工作，不断加强内部管理，实现了企业规范运作。

2017年，各项工作顺利推进，一期工程可研报告、资金筹措方案、交叉段建设等问题通过积极对接，得到有关各方大力支持。

2018年，水价下调、分步实施和先行开工三项工作开创了水利工程建设的先河，一期工程可研报告正式获得国家发改委批复；12月3日，时任四川省副省长尧斯丹莅临一期一步工程先行建设标段龙洞岩隧洞施工现场宣布开工建设，惠泽四市、造福百姓的民生工程进入施工阶段。

2019年5月21日，一期一步工程初步设计报告获四川省发改委和水利厅联合批复，正式拉开一期一步工程全线动工序幕。当年实现喜捷/真溪支渠工程、邱场分干渠自贡段工程2个标段开工建设，全年完成投资7.01亿元，实现年度投资计划的100.15%，顺利完成投资任务。

2020年1月，根据《四川省水利工程管理条例》和四川省人民政府对组建四川省水利发展集团有限公司的批示，四川省水利发展集团作为向家坝灌区北总干渠一期一步工程省级补助资金的出资人代表履行控股股东权责，负责牵头实施并协同推进向家坝灌区工程。2021年4月，四川省向家坝灌区建设开发有限责任公司完成增资扩股事宜。增资扩股后，向家坝灌区公司按省属企业管理，是四川省水利发展集团控股的一级子公司，由四川省水利发展集团履行控股股东权责，负责牵头实施并协同推进向家坝灌区工程。

2020年，公司新开工北总干渠二段及邱场分干渠首段、北总干渠一段、内江供水管道自贡段、内江供水管道内江段等4个施工标段，一期一步工程7个施工标段实现全面开工，完成年度投资计划11.15亿元，占市级年度投资计划的100.62%，工程开建以来累计完成工程投资18.16亿元（截至2020年12月31日）；顺利获得北总干渠一期一步工程永久使用林地审核同意书及林木采伐许可证，以及宜宾段、自贡段永久建设用地批复，一期一步工程内江、自贡、宜宾三市临时用地复垦方案全部批复。

此外，在向家坝灌区一期工程建设过程中，由宜宾、自贡、内江、泸州四市党委、政府组建向家坝灌区北总干渠一期工程建设协调推进领导小组。领导小组定期召开联席会，完善工作机制，统筹解决工程中的移民征地、专业项目迁复建、施工环境保障、交叉跨越等重大问题，确保向家坝灌区一期工程建设稳步推进。

千里舳舻渠水利

"从金沙江左岸取水后，穿越宜宾10多公里长的隧洞，然后向东经过过江隧洞穿越岷江，最终将金沙江水引向宜宾、泸州、自贡、内江，川南常旱区四市将不再喊渴。"四川省向家坝灌区建设开发有限责任公司党委书记、董事长罗国书这样形象地介绍向家坝灌区北总干渠项目。

向家坝灌区一期工程分两步实施，目前正在实施的一期一步工程，建设范围涉及宜宾、自贡、内江3市7县（区），设计灌溉面积51.27万亩，年平均供水量3.74亿立方米，其中农业灌溉及农村生活供水1.1亿立方米，城镇生活及工业供水 2.64 亿立方米。工程新建干渠、支渠 103.58 公里、供水管线 38.66 公里，整治 3 条水库支渠 26.3 公里及分水隧洞、分水闸等建筑物，向永远、油坊坳、木桥沟、高滩、观音坝、碾子滩、黄河镇等 7 座水库补充优质水源。工程计划总工期 54 个月，初设概算总投资约 76 亿元。

一期一步工程共分为 7 个施工标段。2018 年 12 月 3 日，控制性工程龙洞岩隧洞先行实现开工建设，2020 年 10 月 31 日，内江供水管道工程举行开工仪式。目前，7 个标段施工单位已全部进场，展开上百个工作面，实现全面开工建设。

向家坝灌区工程由取水隧洞、输水及灌溉渠系、囤蓄水库、提水工程及田间工程五大部分组成，形成系统、全面的引水、供水网络。工程采用隧洞、渡槽、明渠、埋管、管桥、泵站等多样化的渠系建筑物形式，沿线穿越高速公路、铁路、特高压电网、大江大河等数十处。工程的建设采用新奥法隧洞施工、机械洞挖法穿民房隧洞施工、盾构法过江隧洞施工、膺架法高大渡槽施工、顶管法穿高速隧洞施工等多种施工方法，高度体现工程建设的专业化。

罗国书进一步总结，向家坝灌区北总干渠一期一步工程呈以下多个特点：第一，隧洞工程长度占比高达 70%，真正的明渠少，单位造价比较高；第二，工程结构断面比较大，渠首的流量是 98 立方米每秒，隧洞开挖直径 9.9 米，渡槽最大架空高度为 75 米，最大单跨槽身重量约 7000 吨，当地老百姓将项目喻为"人工天河"，在业内被叫作"西水东调高速路"；第三，1.8 公里长、穿越岷江的猫儿沱过江隧洞将采用 9.2 米级土压泥水双模在线式平衡盾构施工技术，开启四川省水利建设史上使用盾构技术的先例；第四，整个工程是线性工程，隧洞浅埋现象比较多，隧洞上面最薄的地方只有几米，而且多数是连片鱼塘、房屋，施工难度非常大；第五，工程交叉非常复杂，与铁路、高速路、天然气等专项设施存在 44 处交叉，涉及不同行业标准，协调难度大，审批手续多；第六，地质条件比较复杂，工程处于川南红层地区，以泥岩为主，遇水泥化、失水干裂，隧洞工程以Ⅳ类、Ⅴ类围岩为主，施工难度比较大；第七，大地湾、银匠沟、大岩、会诗沟、清滩、瓦房头、木桥沟等高大渡槽均为一级建筑物，地震七度设防，最大架空高度达 75 米，最大单跨槽身重量约 7000 吨，最大渡槽长度 630 米，在我国水利建设上同流量级别渡槽中位居前列。

《荀子·修身》有云："道虽迩，不行不至；事虽小，不为不成。"这句经典的文字用于形容向家坝灌区建设十分贴切。尽管项目建设规模大、施工难，划分为 7 个标段之后，众多建设者们夜以继日，保质保量完成施工建设任务。

截至 2021 年 6 月 30 日，一期一步工程龙洞岩隧洞主洞 9.95 公里已经全线贯通，内江供水管道杨柳冲隧洞混凝土衬砌已经全面完成，猫儿沱江底隧洞始发井已按 50 年一遇洪水标准设防；一期一步工程已开工作业面 139 个，施工支洞 19 个已全部贯通，隧洞主洞已贯通 8 个，总长度达 96.02 公里的隧洞累计开挖完成 34.30 公里，混凝土衬砌累计完成 3.26 公里，埋管工程累计开挖完成 1.31 公里，渡槽累计施工完成 0.77 公里，圆包山渡槽 1 号空心墩已施工达到 346 米防汛高程。

穿江凿隧跨戎州

罗国书介绍，目前一期一步工程 7 个标段已全线开工，公司为保证工程进度，倒排全年工期，将计划分解到月、细化到周、落实到天，通过以日保周、以周保月的方式，确保完成全年目标任务。"一期一步工程得以顺利推进，不是某个人的功劳，而是无数水利人前赴后继、倾注大量心血之后取得的成绩。"

采访期间，我跟随四川省向家坝灌区建设开发有限责任公司工作人员在猫儿沱始发井、龙洞岩 3 号支洞、邱场分干渠自贡段、内江供水管道杨柳冲隧洞实地采访。在这 4 个标段上，机械声此起彼伏，建设工人们抢抓有利施工节点，紧锣密鼓地忙施工、抢进度，现场热火朝天。

7 月 6 日上午，向家坝灌区北总干渠一期一步工程内江供水管道工程内江段传来好消息，通过为期 8 个多月的建设，杨柳冲隧洞完成所有建设任务，具备通水条件。这也是向家坝灌区北总干渠一期一步工程首个具备通水条件的隧洞，为全线的隧洞贯通提供了宝贵经验。

待 2024 年完成通水验收，从向家坝水电站取水之后，金沙江水沿途要经过 1 条高速铁路、5 条高速公路、1 条城际铁路、1 条普速铁路、1 条国道、2 条省道、1 条军用道路，并跨越 1 条江、3 条河流到达内江，总共历经 138 公里。

三天后，我们在内江市市中区凌家镇看到了这个刚刚具备通水条件的杨柳冲隧洞，并且在中国电建市政建设集团项目部刘明亮的带领下，戴上安全帽，走进隧洞，亲身体验了这个隧洞的幽深。

相比于渠首混凝土衬砌后直径 8.5 米的隧洞，杨柳冲隧洞混凝土衬砌后直径 2.4 米，看上去小了许多。金沙江水通过这段隧洞之后，就可以让 314 万内江市常住人口喝到优质的 II 类水。

据了解，内江供水管道工程共有 8 个隧洞，杨柳冲隧洞是第一个完成建设的，总长 213 米，进口高程 314.186 米，出口高程 314.481 米。

内江供水管道工程建设的特点是分段多、工作面小、线路长。建设者遇到极不稳定的 V 类围岩，埋管穿越 60 多亩鱼塘、水田，以及 7 处危房、2 处河流，还要下穿川南城际铁路、内宜高速、内昆铁路和内荣路等交通要道，安全风险大，加上工作面狭窄，混凝土衬砌施工难度大。建设者严格按照设计方案施工，采取拱架支护、挂网喷混、定制符合现场条件的钢模台车的方式，顺利完成混凝土衬砌任务。此外，建设者还使用了铣挖机、悬臂掘进机，精密控制开挖断面，减少对沿线房屋的扰动，尽最大努力避免给当地老百姓的生活增添麻烦。

内江供水管道工程项目 2020 年 12 月 18 日开工，截至笔者一行实地采访结束，整体进度已经完成了 23%。杨柳冲隧洞的建成，为全线的隧洞贯通提供了宝贵经验，也将向家坝灌区内江供水管道工程内江段向前稳步推进了。目前，内江段剩余隧洞正按施工计划进行隧洞洞挖，预计 2022 年年底全部主洞贯通，相继由隧洞洞挖转入混凝土衬砌阶段。按照目前的作业进度，项目有望在 2023 年 12 月完工，提前 6 个月完成任务。

这一工程到底如何复杂？需要施工方具备哪些专业技能？四川省向家坝灌区建设开发有限责任公司党委副书记、总经理廖建强带我们来到了位于宜宾市叙州区柏溪街道的猫儿沱始发井。位于宜宾绕城高速桥边，约 1.8 公里长，穿越岷江的猫儿沱过江隧洞，将采用 9.2 米级土压泥水双模在线式盾构施工技术，开创四川省水利建设史上使用盾构技术穿越江底的先例。

北总干渠猫儿沱过江隧洞主要由进口节制闸段、滩地钢埋管段、盾构过江平洞段（含右岸斜洞、江底平洞、左岸斜洞等）、左岸竖井段和出口检修闸段等组成，隧洞全长 1352.89 米。盾构机从岷江右岸始发，右岸平洞长 736.9 米，需下穿 5 座两层砖混结构民房及绕城高速桥墩，下穿岷江段长度 330.47 米，覆土深度最浅处约 11 米；左岸平洞长 285.52 米。隧洞无平面曲线，纵断面为"V"字坡，最小坡度为 15.230‰，最大坡度为 26.700‰，竖曲线最小半径为 1000 米。盾构隧洞主要穿越的地层分别为粉砂质泥岩夹泥质粉砂岩，粉砂质泥岩和围岩类别分别为Ⅳ类和Ⅴ类，属强到中等透水岩层。

中铁十二局集团向家坝灌区北总干渠一段工程项目部抱着春节照常施工的决心，2021 年全面启动盾构始发井基坑开挖和主体结构等施工任务，在 4 月底完成始发井场地平整和临建场地的标准化建设，在 7 月底完成始发井结构施工，9 月底完成盾构机下井调试等所有准备工作，始发掘进。

隧洞贯通后将安装直径 7 米的钢板内衬，钢内衬和管片之间填充 0.45 米厚的 C25EUA 混凝土。钢内衬及回填混凝土施工完成后隧洞需承受 120 米内水压，隧洞设计流量为 93 立方米每秒，对钢内衬焊接质量要求较高。直径为 7 米的钢内衬在钢构件加工厂分段焊接成型，从盾构始发区域吊装下井，采用钢管运输自动台车运输至接收端头安装定位，两段间环向焊缝需在洞内采用自动焊接工艺，最后封端浇筑填充混凝土。

担心我们不太明白盾构机的操作原理，廖建强在施工项目部的设计图纸前打了一个形象的比喻："这是四川水利史上首个穿江底的隧洞，你看过地铁站是如何开建的没有？我们这个项目和修地铁站的工程类似，只是隧洞里奔腾的是金沙江水而非列车。当然，过水比过车的难度更大！"

猫儿沱过江隧洞要从江底 11 米处穿越岷江，如同"南水北调"的穿黄河工程。到底有多难？盾构部工作人员解释，项目难度主要表现在五个方面：第一，穿岷江段覆土深度小，水土压力大，掌子面与江水可能存在水力联系，盾构机各部位密封要求高；第二，盾构穿越地层大部分为泥岩及粉砂质泥岩，设计采用泥水平衡盾构工艺，泥水分离难度大；第三，盾构机整机重 1300 吨，最大吊装总量约 130 吨，且接收井深 119 米，盾构机安装、拆除难度大；第四，直径 7 米的钢管存在圆度偏差，两节管洞内对接难度较大，洞内进行环向焊缝施工难度较大，特别是顶部焊缝需要采用仰焊工艺，对焊接技术要求特别高；第五，盾构接收竖井混凝土衬砌后内径 18 米，垂直开挖深度 119 米，施工工艺复杂，施工难度较大。

究竟应该如何施工才能攻坚克难？猫儿沱过江隧洞的设计施工方案几易其稿，历时一年多。

2019 年以前，四川省水利水电勘测设计研究院主推钻爆法，隧洞内衬采用预应力钢筋混凝土结构。

2019 年 1 月 19 日，设计院邀请钱七虎院士及相关专家在北京召开设计咨询会，专家组推荐优先采用盾构法，且认为预应力钢筋混凝土内衬结构施工难度大，建议改为钢内衬方案。

2019 年 10 月 24 日，四川省水利厅再次邀请钱七虎院士及相关专家在成都召开技术咨询会，会议确定采用泥水盾构施工，对盾构机刀盘开口率及防结泥饼等方面进行专项设计。

2019 年 12 月 31 日，四川省水利水电勘测设计研究院出具了《关于向家坝灌区北总干渠一期一步工程江底隧洞盾构机施工技术条件的说明》，根据 200 年一遇洪水位计算盾构机承担的综合土水压力为 62 ～ 64.3 米，盾构机各道密封需达到相应防水要求，盾构管片外径 8.8 米，管片厚度 0.45 米。

设计施工方案确定之后，项目部进场广泛调研盾构机来源并选型，最终确定将铁建重工用于广州地铁 18 号线的盾构机 DL437 改造后加以使用。经与铁建重工技术人员探讨，他们推荐采用土压、泥水双模盾构，一台机具备两种掘进模式，一天内可实现掘进模式切换。岷江两岸采用土压模式，江底部分根据地层及涌水情况选取泥水平衡掘进模式，可最大限度提高功效，减低泥水分离及泥浆外运成本。

如今，盾构机正在长沙铁建重工进行验收和下线仪式等，随后将发货至施工现场组装下井，经过两个多月的调试安装，在 9 月底整备完成，盾构始发掘进。

7 月 9 日下午，走进位于翠屏区宗场镇的向家坝灌区龙洞岩隧洞工程施工现场，机器轰鸣声、车声交织在一起，工人们都在紧张作业。沿着施工支洞走进开挖直径 9.9 米的巨大隧洞中，感到洞内外冰火两重天，洞内寒风刺骨，洞外酷热难耐，形成巨大反差。

"我们正在加快施工进度，确保如期完工。"龙洞岩隧洞工程施工方水电六局项目部总工程师张永海介绍。作为向家坝灌区北总干渠一期工程最早进场的标段，龙洞岩隧洞早在 2018 年 12 月 3 日开工，主洞已在 2021 年 6 月 22 日全线顺利贯通，工人们正在加紧对开挖洞段进行混凝土衬砌施工。

2020 年 2 月 19 日，龙洞岩隧洞工程作为疫情期间宜宾市第一个复工复产的项目，提前做好了充足的防疫准备。接送工人来到工地的专车、自我隔离的房间、口罩等防疫物资准备就绪之后，2 月 26 日，项目部全面开工。在全国疫情风险尚未解除、四川省疫情等级尚未降低的情况下，项目部积极响应主管部门精准复工政策，严格要求工人从外省回到宜宾需要遵循主动隔离 15 天的规定，组织 25 名当地工人从事混凝土浇筑等技术含量不高的工作，复工后现场施工人员保持 1 米作业距离，同时，小范围作业不超过 10 人；增加口罩发放、口罩回收、测体温等工序，让工人安心工作，最终抢回了一个月的工期。

"我们单个工作面每月平均进尺达到 230 米，这在国内乃至全球的同类岩层开挖速度方面都是领先的。"工作人员告诉我们。与其他工程建设项目不同，打隧洞是"欺硬怕软"，不怕坚固的整体岩石，就怕碰到黄土层、泥岩等"软"的地质结构，而川南地区恰恰多为浅丘地貌，地下岩石以砂岩、泥岩等低硬度岩石为主。为保证施工安全，施工方对于Ⅲ类至Ⅴ类围岩均采取精细化爆破控制，严格遵循"一炮一支护"方针，在保证安全的前提下稳步推进生产任务。

7 月 10 日早上，向家坝灌区邱场分干渠自贡段工程工地，同样是一片热火朝天的工作场景。

早在 6 月 4 日，向家坝灌区邱场分干渠自贡段工程最后一条施工支洞——水井坝上 3 号施工支洞顺利贯通，实现标段 7 条施工支洞全部贯通。

◆邱场分干渠高滩泵站

水井坝上 3 号施工支洞全长 328.69 米，是新屋头至水井坝上隧洞的一条施工支洞，沿线属丘陵地貌，部分洞段土层含水量较高，岩层结构复杂，附近有鱼塘，当地村民取井水做饮用水，支洞下穿民房，施工难度较大。

"自贡段工程 96.6% 是隧洞，隧洞轴线长约 100 米，竟然要穿过 500 多座房屋，观音坝泵站附近有 150 多亩观赏鱼鱼塘，不是穿房屋就是穿鱼塘，施工难度非常大，对技术含量要求非常高。"工作人员说。为保证施工安全和质量，施工单位严格按照"短进尺、弱爆破、强支护、勤监测"的原则实施动态管理，克服各项施工难题，确保了施工稳步推进。在各参建单位的全力协作、精心组织下，最终实现了工程最后一条施工支洞顺利贯通的优异成绩。水井坝上 3 号施工支洞的贯通，标志着向家坝灌区邱场分干渠自贡段工程全面进入主洞施工阶段，为确保年度目标任务的实现打下了坚实的基础。

撸起袖子加油干

截至 2021 年 6 月 30 日，向家坝灌区北总干渠一期一步工程累计完成投资 236495.1 万元，占工程概算总投资的 31.1%；2021 年计划完成概算投资 156000 万元，1 至 6 月计划完成投资 59760 万元，实际完成投资 67389.5 万元，完成率 112.8%，超额完成了上半年计划目标任务，为实现全年目标任务奠定了坚实基础。

一期一步工程 7 个标段稳步推进，一个个数据的背后，是无数个水利人为向家坝灌区工程建设付出的心血与汗水。他们从全国各地赶来参与向家坝灌区建设，为了尽快让灌区老百姓喝到金沙江水埋头苦干，克服了一个又一个技术难题；为了保障建设用地，与村干部一起上门走访，为征地移民工作磨破了嘴皮；为了确保项目进度，很多工作人员留在工地上过年。他们践行了水利人"上善若水，大爱无疆"的精神。

向家坝灌区北总干渠一段工程盾构分部项目总工程师刘宇琦负责现场的施工组织、质量控制以及施工方案优化，2021 年春节期间，这位 27 岁的湖南籍年轻人和众多同事一起留在了工地上过年，为了把场地平整做好，进场的施工便道修好，以满足复工之后快速进场的施工条件。春节期间，尽管忍受着不能阖家团圆的辛酸，但他们收到了灌区公司送来的年货，和同事们一起包饺子，同样热热闹闹，年味十足。

中国水利水电第十四工程局有限公司项目部副经理刘启 2019 年 10 月进入向家坝邱场分干渠自贡段项目部，前期积极配合业主联系沿线两市三区县六乡镇进行征地移民工作，经过大家共同努力，多个工作面于 2020 年 3 月底协调进场施工。在 2020 年 6 月底监理下发开工令之后，3 条支洞已具备进洞正常施工条件。开挖作业时，施工支洞虽然为临时工程，但却是关乎整个工程成功的关键，面对工期紧、任务重、围岩条件复杂、外部移民征地难等困难，他积极应对，加强与当地政府沟通，主动服务当地村民，一边管理现场工程进度，一边协调移民征地进展，确保 9 月底除个别工作面外全线动工，积极推动各个工作面生产进度，确保年度项目部产值完成。在防洪度汛期间，他主动与施工队伍进行 24 小时轮班巡察工作，确保安全度过汛期。

　　第二党支部宣传纪检委员、北总干渠二段现场管理部副部长夏章程，2020年被评为公司突出贡献个人。面对突如其来的新冠肺炎疫情，在疫情防控的紧要关头，作为党员防疫先锋队成员，他带领项目部科学统筹、精准施策、多措并举，于2月20日通过复工批复，率先复工。此外，他将农民工的权益放在心头，具体负责的标段农民工工资保障措施到位。从检查施工单位落实工资专户建立、工伤保险缴纳到劳动合同规范签订，从检查人员考勤、现场维权告示牌、宣传标语到银行卡工资流水，他采取多项措施，确保了两标段农民工工资按月足额发放，充分保障了农民工权益。

　　中国水利水电第十四工程局有限公司向家坝灌区邱场分干渠自贡段项目部工程管理部部长翟文辉，心系灌区百姓安危，看到火情毫不犹豫挺身而出，令人感动。

　　哪里有困难，哪里就有党员。在向家坝灌区北总干渠建设的过程中，党员同志发挥的先锋模范力量令人振奋。"作为业主方，我们一直着力将参建各方党员的作用充分发挥起来！"罗国书介绍了中国水利水电第六工程局有限公司龙洞岩隧洞工程项目部党支部书记杨文青以"融入工程抓党建、抓好党建促工程"的工作举措。为了更好发挥党建引领作用，一个更具深远意义的党建创新试点在向家坝灌区建设项目上孕育而生。为积极争创全省党建品牌及全国水利行业"党建进工地"标杆，助力水利厅党组"3226"工作思路落地落实，2021年11月3日，四川省水利厅在向家坝灌区北总干渠一期一步工程猫儿沱江底隧洞施工现场举行了全省水利工程"党建进工地"试点启动仪式。此次试点，由四川省水利发展集团党委牵头，向家坝灌区公司工程一部、参建单位中铁十二局集团有限公司向家坝灌区北总干渠一段工程盾构分部、设计单位四川省水利电力勘测设计研究院有限公司四川省向家坝灌区北总干渠一期一步工程设代处一分处、中国电建集团昆明勘测设计研究院有限公司四川省向家坝灌区北总干渠一期一步工程建筑安装工程施工监理一标段监理部、第三方检测单位四川省水利科学研究院以及劳务派遣人员中的全部党员组成中共四川水发向家坝猫儿沱工地临时支部委员会，旨在推动党建工作与工程项目建设深度融合，激发参建各方的积极性、主动性、创造性，将党组织优势转化为解决实际难题、推进工程项目建设的强大力量。出席启动仪式的四川省水利厅党组成员、机关党委书记赵斌表示，选择猫儿沱隧洞项目这个富含科技元素的工地启动试点，是想把支部建在项目上、把党旗插在工地上，充分发挥党建在工地一线的"推进器"作用，坚持围绕中心、建设队伍、服务群众，整合了业主、设计、施工以及监理四方队伍的党员骨干，产生了强大合力。

振兴川渝绘宏图

宜宾市翠屏区思坡镇心宁村曾家湾八队队长曾延明热切地期盼着，等向家坝灌区北总干渠通水之后，他要在家门口兴建水上游乐园，别出心裁地发展水上农家乐。他兴奋地对着不远处的柑橘园挥斥方遒："那里做生态农业采摘，鼓励游客自己上树去摘柑橘；旁边再承包一个鱼塘，水质提高了之后养殖的鱼也更肥美，可以吸引游客来垂钓；最好再吸引一些开发商，你看我们这里山清水秀的，多适合搞避暑纳凉的水上游戏项目啊，到时候我们队的年轻人都要返乡就业呢。"

正因为抱有对通水之后美好生活的期待，当地仅用1个多月的时间就完成了征地拆迁工作。老百姓听村干部和项目组的工作人员介绍了这个项目建成之后能对生活带来的变化，纷纷表示理解，很快就签字同意征地，整个思坡镇没有发生一起阻工事件。曾经有一对老姐妹，两家十多口人挤在20世纪60年代修建的140平方米的房子里，十分困难。由于住房恰巧在灌区建设的规划之内，曾延明带领工作人员上门苦口婆心地劝说，跑了不下20次，终于打消了他们的顾虑。后来，他们搬迁至300米开外的一处300平方米的宅基地，居住环境得到极大改善，他们向工作人员表示由衷的谢意。

为何灌区沿线的几座城市之中，内江人民对金沙江水最为渴望？内江市政府对灌区建设的重视、支持力度最大？因为内江是沱江流域内唯一严重依赖沱江供水的城市，加之地处四川省浅丘径流低值区，是资源性、水质性、季节性缺水现象十分突出的严重缺水城市，人均水资源量仅351立方米，排在全省第20位，是全国108个严重缺水城市之一。而金沙江位于长江上游，水质常年保持在II类。按照国家水质标准，II类水主要适用于集中式生活饮用水地表水源地一级保护区、珍稀水生生物栖息地、鱼虾类产场、幼鱼的索饵场等。向家坝灌区全线通水之后，内江将加快融入川南渝西融合发展试验区，民生、经济都将迈上一个新台阶。

在廖建强看来，都江堰给成、德、绵地区经济繁荣带来重要保证，向家坝在川南四市的地位也是如此。

罗国书也为向家坝灌区工程的建设对于川南四市经济社会全面发展总结了五大贡献："城市扩容的利器，乡村振兴的保障，提高生产生活质量的秘诀，改善川南四市长期工程性干旱缺水局面的法宝，加速招商引资的引擎。"

向家坝灌区工程的建设，不仅从根本上解决了川东南干旱贫困地区的缺水问题，还将打破长期以来制约农业生产、城乡工业和生活用水的瓶颈。建成后的向家坝灌区工程每年向宜宾、内江、自贡、隆昌、泸州、水富提供超过 17 亿立方米的优质金沙江水。显著的经济和社会效益，将为灌区内巩固脱贫攻坚成果，实现农业现代化、城乡经济一体化提供强有力的优质、安全、高效供水网络体系，为灌区内人民群众过上向往的美好生活提供宜美、宜居、宜乐的净水网络支撑，为振兴川南经济、全面建成成渝地区经济副中心提供有力支撑。

根据《四川省发展和改革委员会 四川省财政厅 四川省水利厅关于推进大中型水利工程建设的通知》（川发改农经〔2019〕564 号）文件，对于北总干渠一期一步工程，公司将严格按照通知要求，计划于 2024 年 8 月前完成通水验收，2025 年 6 月完成工程部分竣工验收，2025 年 12 月完成竣工验收。

为充分实现一期工程的效益，保证一期一步工程与一期二步工程的有序衔接，发挥已建成的 10 公里北总干渠首部取水隧洞的作用，公司计划 2022 年实现一期二步工程开工建设，以缓解沱江前段最缺水的四个城市的用水困境。

北总干渠二期工程的建设能充分发挥向家坝灌区北总干渠的整体效益，优化区域水资源配置，推动区域经济社会协调发展。为此，积极启动二期工程迫在眉睫。四川省向家坝灌区建设开发公司力争在国家"十四五"规划末，将二期工程纳入水利改革发展"十四五"规划，同时启动北总干渠二期工程前期工作。

未来五年，灌区水利人将不忘初心，肩负使命，在川南大地谱写新时代的宏伟篇章。媲美都江堰的向家坝灌区工程将阔步前进，日新月异，见证川渝经济副中心的崛起。

结语

"水来了，啥都好了。"这是我们在灌区沿线采访的时候，听老百姓说得最多的一句话。朴素无华的语言，最能代表老百姓心底对水的期盼。

曾延明上任队长之后，面临的第一件棘手的事情就是协助四川省向家坝灌区建设开发有限责任公司移民环保部动员十多户人家征地拆迁。起初，有人听信传言，抱着"一锄头挖个金娃娃"的想法漫天要价。后来，听大家介绍向家坝灌区工程、解读相关政策，得知是要将金沙江的水引流到家门口，他们一个月就完成了征地补偿工作，并且在项目施工过程中没有发生一起阻工事件。

采访过程中，曾延明的家人招呼大家品尝树上摘下来的梨子和李子，大家都赞不绝口，称赞水果非常甜。他腼腆地笑了笑说："以后金沙江的水可以灌溉柑橘园了，橘子会更甜，也能卖出更好的价钱。"

温金华在灌区项目建设中获得了更多的便利。他家门口原本只有3.5米宽的土路，开车进出很不方便。后来，项目部进驻之后兴修了施工便道，这条路拓宽成双向两车道、6米宽的水泥路，他们的生活得到了明显的改善。采访的间隙，他的妻子十分自然地从饮水机里接了一杯温水，给刚学会走路的孙子冲泡奶粉。看向正在玩耍的孙子，他笑容满面："我们小时候吃井水，我儿子吃自来水，我孙子现在吃桶装的纯净水，以后长大了，就可以吃上干净的金沙江水了。想到灌区工程通水之后将给生活带来的种种改善，有时候听到工程队施工的噪声，我们都会自我安慰：噪声是一时的，水资源是一辈子的。"

温金华的邻居柳廷根曾经承包过30多年的鱼塘，早在20世纪80年代就开始养鱼，后来因为水的问题不得不放弃，转行跑过运输，种过地，还去超市打过零工，都没有承包鱼塘来得顺心。这位朴实的农民反复念叨："水来了，啥都好了，不管是种果树还是养鱼，都离不开优质的水资源。这是个民生工程，子子孙孙都可以享受到好处，我们坚决拥护！"

这些朴实无华的话语，这些充满感激之情的表达，让向家坝水利人甘之如饴。冒着严寒酷暑加班加点、苦口婆心劝移民签字，上天入地忙协调，一代又一代水利人前赴后继，埋头苦干，他们的付出因为灌区老百姓的理解与支持而有了意义。

无论是建设者，还是老百姓，都无比期待 2024 年灌区通水验收。水来了，啥都好了！

安宁河上的"守望者"

文 / 翟　睿　王培瑾

在四川主要水库中，位于凉山州的大桥水库被称为安宁河上的"守望者"。在水库的下游，是四川省第二大平原、攀西经济走廊的核心区——安宁河谷平原。

四川被称为"天府之国"，这里不仅有千里沃土，更因为有了都江堰的呵护而成为自秦汉以来历朝各代都甚为看重的米粮仓。作为一个以山地为主的省份，四川的平原面积仅占全省面积的 5.3%。

而就在山地众多的四川，还有一块河谷平原，这就是安宁河谷平原，四川省第二大平原。安宁河谷平原是安宁河冲积而成的平原，面积达 2000 多平方公里。安宁河是雅砻江下游左岸最大支流，由北向南流经凉山州的冕宁县、西昌市、德昌县和攀枝花市的米易县，在米易县汇入雅砻江，全长 337 公里，干流长 303 公里，流域面积 11150 平方公里。

同为平原，安宁河谷平原的光热条件是川西平原无法相比的。

我国山系多为东西走向，横断山系却是南北走向。安宁河谷平原，就处在横断山脉南段，印度洋季风顺着横断山的峡谷一路北上，最终抵达安宁河谷平原，造就了这里最好的光热组合。河谷冬暖夏凉，冬春半年日照充足，夏秋半年日照少，年日照时长为 2000～2600 小时，远远高于川西平原。正因为气温宜人、阳光充足，安宁河谷流域物产丰富，农作物光合作用对二氧化碳的利用率高，自身呼吸作用消耗的有机物少，这"一多一少"是安宁河谷的粮食、蔬菜、果品的含糖量偏高的主要原因。

安宁河静静地流淌，而热情的安宁河谷也孕育了希望与富庶。

河水冲刷而成的广阔肥沃的安宁河谷，是由北至南纵贯大西南的"聚宝盆"，是攀西地区的腹地和精华所在，河谷内工农业资源富集，具有矿产、水能、农业三方面优势资源组合。由于攀西地区光热资源丰富，素有"川西南粮仓"之称，开发潜力巨大，国家农业综合开发领导小组将攀西地区农业综合开发列入全国"八五"重点开发片区；工业亦有"攀西工业走廊"之称，是攀西开发中工业布局最为理想的"黄金地带"。

有广阔的土地，有水量丰沛的大河，还有最好的光热组合，安宁河谷一直是四川的"米粮仓"。然而，作为四川第二大平原、国家最重要的矿产资源富集地，安宁河谷的潜力远远没有释放出来。这其中一个主要的原因是，在这条300多公里的河流上，没有一座综合性的控制性水利枢纽。

让安宁河从此安宁

安静的安宁河是美丽的，咆哮的安宁河却是可怕的。虽然流域富饶，安宁河在20世纪却深受汛期水患之害。

安宁河何时才能安宁呢？

为了兴水减害，勤劳的凉山儿女在历届党委、政府的领导下，兴建水利工程，变害为利，造福苍生。

从1953年到1989年，凉山水库灌溉的有效比重仅达35.2%，供水保障率处于全省中下水平，大部分农民还处于"靠天吃饭"的状态。

1989年，由中央、省水利专家组成的"三江"考察团考察了安宁河，并提出了在安宁河修建大桥水库的具体建议。

1991年4月17日，中央领导来凉山视察，听取了凉山州委、州政府汇报后说：大力发展农业，搞好安宁河流域的开发，把大桥水库建设好，粮食问题就基本解决了，可以不调进来了……总之，发展农业，发展粮食，全国都是以农业为基础，你们这个自治州也不例外。这段话促成了大桥水库工程的立项上马。

加快大桥水库工程建设，改变安宁河汛期不安宁的现状，促进流域综合发展，刻不容缓。1993年11月，凉山州大桥水库工程建设指挥部成立，负责兴建大桥水库。1995年6月，按照国家大型水利项目"业主负责制"的要求，经州人民政府批准，指挥部转型为凉山州大桥水电开发总公司。

看似只是名称上的变化，却让大桥水库工程的建设单位成为完全的企业。

2000年6月28日，随着大桥电厂发电机组的启动，几代水利水电人的夙愿得以实现。大桥水电人直面艰辛，攻坚克难，克服了大桥水库工程地质条件复杂、施工难度大、资金紧缺等诸多困难，历时7年，在攀西大裂谷上建成了安宁河流域龙头控制工程——大桥水库。

大桥水库工程覆盖安宁河流域300多公里，提供凉山、攀枝花两市州五个县（市）的农业灌溉、工业及城乡生活用水。工程设计灌面118.08万亩，每年可提供农业用水3.74亿立方米，城镇及工业用水2.58亿立方米，工程全部建成后将成为四川省第五大灌区，是四川省"再造一个都江堰灌区"战略规划的重要组成部分。

已建成的灌区一期工程包括漫水湾配水枢纽、电站，漫水湾左干渠和支渠、老灌区改造，主体工程已于2008年建成通水，受益灌面63.18万亩。

在建的二期工程位于安宁河右岸，由大桥水库右干渠灌区、漫水湾右干渠灌区及安宁河沿河已成灌区改造项目组成，设计灌面45.85万亩，其中新增灌面33.64万亩，改善灌面12.21万亩，新建干支渠总长179.65公里，工程投资29.2亿元。

规划中的三期工程为大桥右干渠和泸月渠，位于大桥水库下游安宁河左岸，涉及凉山州的冕宁、西昌两县（市）。

效益显著的工程

作为安宁河流域的龙头水库，大桥水库工程是攀西地区经济社会发展的控制性工程，对巩固凉山州农业基础地位、提升现代农业产业水平、加快城乡经济社会发展一体化新格局、推进脱贫攻坚和安宁河流域乡村振兴战略，以及"两化"互动、城乡统筹都起到了不可替代的重要作用。

自1999年6月下闸蓄水和2008年灌区一期工程全面建成投运以来，大桥水库工程社会效益日益凸显。

相关数据显示，大桥水库工程农业灌溉效益显著。2008年年底灌区一期工程建成通水以后，安宁河流域已经受益的灌面达63.18万亩，沿岸春灌栽插时间普遍提前了20天以上，缺水问题明显缓解，受益区争水矛盾消除。特别是在安宁河流域发生三连旱的时候，大桥水库的灌溉效益更是得到了充分体现，在其他地区农业减产、部分地方甚至颗粒无收的时候，灌区农业仍然稳产、增产。由于水源得到保证，受益农田水稻亩产量平均增加 150 公斤，大春作物产值提高 11%，小春作物产值提高 60%，农业产业结构调整取得根本性突破，农业增产增收效益每年达到 7.88 亿元，大桥水库的建成使全州水库灌溉比重猛增 30%，凉山的供水保障率一跃进入全省前列，排名第六位。

通过大桥水库拦洪削峰，安宁河冕宁段的防洪标准由 2 年一遇提高到 20 年一遇，安宁河流域消除了"三年一小淹，五年一大淹"的洪涝灾害，安宁河成为名副其实的"安宁河"。安宁河两岸的河滩地也得到了充分改善和利用，每年创造防洪效益 4700 万元，保护了流域人民的生命、财产安全。

◆大桥水库

不仅如此，大桥水库每年枯水季节向安宁河提供约 1.09 亿立方米的下游河道环境保护用水，每年减少河道污染治理费约 3400 万元，安宁河"雨季洪涝、枯季连旱"的局面彻底改善。

大桥水库工程自建成蓄水以来，已完成库区生态林建设 1600 余亩，库区生态保护和渔业养殖取得明显成效，已有黑鹳、秋沙鸭、斑头雁等

16 种珍稀鸟类栖息，2018 年 1 月首次出现国宝大熊猫。水库生态鱼获农业部"无公害农产品"认证，水库获四川省水产局"无公害水产品基地"认证。2016 年 12 月，大桥水库被省水利厅列为省级水利风景区，2018 年 12 月被水利部列入第十八批国家水利风景区名单。

现在，大桥水库每年可向安宁河沿线提供工业及城镇用水 2.58 亿立方米。大桥水库的库水被规划为冕宁、西昌数十万人的饮用水源，是引库水入昌工程的水源地。

兴建大桥水库后，水库的调节作用使安宁河干流在凉山州境内规划的电站由 12 级增至 14 级，装机容量由 14.2 万千瓦增至 40.82 万千瓦，年发电量由 5.78 亿千瓦时增至 23.29 亿千瓦时，产值超过 6.52 亿元。

时至今日，凉山的 GDP 已超过千亿元，财政收入突破百亿元大关，凉山可谓发生了翻天覆地的变化。大桥水库配套渠系的逐步建成及全面投运，将为安宁河流域实现新型工业化、新型城镇化、农业现代化提供重要的基础性保障和助推作用。

走出"以电养水"的新路子

凉山州大桥水电开发总公司于 1995 年负责大桥水库工程建设、经营管理和滚动发展，是目前凉山州最大的国有独资水电企业。公司注册资本金 5.2552 亿元，总资产 17 亿元人民币。总公司下辖 4 个子公司、一个代管公司和 6 个参股公司。现有从业人员 263 人，其中，大学本科及以上学历 112 人，高级职称 28 人，中级职称 59 人，州学术技术带头人后备人选 6 人，州科技拔尖人才 2 人。公司与清华大学合作建立了大桥水电清华大学院士（专家）工作站。

大桥总公司曾创下凉山州水电发展史上的多个第一，拥有着辉煌的历史。作为一个集防洪、发电、灌溉、供水等功能于一体的工程，其主要收益来自发电。

但随着水利资源的广泛挖掘，安宁河流域及州内水能资源被其他企业开发、抢占殆尽，大桥公司失去了水电开发的黄金时期，加快新能源开发和结构调整步伐是当务之急。

　　"作为一个企业，经济效益无疑是自身生存发展所必需的。然而，作为国企，我们大桥公司考虑最多的还是大桥水库这个民生工程的社会责任——造福流域百姓，这是我们理解的国家建设大桥水库的意义。"这是大桥人的共识。

　　近年来，大桥总公司积极探索、落实大型准公益水利工程管理的主体责任，从体制、机制上解决"事企体制不清、经营产业做不大、用水环节无人管、公益产业养不起"等突出问题，实现工程社会效益与经济效益最大化。在全面完成凉山州委、州政府下达的供水任务的同时，对内严格实行预算管理和绩效管理，实现节支、降耗、增效；对外以水利水电主业为依托，努力发展第三产业，积极开发水电、太阳能光伏发电等新能源建设，实现产业延伸。2018年，大桥总公司实现利润5215万元，创历史新高。

　　大桥总公司还发挥"建设业主"的企业融资功能，积极筹措建设资金，解决了大桥水库主体工程和灌区一期、二期工程资金缺口问题。积极呼吁落实公益工程行政管理责任，解决管理难题。对上争取中央和省级水利项目资金支持，对下落实属地公益事业的管理责任。建设和谐库区，构建平安水库，有效推动大桥水库的综合管理。

　　大桥总公司将脱贫攻坚工作与库区生态建设相结合，因地施策，坚持"智力帮扶、产业脱贫"的扶贫思路，利用公司设立的扶贫基金扩大大桥镇店子村中药材、经济果树种植业，发展畜牧业，改变库区人民传统的农耕模式，减少氮、磷化肥对水库水质的面源污染，在使农户创收的同时，保护好大桥水库水质。

　　当前，水库区位优势明显，旅游开发前景好。安宁湖与冶勒湖、彝海、灵山寺、西昌卫星发射基地共同组成了凉山旅游第一站的"黄金旅游环线"。

　　同时，依靠科技深挖发电潜力，争取经济效益最大化，"以电养水"。按照《大桥水库工程管理条例》中"大桥水库工程经营管理单位取得的综合性经营收入，主要用于大桥水库工程的建设、管理和维护"的要求，利用水库"完全年调节"功能，根据水库水位、来水及消落情况调整大桥电厂峰段、谷段负荷，实施分时段发电运行方案。同时，积极推行动态管理、精细化管理。与清华大学合作研发的大桥水库径流中长期预报系统在水库水情测报及水量调度中发挥了重要作用，每年增加发电收入1500万元左右，为公益事业提供了经济支撑。

抢抓水电资源，积极开发小水电，做大水电产业。为提升大桥总公司"造血"功能，避免"坐吃山空"，公司积极寻找可开发的水电资源，为公司的电力发展储备水电资源。大桥公司于 2007 年获得盐源县树瓦河流域梯级电站的开发建设权，已建成的石门坎电站和营盘山电站分别于 2012 和 2013 年投产发电。

积极发展新能源产业，努力实现"以电养水"目标。2015 年，大桥公司与中国电建集团华东勘测设计研究院、安徽尚特杰公司合作建成了冕宁 10 兆瓦农光互补电站和会理 20 兆瓦分布式光伏电站。根据"走出去，谋发展"的发展战略，在安徽省天长市建设 140 兆瓦渔光互补光伏电站，项目实际总投资 9.7 亿元（占股 40%），于 2018 年 5 月全部建成并网发电。在德昌建设的 1.85 兆瓦光伏扶贫项目于 2017 年 6 月并网发电，是凉山首个发电的光伏扶贫项目。

继往开来又一程

2008 年 12 月，时任四川省委书记刘奇葆在视察凉山时指出："把安宁河水利工程建设作为重点工程来抓，打一场水利工程建设攻坚战，建设美丽、富饶、文明、和谐的安宁河谷，再造第二个都江堰。"2011 年，中央、省委一号文件的出台进一步确立了水利的基础地位和战略地位，州委、州政府确定"抓安宁河谷地区率先发展"的思路，均为大桥水库供水功能的发挥带来了历史机遇。

安宁河流域河湖公园建设被省水利厅列入 2017 年全省 9 个河湖公园建设试点项目之一，2018 年被省全面深化改革领导小组办公室列为全省 20 个改革试点项目之一，再次为大桥水库的综合发展吹响号角。

二期工程是进一步实现大桥水库灌溉、供水等综合功能的配套工程，可以解决灌区西昌市、德昌县、冕宁县 30 个乡镇 45.85 万亩耕地灌溉和 34.42 万人口的用水问题，并向冕宁、西昌、德昌提供生活、生产用水，综合效益明显，是三县（市）经济发展的命脉，在未来的社会经济建设中有着举足轻重的地位。

米市水库工程是具有防洪、农业灌溉、城乡生活及生产供水、生态和发电等综合功能的水利工程。建设米市水库能提高孙水河流域防洪能力，进一步完善安宁河流域防洪体系，保障人民生命财产安全；促进孙水河流域水资源开发利用，保障孙水河流域喜德县和泸沽镇灌溉供水，在为少数民族地区巩固扶贫成果、维护社会安定方面具有重要作用；利用孙水河高程较高的优势，将大桥水库三期泸月渠改为自流引水，提高灌溉经济性，提前使泸月渠受益。

目前，大桥总公司加快推进大桥水库灌区二期工程、米市水库工程建设。待大桥水库二期工程和米市水库建成后，将与现有的大桥水库、大桥电厂220千伏输电大动脉真正形成"两库一网"的构架，为建设"智慧水利"奠定坚实基础，真正实现流域管理"一盘棋"，对安宁河的水进行资源整合、统一调度、集中管理，为"再造一个都江堰"迈出坚实步伐，为凉山州建设安宁河河湖公园和打造世界级农、文、旅走廊提供基础性保障。

凉山州大桥水电开发总公司作为大桥水库工程的建设管理单位，负责大桥水库工程建设、经营管理和滚动发展。历年来，公司按照凉山州人民政府赋予的职责，始终坚持"电调服从水调"原则，以服务"三农"为己任，科学调水，合理安排发电负荷，在"保灌溉、保民生、脱贫奔康"中发挥了巨大作用，为凉山经济社会发展贡献了力量。

2020年，是凉山发展的一个节点。这一年，凉山夺取了脱贫攻坚战的胜利，进入了一个新的发展阶段，打造世界清洁能源基地、全国重要的特色优质农产品基地、攀西战略资源创新开发试验区成为新发展时期的重要工作。其中，安宁河谷"农、文、旅"生态阳光走廊等战略布局，给了大桥水库未来一个广阔的发展空间。大桥总公司在"壮大以西昌为中心的安宁河谷发展'主干'，推动安宁河谷同城化发展区……"的新格局中，全面提升安宁河流域水利保障能力，围绕国有资产保值增值和公司做强、做优、做大的目标，做精产业，不断增强企业活力、控制力、影响力和抗风险能力，实现可持续发展的盈利模式，打造四川省现代水利水电综合开发的样板。

特别鸣谢

四川省水利发展集团有限公司
都江堰水利产业集团有限责任公司
四川省水利电力工程局有限公司